Stefan Nörtemann

Slingshot Back – Zehn Sekunden zuvor

AF211579

Stefan Nörtemann

Slingshot Back

Zehn Sekunden zuvor

Roman

(nach einer wahren Begebenheit)

Bibliografische Information der Deutschen Nationalbibliothek:
Die Deutsche Nationalbibliothek verzeichnet diese Publikation in der
Deutschen Nationalbibliografie; detaillierte bibliografische Daten sind
im Internet über http://dnb.dnb.de abrufbar.

Kontakt: wikinger@posteo.de
Website: https://stefan-noertemann.webnode.com
Korrektorat: Arne B. E. & David J. Nörtemann
Buchsatz: Stefan Nörtemann
Covergestaltung: Juliane Schneeweiss
Bildnachweis: iStock.com@ steinphoto

Die Nutzung dieses Textes für Zwecke des Text und Data Minings nach
§44b UrhG sowie die Verwendung zum Training generativer KI-Modelle
mit allgemeinem Verwendungszweck wird vom Autor explizit erlaubt.

Verlag: BoD · Books on Demand GmbH, In de Tarpen 42,
22848 Norderstedt, bod@bod.de
Druck: Libri Plureos GmbH, Friedensallee 273, 22763 Hamburg
ISBN: 978-3-7693-3965-9

für Randolf & Heinz

„Let's do the Time Warp again"

Richard O'Brian

PROLOG

Ein Schuss, gefolgt von einem Gepolter dicht neben ihm, reißt ihn aus einem dämmrigen Halbschlaf. Noch bevor er die Augen öffnet, zerreißt ein weiterer Schuss die stickige Luft in dem Zimmer. In dem Moment der folgenden Stille erkennt er die junge blonde Frau neben sich und das Blut, das zwischen ihren Fingern einen Weg aus ihrem Körper sucht.

Er kennt sie erst seit gestern Abend, als er sie an der Bar aufgegabelt hat. Sie bedeutet ihm nichts, aber dass sie hier und jetzt in seiner Suite sterben könnten, das kann er nicht zulassen. Trotz oder vielleicht auch gerade wegen des Koks in seinem Kopf, ist er sehr klar und fokussiert.

Vorsichtig tastet er mit der linken Hand unter das Kopfkissen. Blitzschnell greift er nach dem Kästchen, drückt den Knopf, stürzt sich auf den Mann und verpasst ihm einen Kinnhaken, der leider nicht viel ausrichtet. Das irre Entsetzen, das sich in den Augen des Angreifers spiegelt, lässt ihn jedoch taumeln, bevor ein Tritt in den Magen, den Kerl in die Knie zwingt.

Er blickt sich zu der Frau um und stellt erleichtert fest, dass sie starr vor Entsetzen, jedoch unversehrt auf dem Bett sitzt. Eilig schlüpft er in Hose und Schuhe, streift Hemd und Sakko über, läuft auf den Balkon und stürzt sich in die Tiefe.

Die ist zum Glück nicht ganz so tief, da sich die Suite im ersten Stockwerk des Hotels befindet, und er auf der Pergola vor dem Eingangsportal landet. Während er von dieser sicher und unverletzt auf den Gehweg gleitet, entdeckt er zwei weitere finstere Gestalten, die sich zielgerichtet auf ihn zu bewegen. Kurzerhand schlägt er einen Haken und biegt in die schmale Gasse neben dem Hotel. Ziellos läuft er weiter, direkt auf den Fluss zu, der eine Barriere bildet, während sich der Abstand zu seinen Verfolgern deutlich verringert.

Ihm ist bewusst, dass sie nicht schießen, sondern versuchen werden, ihn unversehrt einzufangen. Sie wollen keinen Krieg, sondern nur etwas sehr Kleines, was ihm wichtig ist. Inzwischen hat er keine Idee mehr, wo er sich befindet und wohin er laufen soll. Nicht weit entfernt entdeckt er den Eingang zu einem kleinen Park.

Kurz darauf ist die Verfolgungsjagd vorbei. Gerade als er den winzigen Spielplatz, auf dem er gerade kurz verharrt und Luft geholt hat, verlässt, kommen sie von drei Seiten auf ihn zu. Schnell haben sie ihn erreicht und zu Boden geworfen. Vier grobe Hände durchsuchen ihn fachmännisch.

„Nichts", zischt einer der beiden frustriert.

„Wir nehmen ihn mit", antwortet einer der anderen.

So hat er sich seinen Ausflug nach Hamburg nicht vorgestellt und ihm ist klar, dass nun eine harte Zeit für ihn beginnt.

CB80

„Ich will rutschen", quengelt der kleine Junge bereits zum dritten Mal. Aber sie sind spät dran auf ihrem Weg zum

Regenbogen-Kindergarten. Sie fasst seine Hand ein wenig fester, als sie den kleinen Park mit dem winzigen Spielplatz durchqueren. In zehn Minuten schließen sie dort die Tür, und dann muss sie wieder bitten und betteln, dass man sie doch noch hineinlässt. Aber er ist unerbittlich und inzwischen kullern Tränen über sein Gesicht, die sie nicht ignorieren kann.

„Also gut, aber nur einmal", spricht sie ihn freundlich an.

Mit dem Ärmel wischt er sich durchs Gesicht und ist bereits oben auf der Rutsche. Mit viel Schwung und lautem Gejohle landet er im Sand und verharrt für einen Moment.

Da er keinerlei Anstalten macht, sich zu erheben, läuft sie in schnellen Schritten auf ihn zu. Beim dritten Schritt bleibt sie im Sand stecken und verliert ihren rechten Schuh. Als sie den Absatz aus dem Sand zieht, entdeckt sie einen Gegenstand darunter, der nun halb aus dem Sand ragt. Neugierig geworden schiebt sie zwei Handvoll Sand bei Seite, bis es frei liegt. Sie erkennt ein kleines hölzernes Kästchen, hebt es auf und betrachtet es genauer. Inzwischen ist er bei ihr und schaut neugierig auf das Ding in ihrer Hand.

Das Kästchen scheint sehr alt, ist aus einem edlen Holz, das sie nicht kennt und fühlt sich sehr weich und angenehm an. Es misst vielleicht vier mal drei Zentimeter, scheint fast nichts zu wiegen und hat weder ein Schlüsselloch noch ein Scharnier. Stattdessen befindet sich in einer kleinen Vertiefung in der Mitte der Oberseite ein winziger Knopf. In einer feinen geschwungenen Schrift stehen darüber die Worte: *Drück mich!*

KAPITEL 1

Das Kästchen

Ein dreiviertel Jahr zuvor – Samstag, 15. Juni
2024

Der eine, alles entscheidende Tag, an dem Edgar Lüdemanns Leben eine fundamentale Wendung nehmen wird, beginnt nicht sehr anders als die letzten dreizehn Samstage, seit seine Exfreundin Felice ihn verlassen, und er sein altes Studentenleben wieder aufgenommen hat.

Ein Sonnenstrahl kitzelt Edgar, den, mit Ausnahme seiner Eltern, alle Menschen, die ihn kennen, nur Eddie nennen, an der Nase und schiebt ihn vorsichtig über die Schwelle zwischen einer sanft elegischen Traumwelt und der nur für ihn bestimmten Realität. Leise verabschieden sich die Gefühle, die ihn im Traum begleiteten, und gemächlich diffundiert in sein Gehirn, was sich gestern und in der Nacht zugetragen hat.

Wieder einmal war er mit seinen Kumpels irgendwo versackt. Im *Gontscharow* hatten sie ein paar Mädels aufgegabelt und waren mit ihnen um die Häuser gezogen. Georg war bereits ordentlich abgefüllt und hatte die drei Blondinen ausgiebig vollgequatscht, ohne sie in irgendeiner Weise zu beeindrucken. Kalle hatte seinen Charme spielen lassen und mit der Gießkanne unpassende Komplimente über ihnen ausgegossen. Am Ende war es der zurückhaltende Max, den eine der drei mit zu sich nahm, während die anderen beiden Frauen sich verabschiedeten, ohne ihre Telefonnummern zu verraten.

Georg, Kalle und Eddie waren daraufhin in die *Havanna-Bar* gewechselt, deren Cocktails ihnen den Rest gegeben hatten. Eddie weiß nicht mehr, wie er nach Hause und in sein Bett gekommen ist, aber das ist eigentlich auch egal, denn es ist Samstag und er hat das Wochenende über nichts weiter vor, als seinen Rausch auszuschlafen.

Sein Handy zeigt den 15. Juni 2024, 10:42, also quasi noch mitten in der Nacht. Folgerichtig dreht er sich auf die andere Seite und versucht, noch einmal einzuschlafen. Er liebt diese Rekelzeit, in der er zwischen Traumfetzen und ungelenken Gedanken hin und her wankt. Nur halb bewusst fällt ihm ein, dass morgen Bloomsday ist, als ein schrilles Klingeln brachial in sein Ohr dringt. Er schreckt hoch und bemerkt, wie sich ein diffuser Ärger in ihm ausbreitet. ‚Was soll das? Wer stört ihn hier mitten in der Nacht?', fragt er sich und vernimmt, wie nun jemand an die Tür hämmert und seinen Namen ruft.

„Eddie mach auf, sonst holen wir ein Sondereinsatzkommando!", hört er die Stimme.

Als er sein Bett verlässt, fühlt er sich wie ein alter Mann, der sich mühsam zur Tür schleppt. Zu seiner Überraschung trifft er dort auf seine Kumpels Georg und Kalle, die beide ausgesprochen munter, aufgeräumt und ausgeschlafen wirken.

„Haben wir uns nicht eben erst verabschiedet?", fragt Eddie an Georg gerichtet.

Dieser nickt freundlich, antwortet jedoch nicht. Stattdessen schlendert er zum Kühlschrank, nimmt sich einen Joghurt und lässt sich auf einem der Hocker am Tresen nieder.

Kalle setzt sich daneben, jedoch ohne einen Joghurt. Beide zeigen ein breites Grinsen und sagen nichts.

Eddie kennt die beiden seit seinem ersten Tag am Gymnasium. Sie waren von derselben Grundschule gekommen und kannten sich bereits ihr halbes Leben. Die beiden waren damals die coolsten Sextaner und Eddie hatte sich schnell mit ihnen angefreundet. In der Untertertia war noch Max aus der Stufe über ihnen dazugekommen und so waren sie seitdem meist zu viert unterwegs.

Während er in die Gesichter seiner Freunde schaut, dämmert es Eddie, warum sie hier sind. Es ist der dritte Samstag des Monats, an dem sie seit Alters her gemeinsam den örtlichen Flohmarkt besuchen. Ein wenig theatralisch schlägt er sich vor die Stirn, murmelt etwas Unverständliches und verschwindet ins Bad.

Als er zurückkehrt, haben die beiden es sich auf dem alten Sofa gemütlich gemacht.

„Alter, du musst hier echt mal Ordnung schaffen! Seit Feli weg ist, verlotterst du richtiggehend", bemerkt Georg, und Kalle nickt zustimmend, wie eigentlich immer, wenn Georg etwas Bedeutungsschweres von sich gibt.

„Hast du mal wieder etwas von ihr gehört?", schiebt Kalle nach.

Eddie nickt. „Vor drei Wochen war sie nochmal hier. Zusammen mit ihrem Modekasper hat sie die letzten Sachen abgeholt."

„Und hast du schon was Neues gefunden?", fragt Georg.

Eddie weiß, dass Georg nicht die Wohnung meint und ihn nur aufziehen will. Er beschließt, sich nicht darauf einzulassen, schüttelt den Kopf und antwortet: „Ne, das hat keine Eile. Feli war so freundlich, die Miete für das Loft bis zum Jahresende zu bezahlen. Sicher wegen des schlechten Gewissen, weil sie mich für diesen Poser einfach hat sitzen lassen."

Kalle erhebt sich und mahnt zur Eile. „Wir sollten los. Max treffen wir an der Kirche, zusammen mit der Blonden von gestern."

Die drei machen sich auf den Weg, treffen Max und seine neue Freundin Elsa und schlendern gemeinsam über den Flohmarkt.

Georg kauft eine alte mechanische Brotschneidemaschine, nach der er schon lange gesucht hat, weil seine Eltern noch so eine hatten, die jedoch von deren Putzfrau kaputt gemacht worden war. Eddie hingegen durchstöbert den Stand mit den alten Jazz-Platten. Zu seiner Freude entdeckt er eine besondere Rarität von *Duke Ellington*, eine frühe und gut erhaltene Pressung von „Take the A Train". Später findet er noch eine Originalpressung von *Robert Fripps* „North Star" aus dem Jahre 1979.

An einer der Pommesbuden am Rand des Flohmarktes treffen sich alle wieder und genießen jeder eine Currywurst und schauen dem Treiben rund um das Rathaus zu.

Am frühen Nachmittag leert sich der Markt und die Ersten beginnen damit, ihr Stände abzubauen. Max und Elsa verabschieden sich, ebenso Georg und Kalle, die noch etwas erledigen müssen, wie sie sagen. „Bis heute Abend", rufen sie ihm noch zu.

Eddie hat keine Lust, schon nach Hause zu gehen. Zudem sucht er noch nach einer Kleinigkeit für Valerie, die in der kommenden Woche ihr Auslandsemester in Grenoble beendet haben und zurück nach Hause kommen wird. Valli liebt kleine abseitige und völlig nutzlose Gegenstände und solche gibt es eigentlich nur hier.

Ein wenig ziellos schlendert er herum und verirrt sich an den Rand des Flohmarktes in eine Seitenstraße, wo er zuvor nicht vorbeigekommen ist. Dort entdeckt er einige Stände mit Vintage Klamotten sowie allerlei Krimskrams.

Am Ende der Straße ist eine junge Frau dabei, ihren Kram in Kartons zu packen. Sie wirkt ein wenig entrückt, als wäre sie nicht ganz bei der Sache. In ihr braunes Haar hat sie zwei schmale Zöpfe geflochten, die ihr immer wieder ins Gesicht fallen, während sie ihre Kisten packt.

Der Hippietyp vom Nachbarstand hat bereits alles in seinem Kombi verstaut. Während er in das Auto einsteigt, hebt er lässig die Hand und ruft herüber: „Tschüss Julie, mach's gut bis nächsten Monat."

Die Frau schaut zu ihm rüber, winkt ihm zu und erwidert etwas, das Eddie nicht versteht, obwohl er nun direkt vor ihrem Tisch steht und sich den restlichen Tüddelkram ansieht.

Während sie eine weitere Kiste hervorholt und auf den Tisch hievt, murmelt sie unfreundlich etwas vor sich hin.

Eddie räuspert sich. „Was hast du gesagt?"

„Ist geschlossen", erwidert sie, ohne ihn dabei anzusehen.

„Ich wusste nicht, dass es hier Öffnungszeiten gibt", hört Eddie sich sagen und fragt sich, wie sein Gehirn jetzt darauf kommt.

Aber sie scheint ihn nicht gehört zu haben oder tut zumindest so. Der seichte Wind spielt mit ihrem Haar und er fragt sich, wie sie wohl aussieht, wenn sie lächelt.

Während sie weiter einpackt, schaut er sich die restlichen Dinge an, weniger aus Interesse, sondern um sie unauffällig zu beobachten, was sie sicher längst bemerkt hat.

Gerade als ihre Hand danach greifen möchte, entdeckt er das Kästchen. Es ist sehr klein, aus einem edlen Holz mit kaum sichtbaren Verzierungen und einer winzigen Schrift drauf. Sie hält es bereits in der Hand, als er seine Hand auf ihren Arm legt und sie bittet, ihm das Kästchen zu zeigen. Sie zeigt ihm ein mürrisches Gesicht und hält kurz inne.

„Bitte Julie, ich will es nur kurz anschauen."

Vorsichtig öffnet sie die Hand und reicht ihm das Kästchen. Eddie staunt darüber, wie weich es sich anfühlt und irgendwie warm und es scheint ihm, als würde es fast nichts wiegen. Er schaut es genauer an, bestaunt die Verzierungen, wiegt es in der Hand hin und her und entdeckt einen winzigen Knopf in der Mitte der Oberseite. Darüber befindet sich eine Inschrift, die er nur mit Mühe entziffern kann. Er hält sich das Kästchen dicht vor die Augen und liest *Drück mich!*

Eddie fällt nicht ein, woran ihn das erinnert, aber er hat den Eindruck, dass es ihn und nur ihn damit meint.

Julie steht immer noch vor ihm, wippt ungeduldig hin und her und fragt: „Was ist nun, willst du es kaufen oder nicht?"

Er nickt und fragt zögerlich: „Was willst du dafür haben?"

„Zehn Euro", entfährt es ihr. „Soll ich es einpacken?"

Eddie schüttelt den Kopf, kramt zwei Geldscheine aus seiner Hosentasche hervor und reicht sie ihr. „Was passiert, wenn man auf den Knopf drückt?", fragt er und schaut direkt in ihr, von Sommersprossen übersätes Gesicht.

Sie zuckt mit den Schultern. „Weiß nicht, probier's aus."

Eddie glaubt ihr kein Wort, aber er lässt es auf sich beruhen und das Kästchen vorsichtig in seine Hosentasche gleiten. Ohne ihn noch zu beachten, packt sie weiter ihre Sachen ein und ist auch bald damit fertig, während er immer noch vor dem Tapeziertisch steht und ihr zusieht. Mit einem gekonnten Handgriff klappt sie den Tisch zusammen und verstaut ihn in ihrem Kombi. Bevor sie einsteigt, haucht sie ein leises „Tschüss" und zeigt ihm doch noch ein angedeutetes Lächeln.

Eddie hebt lässig die Hand und ruft herüber: „Tschüss Julie, mach's gut bis nächsten Monat."

Auf dem Weg nach Hause fühlt er sich irgendwie benommen und er weiß nicht, ob es das Kästchen, Julies Lächeln oder doch nur der Restalkohol ist.

In seinem Loft angekommen, kramt er das Kästchen hervor und überlegt kurz, ob er den Knopf drücken soll. Irgendetwas sagt ihm, dass dies nicht der richtige Zeitpunkt ist. Daher legt er es auf seinen Nachttisch. Im Kühlschrank findet er noch einen Zitronenjoghurt und einen Eisbergsalat, die zusammen eine kleine Zwischenmahlzeit für ihn sind.

Georg hatte heute Morgen gemeint, er solle mal Ordnung schaffen, und wenn er sich so umschaut, muss er ihm wohl Recht geben. Seit Felice weg ist, sieht es hier wirklich ziemlich übel aus. Ungefähr so ähnlich wie in seiner Seele.

Das Loft, das nur aus einem weitläufigen hohen Raum besteht, hat bodentiefe breite Fenster, an zwei Seiten mit Vorhängen aus tiefrotem Samt, die in letzter Zeit meist zugezogen waren. Nicht weit von dem breiten Doppelbett aus weiß gestrichenem Buchenholz befindet sich eine altertümliche Badewanne mit vier Füßen aus weißer Emaile. In der anderen Ecke gibt es eine moderne Küchenzeile und davor einen sehr langen hölzernen Esstisch mit jeweils zehn antiken Stühlen an jeder Seite sowie einem Sessel vor Kopf. In der hinteren Ecke hat er sich einen Arbeitsbereich eingerichtet und schräg gegenüber zwei Sofas über Eck platziert. Lediglich Toilette und Dusche sind in einem kleinen Raum neben dem Eingang abgetrennt.

Früher einmal diente das Haus als Fabrik für was auch immer. Später hatten findige Architekten die Halle entkernt, Zwischendecken eingezogen und drei Luxuslofts daraus gemacht.

Als Felice ihn damals nach ihrem ersten Rendezvous hierhin zu sich mitgenommen hatte, war er sofort überaus fasziniert gewesen, von diesem Raum, der ihre Wohnung bildete. Wenige Monate später war er zu ihr gezogen. Seine wenigen Sachen hatten genügend Platz gefunden und so lebten sie zwei Jahre lang gemeinsam hier und verbrachten eine gute Zeit.

Bis der Modekasper in ihr, und damit auch in sein Leben einbrach, ihr den Kopf verdrehte und sich als ihr neuer Lover förmlich aufdrängte. Felice hatte nur kurz gezögert, sich entschieden und war dann zu ihm in sein schickes Reihenhaus am Stadtrand gezogen.

Eddie hätte den Kasper am liebsten um die Ecke gebracht, aber wenn er ehrlich zu sich war, und manchmal war er das, so war die Beziehung mit Felice bereits seit längerem in einer tiefen Krise gewesen. Und so war es eigentlich nur eine Frage der Zeit, bis sie oder er den Abflug gemacht hätte. Dass sie es war, fuchste ihn zwar, aber irgendwie war das auch egal. Bis zum Jahresende konnte er noch hier wohnen und bis dahin musste er sich etwas Neues suchen oder einen sehr, wirklich sehr lukrativen Job finden. Aber auch wenn seine letzten achtzehn Bewerbungen nicht mit Absagen geendet wären, so wäre es trotzdem sehr unwahrscheinlich, dass er sich das Loft weiterhin leisten könnte.

Um seinen trüben Gedanken keinen weiteren Raum zu geben, greift er nach seinem aktuellen Lieblingsbuch und macht es sich auf einem der Sofas bequem.

Später am Abend macht er sich auf den Weg zum *Puvogel*, wo die anderen bereits auf ihn warten und die vier alten Flipperautomaten belagern. Der *Puvogel* ist eigentlich eine Kneipe, aber zugleich so etwas wie ihr Vereinsheim, indem sie dem Flippersport frönen. Tatsächlich haben sie vor einigen Jahren den Verein *Tilt42* gegründet und seitdem nehmen sie regelmäßig an Flipperturnieren in der Region teil.

Dabei treten sie in zwei Mannschaften mit je vier Spielerinnen oder Spielern an. Seit Gründung des Vereins war Eddie fast immer in der ersten Mannschaft, aber seit Felice ihn verlassen hat, ist seine Spielstärke drastisch abgestürzt. Und so ist es auch heute wieder. Er spielt so schlecht, während die andern kopfschüttelnd danebenstehen.

Irgendwann beginnen die Ersten zu maulen. „Mensch Eddie, seit Feli weg ist, spielst du wie ein Amateur. Konzentrier dich doch mal!"

Eddie verzieht sein Gesicht und möchte etwas antworten, als ihm auch die letzte Kugel mittendurch rauscht. Ein Blick auf die Punktzahl bestätigt ihm, was die anderen bereits wissen. Und so wundert es ihn nicht, als Georg plötzlich neben ihm steht. „Nimm es nicht persönlich, aber ich glaube, es ist besser, wenn du mit Max tauschst und für ihn in die Zweite gehst."

Ausgerechnet Max, der eigentlich nur der Geselligkeit wegen dabei ist, wie er einmal sagte. Aber heute hat er einen Lauf, muss Eddie zugeben. Sicherlich weil Elsa als Gästin dabei ist und er sie beeindrucken möchte, was ihm auch vortrefflich gelingt.

Eddie nickt nur. „Wer ist in der Zweiten noch dabei?"

Georg, der selbst die Erste anführt, tut so, als müsste er nachsehen. „Valerie führt die Zweite, Randolf und Heinz sind noch dabei, und du bist an vier gesetzt."

Eddie verzieht sein Gesicht und weiß nicht, was ihn mehr entsetzt. Er braucht einen Moment, sich zu fassen. „Echt jetzt? Du hast Valli in die Zweite versetzt? Was soll das denn?"

„Mann Alter, Valerie war mehr als ein halbes Jahr weg. Wer weiß, wie sie heute spielt?", antwortet Georg trocken.

Eddie hat keine Lust auf dieses Gespräch. Valli war immer die Beste von ihnen allen gewesen und hatte die erste Mannschaft angeführt. Mit ihr als Kapitänin hatten sie viele Pokale gewonnen, die in einer Ecke des *Puvogel* in einer staubigen Vitrine stehen. Aber vielleicht ist es besser so und irgendwie freut er sich darauf, mit ihr zusammen in einer Mannschaft zu spielen, auch wenn es die Zweite ist, die noch nie irgendetwas gewonnen hat.

Später beschließen die anderen, noch in die Stadt zu gehen, aber Eddie ist müde, hat keine Lust, verabschiedet sich und läuft durch die laue Nacht nach Hause zu seinem Loft.

Dort angekommen trinkt er noch ein Bier auf der Loggia und schaut in den Sternenhimmel. Dabei wird ihm mehr und mehr blümerant zu Mute. Seine Gedanken verirren sich immer wieder in denselben Schleifen, wie Fäden, die sich zu einem Knäuel verdichten, das sich nicht mehr entwirren lässt. Jeder dieser Fäden steht für eine andere Facette seines unsteten Lebens, die in jedweder Hinsicht in einer Sackgasse endet.

Seine einzige längere Beziehung ist gerade eben, mit einem mächtigen Theaterdonner, zu ihrem Ende gekommen, seine Karriere ist bereits gescheitert, bevor sie überhaupt begonnen hat, sein dreißigster Geburtstag, der allgemein als große Zäsur in einem Leben angesehen wird, liegt gerade hinter ihm, demnächst wird er kein Dach mehr über dem Kopf haben und nun spielt er auch noch in der zweiten Mannschaft.

Bei einem zweiten Bier versucht er, seine Gedanken in eine positive Richtung zu lenken, was ihm nicht wirklich gelingen mag. Bis ihm das Lächeln der Frau auf dem Flohmarkt in den Sinn kommt. Während das Bild in seinem Kopf ihm ein leicht wohliges Gefühl schenkt, fällt ihm das Kästchen wieder ein, das immer noch unberührt auf seinem Nachttisch liegt.

Kurzerhand holt er es, setzt sich wieder in seinem Liegestuhl und betrachtet es ausgiebig von allen sechs Seiten. Er kann kaum glauben, wie leicht es sich anfühlt. Eine besondere, plastisch intensive Maserung lässt es sehr alt erscheinen.

Andererseits finden sich keinerlei Beschädigungen oder Gebrauchsspuren daran, so dass es frisch und neu wirkt. Das Holz sieht wertvoll und exotisch aus und er hat keine Idee, um welche Holzart es sich handelt.

Die Schrift ist auf eine vornehme Weise verschnörkelt, jedoch deutlich lesbar. Eddie wundert sich, dass es zwei deutsche Worte sind, obwohl das Kästchen den Eindruck zu vermitteln versucht, von weit her zu stammen. *Drück mich!*

Das klingt unverhohlen fordernd wie gleichermaßen geheimnisvoll, da in keiner Weise ersichtlich ist, warum irgendjemand den Knopf drücken soll, und schon gar nicht, was dann passiert. Und das leicht schräge Ausrufungszeichen verleiht der Aufforderung den nötigen Nachdruck.

Mit einem Mal fällt Eddie wieder ein, woran ihn die Inschrift erinnert: Nachdem Alice dem weißen Kaninchen in seinen Bau gefolgt und in dem Raum mit den vielen Türen gelandet ist, die allesamt zu niedrig sind, um hindurch zu gelangen, findet sie das Fläschchen mit der Aufschrift *Trink mich!*

Auch für Alice ist in keiner Weise ersichtlich, was passiert, wenn sie der Anweisung Folge leistet. Mit kindlicher Unbefangenheit zögert sie keinen Moment, aus dem Fläschchen zu trinken. Der Rest ist bekannt.

Eddie fragt sich, ob ihm Ähnliches passieren könnte, wie Alice in ihrem Wunderland und ob es ein ebensolches Durcheinander auslösen könnte, wie in dem Kinderbuch.

Einem unausgegorenen, fast spontanen Impuls folgend, legt er den kleinen Finger seiner rechten Hand auf das winzige Loch, in dem sich der Knopf befindet. Die widerstreitenden Stimmen in seinem Kopf werden übertönt von seinem, nun deutlich pochenden Herzen. Zaghaft zögernd und zugleich von drängender Neugier getrieben, kratzt er eine hinreichende Portion Mut zusammen, lässt seine Fingerkuppe in das Loch gleiten, berührt den Knopf und übt einen leichten Druck aus, dem der Knopf sogleich nachgibt, als hätte er schon lange drauf gewartet.

Erfüllt von gespannter Neugier starrt Eddie auf seinen Finger und auf das Kästchen in seiner Hand. Ein, zwei, drei Sekunden vergehen und dann geschieht etwas, mit dem er überhaupt nicht gerechnet hat, nämlich rein gar nichts!

Er braucht einen Moment, es zu begreifen. Er hatte mit allerlei Möglichem gerechnet, Wahrscheinlichem, wie Unwahrscheinlichem, jedoch nicht damit. Eddie spürt, wie sich eine zähflüssige Enttäuschung in ihm breitmacht, über die er sich sogleich zu wundern beginnt. Hatte er wirklich geglaubt, das Kästchen hätte irgendeine Bedeutung, und es würde irgendetwas geschehen, wenn man den Knopf drückt? Ganz offensichtlich hat sich jemand einen Spaß erlaubt, als er diesen Scherzartikel gebaut hat.

In diffuser Weise frustriert, knallt er das Kästchen auf den kleinen Tisch neben die beiden leeren Bierflaschen. Dann beschließt er, diesem absurden Tag ein Ende zu setzen und ins Bett zu gehen. Beim Zähneputzen betrachtet er sein Gesicht im Spiegel und sucht nach einer Veränderung darin. Erneut schallt er sich einen Narren, wegen seines kindlichen Gemüts. Nicht viel später fällt er in einen tiefen Schlaf.

Bevor er die Augen schließt und sich auf seine Einschlafseite dreht, kommt ihm kurz die Idee, dass vielleicht doch etwas passiert sein könnte, von dem er jedoch nichts mitbekommen hat. Dieser, wie sich später herausstellen wird, kluge Gedanke ist jedoch am kommenden Morgen bereits wieder vergessen.

KAPITEL 3

„Drück mich!"

Sonntag

Hinweis: Falls jemand Kapitel 2 vermisst. Das lassen wir hier mal aus, aber holen es später nach, denn es birgt einige Geheimnisse, die hier noch nicht verraten sein wollen.

Eddie erwacht aus einem traumlosen Schlaf und fühlt sich ordentlich wischi-waschi, wie Valli jenen Zustand des Gemüts nennt, bei dem man nicht genau weiß, ob es gut oder schlecht, normal oder meschugge, verheißungsvoll oder illusionslos ist, wie man sich fühlt. Er dreht sich auf die andere Seite, erkennt jedoch, dass er wohl nicht wieder einschlafen wird.

Nach einem kargen Frühstück macht er sich auf den Weg zu seinen Eltern, bei denen er an jedem zweiten Sonntag zu Mittag isst. Weil das Wetter so schön ist, wie seine Mutter zur Begrüßung verkündet, hat sein Vater den alten Grill aus dem Keller geholt, und gemeinsam schleppen sie das schwere Ding nach hinten in den Garten.

Während der Vater versucht, das Feuer zu entfachen, trägt die Mutter eine Schüssel nach der anderen zum Gartentisch. Eddie liegt derweil in einem Liegestuhl unter der

mächtigen Trauerweide und lässt seine Gedanken umherfliegen.

„Hilf deiner Mutter doch mal", fordert der Vater, doch
die Mutter winkt nur ab: „Ach lass doch den Jungen, der
hat doch sonst immer so viel zu tun, dann kann er sich
doch heute am Sonntag mal ein wenig entspannen."

Bei ‚viel zu tun' schnauft der Vater verächtlich, sagt jedoch erst einmal nichts weiter dazu. Damals, nach dem
bestandenen Abitur, hatte er Eddie aufgefordert, nun auch
etwas daraus zu machen und mit ‚etwas' hatte er etwas
gemeint, mit dem sich ordentlich Geld verdienen ließe, so
wie er selbst in seiner Bank, die genau genommen gar
nicht seine war. Seitdem hatte es häufig Streit gegeben, der
meist damit endete, dass der Vater ihm vorwarf, nichts
aus seinen Talenten gemacht zu haben. Selbst sein Doktortitel, auf den die Mutter sehr stolz ist, kann den Vater nicht
beeindrucken, da Eddie ja kein Arzt und damit auch kein
richtiger Doktor ist, wie er schon häufig verkündet hat.

Später sitzen sie zu dritt an dem Gartentisch, auf dem
sich verschiedene Salate, ein Dutzend frische Brötchen,
Senf & Ketchup sowie ein riesiger Fleischteller mit Steaks
und Würstchen tummeln.

„Erwartet ihr noch Besuch?", fragt Eddie, scheinbar unbefangen.

Die Mutter lacht. „Du bist mir einer. Wer soll denn noch
kommen?" Dann blickt sie auf den Fleischteller und ergänzt: „Falls nachher noch etwas übrig ist, packe ich es dir
ein."

Dann stoßen sie miteinander an. Die Mutter verteilt das
Fleisch und die Salate auf die Teller, und dann genießen

sie schweigend das Essen. Zwischen zwei Würstchen fragt der Vater: „Und?"

Eddie kennt seinen Vater lange genug, um solche sehr kurzen und unspezifischen Fragen gewohnt zu sein, jedoch offenbar noch nicht lange genug, um zu wissen, was er meint.

Wie sonst auch, springt die Mutter ein und erklärt: „Dein Vater meint, ob du schon jemand Neues hast."

Der Vater nickt, und Eddie schüttelt den Kopf, woraufhin auch der Vater seinen Kopf schüttelt.

„Felice war eine gute Frau! Du hättest sie nicht vergraulen sollen", spricht der Vater zwei ungewohnt lange Sätze.

Eddie weiß, dass es keinen Zweck hat, sich irgendwie zu rechtfertigen.

„Sie war eine blasierte Pute", mischt die Mutter sich ein und verschränkt die Arme vor ihrer Brust. „Ich bin sehr froh, dass Edgar sie los ist und wir hier einträchtig und zu dritt beisammen sein können." Mit der Hand deutet sie auf das Fleisch auf ihrem Teller und ergänzt: „Mit ihrem Vegetarierinnen-Getue hätte sie heute nur wieder lustlos auf ihren Tofu-Würstchen herumgekaut und uns allen die Laune verdorben."

Eddie muss innerlich schmunzeln, da sie beide in gewisser Weise Recht haben. Der Vater hatte Felice geliebt, vor allem da sie aus gutem Haus kommt, ihre Eltern sehr wohlhabend sind, und sie einen gutbezahlten Job hat, mit dem sie sich sogar das Loft leisten konnte.

Ihre vornehme, wie manchmal hochnäsige Art hatte seine Mutter immer geärgert, was sie oft mit spitzen Bemerkungen zum Ausdruck brachte. Nach den sonntäglichen Mittagessen bei seinen Eltern hatte es meist Streit mit Felice gegeben, da er sie, ihrer Meinung nach, nicht hinreichend unterstützt hatte.

„Immerhin bist du schon dreißig und irgendwann wollen wir ja auch mal Enkelkinder", erklärt der Vater.

Eddie überlegt, wie er das Gespräch in eine andere Richtung lenken kann. „Valli kommt diese Woche nach Hause."

Der Vater nickt, während die Mutter ihr Gesicht verzieht.

„Sie wohnt für ein paar Tage bei mir, da sie ihr Zimmer in der WG bis Ende des Monats noch vermietet hat", ergänzt er.

„Valerie war auch eine gute Frau!", brummt der Vater.

Der Vater hatte auch Valli geliebt, auch wenn sie keineswegs aus gutem Hause kam. Obwohl sie alles andere als blasiert oder vornehm und auch keine Vegetarierin ist, kann die Mutter sie noch weniger leiden als Felice, da Valerie *anders* ist, wie die Mutter es ausdrückt. ‚Anders auf eine schlechte Weise', wie sie einmal sagte.

„Und?", wechselt der Vater offenbar das Thema.

„Diesmal meint er, ob du einen Job hast?", hilft die Mutter.

Der Vater nickt, und Eddie schüttelt den Kopf, woraufhin auch der Vater seinen Kopf schüttelt.

„Junge, wo soll das noch mit dir enden?"

Das fragt sich Eddie neuerdings auch des Öfteren, ohne darauf eine Antwort zu wissen.

Wieder zu Hause nimmt Eddie ein ausführliches Bad und versucht die Patina der Vergangenheit, die sich bei jedem Besuch in seinem Elternhaus in dicken Schichten auf ihn legt, so gut es geht abzuwaschen.

Den Nachmittag verbringt er mit einer Kanne edlen Darjeeling-Tee, second flush aus dem Teegarten Jungpana und einem Buch auf seinem Sofa. Irgendwann später bemerkt er, wie seine Gedanken immer wieder abschweifen und er den einen Satz bereits zum dritten Mal gelesen hat, ohne etwas von seinem Inhalt mitbekommen zu haben: ‚Was hat Bloom gerade gemeint? Und was soll das überhaupt alles?'

Offensichtlich hat er für Geistreiches nicht mehr das notwendige Aufmerksamkeitslevel und so landet er schließlich auf Netflix beim *Witcher*, seiner derzeitigen Lieblingsserie.

Nachdem Gerald und Rittersporn versehentlich den Dschinn befreit haben, ist Rittersporn schwer erkrankt. Zu ihrem Glück erreichen sie noch rechtzeitig Yennefer, die sich vorübergehend in einem alten Gemäuer am Rande einer kleinen Stadt eingerichtet hat. Es bedarf einiger Überredungskunst, sowie Geralds eigentümlichem Charme, sie zu überzeugen, zu helfen. Tatsächlich gelingt es ihr, Rittersporn zu heilen. Aber Yennefer führt Böses im Schilde und versucht, den Dschinn zu fangen und den letzten Wunsch für sich zu haben, wodurch sie sich jedoch in große Gefahr bringt, wie Gerald erkennt.

Eddie schaut gebannt auf den großen Flachbildschirm gegenüber dem Sofa. Tatsächlich versinkt er tief in der Handlung und vergisst dabei die echte Welt um sich herum. Nur hin und wieder nimmt er sich ein paar Erdnüsse aus der Schale auf dem Tisch.

Yennefer hat es inzwischen geschafft, den Dschinn in ihrer Kammer oben in dem Gemäuer gefangen zu halten. Der Dschinn wehrt sich nach Kräften und es kommt zu einem Kampf mit Yennefer, den der Dschinn nicht gewinnen kann.

Gerade als Yennefer glaubt, die Macht über den Dschinn erlangt zu haben und nun ihren Wunsch ausspricht, fallen ein paar Erdnüsse aus Eddies Hand auf den Boden. Er bückt sich danach und sammelt sie auf. Dadurch verpasst er den Schlüsselmoment, in dem Gerald in der Kammer erscheint und Yennefer begreift, dass nicht Rittersporn, sondern Gerald die zwei ersten Wünsche erhalten hat.

Mit der Fernbedienung setzt Eddie die Folge um zehn Sekunden zurück.

Gerade als Yennefer glaubt, die Macht über den Dschinn erlangt zu haben und nun ihren Wunsch ausspricht, geschieht nichts. Im selben Augenblick erscheint Gerald in der Kammer.

Eddie erinnert sich noch zu gut, wie er früher im analogen Fernsehen, so oft die spannendsten Szenen unwiederbringlich verpasst hatte, weil er durch irgendetwas abgelenkt war. Dank der Zehn-Sekunden-Zurück-Taste der Streamingdienste muss man heute nichts mehr verpassen.

Eddie stoppt den Film, geht auf die Toilette und nimmt sich auf dem Rückweg ein Bier aus dem Kühlschrank. Bei einem kurzen Blick aus dem Fenster erkennt er einen Blitz, der den dunklen Himmel kurz erleuchtet, gefolgt von einem Donner. Sogleich beginnt ein Gewitterregen vom Himmel zu fallen.

Für einen kurzen Moment ist Yennefer verwirrt, dann erkennt sie, dass nicht Rittersporn, sondern Gerald die Macht über den Dschinn und auch die beiden ersten Wünsche erhalten hat. Während Yennefer versucht, Gerald seine Macht über den Dschinn zu entreißen, und sie beide miteinander ringen, redet Gerald auf sie ein und versucht, ihr klarzumachen, dass sie den Dschinn nicht besiegen kann und ihn freigeben soll.

Eddie starrt gebannt auf den Bildschirm und ist nun voll und ganz von der Handlung eingenommen. Blitz und Donner in der realen Welt nimmt er kaum wahr. Und so bemerkt er fast nicht, wie er das Kästchen in die Hand nimmt, das neben seinem Buch auf dem Sofa gelegen hat.

Gerald und Yennefer kämpfen miteinander und Eddie weiß, dass Gerald keine Chance hat, gegen die Frau anzukommen. Yennefer ist überzeugt davon, dass der Dschinn ihre letzte Chance ist, und Gerald ist sicher, dass der Dschinn ihr sicherer Tod sein wird, wenn es ihm nicht gelingt, sie zu beschützen, was nicht so leicht ist, während sie einander bekämpfen.

Eddie liebt diese Serie, auch weil er sich voll und ganz in ihr verlieren kann, was ihm heute guttut. Während Yennefer versucht, sowohl den Dschinn als auch Gerald in Schach zu halten und Gerald seine ganze Kraft aufwendet, streicht Eddie über das Kästchen in seiner Hand.

Der Kampf zwischen Gerald, dem Dschinn und Yennefer zieht sich hin, und Gerald spürt, wie die Kraft ihn verlässt und er nicht mehr dagegenhalten kann. Erschöpft sinkt er in sich zusammen. Dann reißt er die Augen weit auf.

Eddies Finger liegt auf der Vertiefung, und in dem Augenblick, wo Gerald versteht, was die Lösung in dieser ausweglosen Situation sein kann und wo er den dritten Wunsch benutzt, um Yennefer zu retten, und sogleich der Dschinn verschwindet, drückt Eddie unbewusst auf den Kopf.

Der Kampf zwischen Gerald, dem Dschinn und Yennefer zieht sich hin und Gerald spürt, wie die Kraft ihn verlässt und er nicht mehr dagegenhalten kann. Erschöpft sinkt er in sich zusammen. Dann reißt er die Augen weit auf.

Überrascht schaut Eddie auf den Bildschirm und braucht einen Moment, zu realisieren, dass er die Szene gerade eben bereits gesehen hat. Er blickt auf das Kästchen in seiner Hand…

… Gerald versteht, was die Lösung in dieser ausweglosen Situation sein kann und wo er den dritten Wunsch benutzt, um Yennefer zu retten, und sogleich der Dschinn verschwindet …

… und erkennt, dass er ohne jede Absicht den Knopf gedrückt hat, was er nach kurzem Zögern erneut tut.

Gerald spürt, wie die Kraft ihn verlässt und er nicht mehr dagegenhalten kann. Erschöpft sinkt er in sich zusammen. Dann reißt er die Augen weit auf.

Nun etwas weniger überrascht bemerkt er, wie es in seinem Gehirn arbeitet und er langsam beginnt, zu verstehen …

… Gerald versteht, was die Lösung in dieser ausweglosen Situation sein kann und wo er den dritten Wunsch benutzt, um Yennefer zu retten, und sogleich der Dschinn verschwindet. Ein heller Blitz, gefolgt von einem gewaltigen Donner bringt das Gemäuer krachend zum Einsturz!

Und Eddie begreift endlich, was es mit dem Kästchen auf sich hat! Ein wenig enttäuscht schaut er es an und macht sich klar, dass es sich lediglich um eine einfache Fernbedienung für den Fernseher handelt.

Kurz darauf beobachtet Eddie, wie sich Gerald und Yennefer küssen, und er fragt sich, wie es nun dazu gekommen ist. Hat er etwas verpasst? Dass sich zwischen den beiden etwas anbahnt, war schon bei ihrer ersten Begegnung, zu Beginn der Folge klar, aber wie es jetzt so schnell dazu kam, erschließt sich ihm nicht. Kurzerhand lässt er die letzten Erdnüsse in seinem Mund verschwinden und drückt erneut den Knopf.

... wo er den dritten Wunsch benutzt, um Yennefer zu retten, und sogleich der Dschinn verschwindet. Ein heller Blitz, gefolgt von einem gewaltigen Donner ...

Ohne hinzusehen, greift er in die Schüssel mit den Erdnüssen und lässt sie in seinem Mund verschwinden. Es braucht einen kurzen Moment, bis er es bemerkt. Mit einem Mal hört er auf zu kauen, schaut in die leere Schüssel und erkennt, dass diese eben auch schon leer war. Gerald und Yennefer küssen sich schon wieder, und Eddie hat erneut verpasst, wie es dazu kam. Noch einmal drückt er den Knopf ...

Ein heller Blitz, gefolgt von einem gewaltigen Donner bringt das Gemäuer krachend zum Einsturz!

Vorsichtig und deutlich aufgeregt schaut Eddie nach unten: In der Schüssel auf dem Tisch befinden sich ein knappes Dutzend Erdnüsse!

Er ist verwirrt, wie lange nicht. Okay, genau genommen, wie seit vor einem halben Jahr, als er den Modekasper

Hand in Hand mit seiner damals noch Freundin Felice in der Stadt gesehen hat.

Eigentlich ist er nicht allzu begriffsstutzig, aber das hier will sich ihm nicht erschließen. ‚Was bedeutet das? Wie kann das Kästchen die Erdnüsse wieder herzaubern, die in seinem Bauch sein sollten?', denkt er und erkennt sofort, wie absurd allein die Frage ist.

Inzwischen sind Gerald und Yennefer schon wieder in ihren Kuss vertieft, aber das ist Eddie nun tatsächlich egal. Mit der anderen Fernbedienung schaltet er den Fernseher aus und versucht, seine Gedanken zu ordnen.

Spontan kommt ihm ein Gedanke, der beträchtlich ungeheuerlich ist, jedoch die einzig logische Erklärung liefert. Kurzerhand nimmt er das Buch vom Sofa auf und wirft es auf den Boden. Dann drückt er den Knopf und das Buch liegt wieder auf dem Sofa, ohne dass es sich irgendwie dorthin bewegt hat.

Mit dem Kästchen in der Hand läuft er in die Küche, nimmt ein rohes Ei aus der Eierpackung und legt es auf den Tisch. Dann stupst er es an, so dass es vom Tisch herunterrollt, zu Boden fällt und in tausend Teile zerspringt. Während sich das Eigelb über den Boden ergießt und eine ziemliche Sauerei hinterlässt, zögert er einen Augenblick, bevor er den Knopf drückt. Sogleich liegt das Ei unversehrt und reglos auf dem Tisch, und der Boden ist blitzblank, wie zuvor. Eddie kann es immer noch nicht glauben.

Er kramt sein Handy hervor, wählt die Stoppuhr-App aus und startet den Timer, der sofort damit beginnt, blitzschnell Sekunden, Zehntel- und Hundertstelsekunden hochzuzählen.

Als das Display Sekunde dreißig anzeigt, drückt er den Knopf. Das Display zeigt sogleich Sekunde zwanzig und zählt ungerührt weiter.

Schließlich läuft er zu seinem Nachttisch, kramt in der Schublade herum, bis er seine alte mechanische Armbanduhr gefunden hat. Mit dem kleinen Rädchen an der Seite zieht er sie auf, und sofort beginnt der Sekundenzeiger mit einer gleichförmigen Bewegung rund um das Ziffernblatt.

Als der Zeiger oben bei der Zwölf angekommen ist, drückt er erneut den Knopf. Ohne eine sichtbare Bewegung steht der Sekundenzeiger sofort auf der Zehn und bewegt sich in Sekundenschritten auf die Zwölf zu. Zur Sicherheit wiederholt er das Experiment ein halbes Dutzend Mal, ohne etwas anderes zu beobachten.

Eddie setzt sich auf das Sofa, lässt sich nach hinten fallen und starrt eine Weile lang vor sich hin. Dann zwickt er sich in den Arm, wie es die Leute manchmal in Filmen machen, um zu prüfen, ob sie träumen. Es tut ein klein wenig weh, aber er weiß damit immer noch nicht, ob er das Alles nur träumt oder sich vielleicht plötzlich in einem Paralleluniversum befindet; einem in dem man die Zeit zurückdrehen kann.

Vorsichtig legt er das Kästchen auf den Tisch. Dann formuliert er in seinem Kopf einen wahrhaft tollkühnen Gedanken: Offenbar handelt es sich bei dem Kästchen tatsächlich um eine Art Fernbedienung. Allerdings nicht für einen Fernseher, wie er vorhin noch dachte, sondern für das Leben als solches, konkret für sein eigenes Leben! Und bei jedem Knopfdruck springt die Zeit um präzise zehn Sekunden zurück!

Eine lange Weile sitzt er nur reglos da und starrt vor sich hin, unfähig, einen klaren Gedanken zu fassen. Die Frau vom Flohmarkt, Julie kommt ihm in den Sinn. Ist sie vielleicht einer Zauberin, wie Yennefer? Sofort schämt er sich für diesen Gedanken. Vielleicht sollte er nicht so viele Fantasyfilme schauen. Möglicherweise ist er aber auch einfach verrückt geworden, ohne es bemerkt zu haben. Vorsichtig wirft er einen verstohlenen Blick auf das Kästchen, das ihm jetzt irgendwie bedrohlich vorkommt. Mit einem Mal fühlt er sich sehr erschöpft.

Das Gewitter und der Regen sind inzwischen vorbei. Er stellt sich kurz auf die Loggia und atmet die frische Luft tief ein.

Später im Bett wälzt er sich hin und her und überlegt, wie er seine neu gewonnene Superkraft einsetzen kann, falls das alles wirklich real ist. Jedoch mag ihm nicht wirklich etwas Sinnvolles einfallen, was ihn frustriert tief in sein Kissen sinken lässt. In dem magischen Augenblick, in dem er in die Schattenwelt hinübergleitet, kommt ihm dann doch noch eine prächtige Idee, die er gleich morgen ausprobieren muss.

KAPITEL 4

Bride of Pin-Bot

Montag

Die Woche beginnt täuschend unspektakulär, als wolle sie erst einmal noch verheimlichen, welche Turbulenzen sie für Eddie bereithält. Am Ende dieser Woche wird sein Leben sich vollumfänglich anders anfühlen als in den vergangenen dreißig Jahren.

Eddie erwacht aus bildgewaltigen Träumen und ist für einen Moment ohne Orientierung. Die Nacht über hat er unruhig geschlafen und ist dabei von einer Traumsequenz in die nächste gestolpert. Bruchstücke davon wabern erneut schlaglichtartig durch seinen Kopf und vermischen sich mit dem Lärm, der von draußen an sein Ohr dringt. Als er vorsichtig ein Auge öffnet, erkennt er, dass es noch dämmrig ist. Er dreht sich auf die andere Seite, erkennt jedoch, dass er wohl nicht wieder einschlafen wird.

Nach und nach diffundiert eine besonders prägnante Traumsequenz in sein Bewusstsein, in der es um das Kästchen vom Flohmarkt geht, um eine magische Eigenschaft, die mit der Zeit zu tun hat. Eine Eigenschaft, die er entdeckt und mehrfach ausprobiert hat. Das Ganze kommt ihm mit einem Mal sehr realistisch vor, weniger wie ein

Traum und nach und nach dämmert ihm, dass es vielleicht wahr sein könnte. Für eine kurze Weile weiß er wirklich nicht, ob er den gestrigen Abend nur geträumt hat.

Plötzlich hellwach springt er aus dem Bett, greift nach dem Kästchen auf seinem Nachttisch, läuft zum Kühlschrank und wiederholt das Experiment mit dem Ei. Inzwischen nicht mehr überrascht, erkennt er, dass nichts in seinen morgendlichen Gedanken ein Traum war.

Immer noch verwirrt, versucht er die Sache zu verstehen. Hat eine unbekannte Macht ihn in ein Paralleluniversum teleportiert? Hat er aus dem Nichts heraus magische Fähigkeiten entwickelt? Oder treibt irgendjemand einen Scherz mit ihm?

Die Frau vom Flohmarkt kommt ihm in den Sinn. Sie ist seine einzige Verbindung zu dem Kästchen, sie hat vielleicht Antworten. Aber er hat keine Idee, wer und wo sie ist, und der nächste Flohmarkt ist erst im kommenden Monat wieder.

Während das unversehrte Ei auf der Küchenablage eine kontemplative Ruhe emittiert, kommt ihm ein Gedanke in den Kopf, gepaart mit der Verwunderung darüber, dass er sich dies nicht bereits früher gefragt hat: Wird der Weltenlauf für alle um zehn Sekunden zurückgesetzt, also für alle Menschen oder vielleicht sogar für das gesamte Universum, oder etwa nur für ihn?

Bislang war er damit immer allein. Daher weiß er nichts darüber, welche Auswirkungen es außerhalb seiner Wohnung, draußen in der Welt hatte.

Kurzerhand zieht er sich Hose, T-Shirt und Schuhe an, greift nach Einkaufskorb und Geldbörse, steckt das Kästchen in seine linke Hosentasche und verlässt den Loft.

Zwei Straßen weiter befindet sich der Springerplatz, auf dem heute die Marktstände aufgebaut sind. Kurzerhand steuert er auf den Gemüsehändler seines Vertrauens zu und stellt sich in die kurze Schlange.

Der älteren Dame vor ihm, die der Verkäuferin gerade einen Geldschein herüberreicht, fällt eben ein, dass sie auch noch gern ein Kilo Pflaumen hätte, für einen Pflaumenkuchen, den ihre Enkel so sehr mögen, wie sie erklärt. Die Verkäuferin zeigt ein schiefes Lächeln, gibt den Geldschein zurück und nimmt eine dieser dreieckigen Papiertüten zur Hand.

„Hi Eddie, lang nicht gesehen, alles im Lack?", ruft der Typ mit dem Pferdeschwanz und der blauen Schürze.

„Im Lack schon, aber der Glanz fehlt", antwortet Eddie und deutet mit der Hand auf den Rhabarber. „Ein Kilo und zwei Schälchen von den Erdbeeren."

Der Typ nickt, reicht zwei Erdbeer-Schälchen herüber, wiegt den Rhabarber ab, wickelt ihn in eine alte Zeitung und reicht sie Eddie, der in diesem Moment mit der linken Hand in der Hosentasche den Knopf drückt.

„Hi Eddie, lang nicht gesehen, alles im Lack?", ruft der Typ mit dem Pferdeschwanz und der blauen Schürze.

Rhabarber und Erdbeer-Schälchen sind wieder an ihrem Platz, die ältere Dame steht nach wir vor neben ihm, die Verkäuferin hat eine dieser dreieckigen Papiertüten in der Hand und füllt sie mit Pflaumen und der Verkäufer mit dem Pferdeschwanz und der blauen Schürze zeigt Eddie ein fröhliches Grinsen und wartet offenbar auf eine Antwort.

Eddie ist konsterniert, deutet auf den Rhabarber und stammelt: „Ein Kilo".

Der Mann nickt, wiegt den Rhabarber ab, wickelt ihn in eine alte Zeitung, reicht sie Eddie und fragt: „Vielleicht noch ein Schälchen frische Erdbeeren dazu?"

Eddie nickt und beobachtet aus den Augenwinkeln die ältere Dame, die die Pflaumen in einer Tasche verstaut und der Verkäuferin erneut den Geldschein hinhält. Offensichtlich hat niemand etwas von einem Zeitsprung bemerkt, alle machen seelenruhig das weiter, was sie vor zehn Sekunden auch bereits taten. Eddie weiß nicht, was er anderes erwartet hatte, aber irgendwie irritiert ihn das alles, hier unter Menschen noch mehr.

Nachdem er den Test am Käsestand und am Bäckerei-Wagen noch zweimal wiederholt hat, verlässt er den Markt und schlendert nach Hause, tief versunken in einem Knäuel wirrer Gedanken, die sich immerzu im Kreis drehen.

Zu Hause angekommen kocht er einen Tee und bereitet das Frühstück vor, das er auf der Loggia einnimmt. Während er sich die frischen Brötchen und den französischen Käse schmecken lässt, kommt das Gedankenkarussell in seinem Kopf für eine kurze Weile zum Stillstand und er genießt seine neue Freiheit, mitten in der Woche nicht zur Arbeit zu müssen.

Als die Gedanken damit beginnen, die friedliche Stille aus seinem Kopf wieder zu vertreiben, beschließt er, ihnen nicht nachzugeben. Anstatt weiter darüber nachzudenken, warum die Dinge nun so sind, wie sie sind, warum das Kästchen kann, was es kann und warum ausgerechnet er derjenige ist, den das Kästchen seine Fähigkeiten nutzen lässt, sollte er lieber darüber nachdenken, was er mit dieser Superkraft nun Konstruktives anfangen könnte. Bislang hat er es nur auf vielfältige Weise getestet, aber irgendetwas Sinnvolles war nicht dabei gewesen.

Er geht ins Loft, holt seine Kladde und einen Bleistift, setzt sich wieder und beginnt eine Liste, mit den Dingen wofür das Kästchen sinnvoll nutzbar sein könnte. Das ist gar nicht so einfach, wie er gerade noch dachte, und nach einer halben Stunde hat er fünf Ideen notiert, von denen er vier schon wieder durchgestrichen hat. Übrig bleibt nur die Idee, die er gestern schon hatte und die er gleich heute Abend ausprobieren wird.

Aber irgendwie frustriert es ihn schon, dass ihm nicht wirklich etwas Sinnvolles einfällt, wofür er das Kästchen nutzen kann. Vielleicht liegt es daran, dass er immer noch nicht versteht, was wirklich passiert, wenn er den Knopf drückt.

Physik war nie seine Stärke gewesen, aber er erinnert sich dennoch vage an den Physikunterricht, wo die Lehrerin einmal erklärt hatte, dass Zeitsprünge, wie sie immer wieder in Science-Fiction-Filmen vorkamen, grundsätzlich im Widerspruch zu den bekannten Naturgesetzen stünden und daher gänzlich unmöglich wären. Sie hatte auch einen Begriff dafür gebraucht, den Eddie sich jedoch nicht gemerkt hat.

Aber das muss man heute ja auch nicht mehr. Kurzerhand holt er sein Notebook vom Schreibtisch, öffnet ChatGPT und fragt nach Zeitsprüngen in die Vergangenheit.

Ein grundlegendes Prinzip der Physik ist der sogenannte Kausalitätsgrundsatz, der besagt, dass Ursachen vor Wirkungen kommen. Das bedeutet, dass Ereignisse in der Vergangenheit die Ursache für Ereignisse in der Gegenwart sind. Wenn man nun die Möglichkeit hätte, in die Vergangenheit zu reisen und dort etwas zu ändern, könnte dies zu Paradoxien führen. Zum Beispiel könnte man eine Situation erschaffen, in der man selbst nie geboren wird, um die Reise in die Vergangenheit anzutreten.

Das hatte sich Eddie fast schon gedacht, und die Sache mit den Paradoxien klingt auch irgendwie plausibel. Andererseits ermöglicht ihm das Kästchen lediglich zehn Sekunden in die Vergangenheit zu reisen, womit er seine eigene Geburt sicher nicht verhindern könnte. Als er gestern Abend bei den Tests mit der Armbanduhr aus Versehen zweimal kurz hintereinander den Knopf drücken wollte, war der Knopf beim zweiten Mal blockiert gewesen, und der Sekundenzeiger nicht um zwanzig Sekunden zurückgesetzt worden. Es brauchte immer zehn Sekunden, bis das Kästchen erneut einsatzfähig war, und somit war es nicht möglich, die Zeitspanne zu verlängern.

Während er über die Sache mit der Kausalität nachdenkt, kommt ihm der Gedanke, dass er mit dem Kästchen nicht nur einfach die Zeit zurückdrehen, sondern auf eine vergangene Ursache Einfluss nehmen und damit die resultierende Wirkung verändern kann. Allerdings nur dann, wenn zwischen Ursache und Wirkung weniger als zehn Sekunden Zeit verstrichen sind. Aber Chat-GPT weiß noch mehr.

Ein weiteres Hindernis für Zeitsprünge in die Vergangenheit, ist das zweite Gesetz der Thermodynamik, das als Prinzip der Entropiezunahme bekannt ist. Dieses Gesetz besagt, dass die Entropie, also das Maß für die Unordnung eines Systems, im Laufe der Zeit zunimmt. Wenn man in die Vergangenheit reisen würde und dort in das Geschehen eingreift, könnte dies zu einer Abnahme der Entropie führen, was gegen dieses Prinzip verstoßen würde.

Entropie, das ist das Zauberwort, das seine Physiklehrerin gebraucht hatte. Und dies passt auch zu seinem Experiment mit dem Ei. Die Unordnung in seiner Küche war deutlich größer, nachdem das Ei auf den Boden gefallen war. Das Kästchen ist also in der Lage, das Prinzip der Entropie zu durchbrechen. Aber eben auch nur für eine sehr kurze Zeitspanne, wodurch der Weltenlauf insgesamt wohl nicht wirklich beeinflusst wird, was irgendwie auch beruhigend ist.

Eddie hat noch viele Fragen, aber Chat-GPT scheint ihm da nicht der passende Ansprechpartner. Hier muss ein echter Experte konsultiert werden und Eddie hat auch schon eine Idee, an wen er sich da wenden könnte.

Am Nachmittag besucht er den Barbershop, der kürzlich im Stadtteil eröffnet hat. Eine neue Frisur für einen neuen Lebensabschnitt, hatte er sich letztens gedacht und einen Termin für heute vereinbart. Wobei ihn jetzt der Eindruck bedrängt, dass zwar ein Lebensabschnitt zu Ende ist, jedoch ein neuer noch nicht so wirklich begonnen hat. In gewisser Weise lebt er in dem undefinierten Raum zwischen zwei Lebensabschnitten.

Der Barber grinst ihn an, holt eine grotesk große Schere hervor und zeigt einen fragenden Gesichtsausdruck. Eddie schüttelt den Kopf. „Nee, nur die Spitzen etwas ab. Die Haare sollten noch über die Schultern fallen."

Der Frisör zuckt mit den Schultern, tauscht die Schere mit einer deutlich kleineren und beginnt, damit, die Spitzen zu schneiden. Zwischendurch macht Eddie sich einen Spaß daraus, heimlich den Knopf des Kästchens in seiner linken Hosentasche zu drücken und amüsiert den Effekt zu beobachten.

Mit neuer Frisur und überraschend guter Laune schlendert er nach Hause und macht noch einen Umweg durch den kleinen Park, in dem er damals als Schüler seine Freistunden verbracht hat. Wieder beschleicht ihn ein Anflug von Wehmut bei dem Gedanken, vielleicht bald hier weg zu müssen, um irgendwo anders eine Arbeit anzunehmen. Nach einem kurzen Abstecher nach Hause, macht er sich kurz vor sechs erneut auf den Weg, um endlich seine Idee auszuprobieren.

Im *Puvogel* ist es noch leer, lediglich zwei Jugendliche sitzen an der Theke. Der Wirt hebt die Hand zum stummen Gruß und zapft ein Pils.

Eddie geht nach hinten in den Vereinsbereich. Die vier Flipperautomaten gehören dem Verein und sind für Gäste tabu. Der *Aces & Kings* Flipperautomat der Firma *Williams* aus dem Jahr 1970 ist sein absoluter Lieblingsautomat, rein mechanisch mit einem puristischen Design. Nicht leicht zu spielen, vor allem, weil es keine In-Lane, sondern nur je eine Out-Lane an jeder Seite gibt, und daher die Kugel rechts oder links direkt ins Aus rollt. Im Laufe der Zeit hat Eddie jedoch eine gewisse Virtuosität an diesem Gerät erlangt.

Leider sind bei Turnieren ausschließlich elektronische Flipperautomaten zugelassen, weil sich diese angeblich nicht so leicht manipulieren lassen, wie mechanische Geräte. Das ist natürlich Unfug, wie Georg einmal eindrucksvoll bewiesen hatte.

Für das Training verfügen sie noch über drei weitere, elektronische Automaten: Einen *Medieval Madness* von *Williams*, *The Addams Family* von *Bally*, sowie ihren Turnierflipperautomaten *Attack From Mars* der Firma *Midway*.

Die Mitglieder treffen sich zweimal wöchentlich zum Training und an manchen Wochenenden zu Turnieren. Als Gründungsmitglied des Vereins hat Eddie einen eigenen Schlüssel für die Flipperautomaten, so dass er jederzeit auch außerhalb der Trainingszeiten herkommen kann. Früher hat er das oft getan, aber in der heißen Phase seiner Promotion hatte er selbst bei den offiziellen Trainings oft gefehlt.

Zunächst spielt er zwei Runden am *Attack From Mars* einfach so und bemerkt sogleich, wie schlecht in Form er ist. Nachdem der Wirt ein Pils auf dem Stehtisch abgestellt hat, trinkt Eddie das Glas halb leer. Dann probiert er seine Idee, die er gestern kurz vor dem Einschlafen hatte.

Er startet ein neues Spiel, zieht den Plunger, wie der Abzug genannt wird, ganz heraus, zögert eine Nanosekunde und lässt ihn dann los, so dass die silberne Kugel mit hoher Geschwindigkeit über die Plunger-Lane bergauf nach oben katapultiert wird und dort gleich gegen einige Bumper, wie die Schlagtürme heißen, knallt, die in unterschiedlichen Farben aufleuchten und klingelnde Geräusche von sich geben. Eddie liebt diese Töne, die sich immer wieder zu neuen Melodien vereinen und eine prächtige Klangkulisse ertönen lassen. Jedes Spiel erzeugt ein ganz neues eigenes Lied, das bis zu dem Moment seiner Befreiung in dem Zauberkasten gefangen war.

Inzwischen ist die Kugel ein Stück nach unten gerollt, hat dabei das Gummi des Slingshots an der linken Seite touchiert und wurde von dort quer auf die andere Seite geschubst, von wo es nun ziemlich mittig und mit hoher Geschwindigkeit auf die Flipperhebel, die ebenfalls Flipper heißen, so wie der ganze Automat, zurollt.

Mit sinnlos hektischen Bewegungen tippt Eddie auf die beiden Knöpfe rechts und links des Kastens, wodurch die Flipper auf und ab schnellen, ohne den Lauf der silbernen Kugel in irgendeiner Weise beeinflussen zu können. Wenige Nanosekunden später ist der Ball, wie an einer unsichtbaren Schnur gezogen, zwischen den beiden Flippern durchgerollt. Eddie stößt einen Fluch aus und starrt auf den beschämend geringen Punktestand, den das Display der Backbox anzeigt.

Mit der zweiten Kugel klappt es nicht viel besser. Immerhin erwischt er mit dem linken Flipper zweimal die Kugel und schießt sie ganz nach oben, beim zweiten Mal durch ein kleines Törchen mit einer Klappe davor, hinter der die Kugel in einem sogenannten Hole verschwindet.

Die Klappe dreht sich mit rasender Geschwindigkeit um eine horizontale Achse, während der Punktezähler rasant nach oben zählt. Erst als die Klappe wieder zum Stillstand gekommen ist, wird die Kugel aus dem Hole freigegeben und rollt durch das Törchen zurück ins Spiel. Auf dem Weg nach unten touchiert sie jedoch den rechten Slingshot, bekommt von dort einen heftigen Stoß, fliegt nach links und gleitet von dort auf die beiden Lanes am Rand des Gerätes zu.

Ein sanfter Schubs gegen den Flipperautomaten lenkt die Kugel in die In-Lane, die anstatt ins Aus, seitlich zum linken Flipper führt. Aber Eddie nutzt die Chance nicht, den Ball weiter im Spiel zu halten. Er reagiert zu langsam, so dass die Kugel über das Gummi des Flipperhebels direkt ins Aus gleitet. Eddies Laune folgt ihr und bewegt sich gerade auf ihren Tiefpunkt zu. Irgendwie geht ihm das hier alles zu schnell.

Die drittel Kugel bewegt sich noch widerspenstiger, als die anderen beiden, obwohl es genau genommen dieselbe Kugel ist. Zumindest einmal schafft er es, sie wieder ganz nach oben zurückzuspielen. Auf dem Rückweg nach unten berührt sie den linken Bumper, der sie horizontal von sich weg auf den anderen Bumper zutreibt, der sie sofort wieder zurückkatapultiert. Dieses Hin und Her wiederholt sich sodann blitzschnell immer weiter, wodurch der Punktezähler in einem irren Sprint nach oben zählt. Bis es die Kugel irgendwann leid zu sein scheint, zwischen den Bumpern hin und her geschleudert zu werden, sich aus deren Gewalt befreit, der Gravitation folgend nach unten

rollt und schon wieder mitten durch die Flipper hindurch-
zugleiten droht.

Mit grober Kraft stemmt Eddie seinen Körper gegen den
schweren Flipperautomaten, der sich tatsächlich ein klein
wenig bewegt und dadurch den Lauf der Kugel minimal
beeinflusst, so dass diese sich dem rechten Flipperhebel
nähert. Während Eddie mit schnellen Bewegungen immer
wieder den rechten Knopf drückt, bemerkt er, wie sich der
Flipper nicht bewegt.

Stattdessen ertönt ein schrilles Geräusch, alle Lampen
der Backbox leuchten kurz auf, bevor der gesamte Flipperautomat in einen tiefen Schlaf verfällt und eine gespenstische Stille emittiert. Nur eine kleine Leuchte ganz oben
rechts zeigt ein hämisch wirkendes *Tilt*.

Eddie spürt den Ärger in sich aufsteigen, führt einen
kurzen Tanz auf und haut noch einmal auf den Kasten.
Der Puvogel ist inzwischen etwas voller geworden und einige der Gäste sehen sich nach ihm um.

Dann fällt ihm wieder ein, warum er eigentlich hier ist.
Kurzerhand drückt er den Knopf des kleinen Kastens in
seiner linken Hosentasche und sogleich ist der große Kasten wieder voller Leben, was er durch leuchten und klingeln auch kundtut. Die Kugel wird zwischen den beiden
Bumpern hin und her geschubst und Eddie braucht einen
Moment, sich zu orientieren. Er weiß, was gleich passieren
wird und auch, dass nur ein sehr sanftes Nudging es verhindern kann.

Vorsichtig stemmt Eddie seinen Körper ganz sacht gegen den schweren Flipperautomaten, der sich kaum merklich bewegt, diesmal keinen Tilt auslöst, aber dennoch den

Lauf der Kugel aufs Winzigste beeinflusst, so dass sich diese aus der Umklammerung der Bumper befreit, seitlich gegen einen Slingshot fliegt, von dort zurückschnellt und gemächlich nach unten rollt, direkt auf den linken Flipper zu, der sie bereits erwartet.

Ein kräftiger Stoß schubst die Kugel wieder nach oben, trifft diesmal einige Targets, die besonders viele Punkte bringen, springt zwischen den Slingshots hin und her, trifft erneut auf die Bumper und trudelt dann gemächlich in die rechte In-Lane. Diesmal gelingt es Eddie, die Kugel mit dem rechten Flipper aufzufangen und erneut ins Spiel zu bringen. So geht es noch eine Weile weiter und mit dieser dritten Kugel schafft er eine beträchtliche Punktzahl, was seine Laune deutlich steigert.

Auf diese Weise spielt er einige weitere Spiele, trinkt dazu einige weitere Biere und bekommt langsam den Bogen raus. Inzwischen hat er heraus, wann es sich lohnt, den Knopf zu drücken und welcher Zeitpunkt dafür günstig ist. Die größte Herausforderung liegt darin, dass es nicht auffällt, wenn er den Knopf des Kästchens in seiner Hosentasche drückt. Am einfachsten wäre es, das Kästchen direkt auf den Rand der Glasscheibe, dicht neben seiner Hand zu legen, aber das würde wohl auffallen und schwer zu beantwortende Fragen nach sich ziehen. Zum Glück ist niemand von den anderen hier. Und die Gäste im Puvogel nehmen keine Notiz von ihm.

Eddie liebt Flipperautomaten und das Flippern als solches. Als Kind hatte sein Vater ihn hin und wieder in seine Stammkneipe mitgenommen. Eddie hatte sich furchtbar gelangweilt und herum gequengelt. Irgendwann hatte der

Vater ihm fünfzig Pfennige für den Flipperautomaten gegeben.

Eddie war vom ersten Augenblick an fasziniert, von den bunten Lichtern der Backbox, den schrillen Geräuschen, allem voran jedoch von der Grazie und Würde, die der riesige Automat ausstrahlte.

Die Feder des Plungers war sehr stark, so dass Eddie ihn nicht ganz heraus ziehen konnte. Dadurch kam es häufiger vor, dass die Kugel nicht oben ankam, sondern stattdessen die Plunger-Lane zurück in ihre Ausgangsposition rollte. Das bemerkte Eddie oft nicht sofort, da er, wegen seiner Größe, das Spielfeld sowieso nicht sehen konnte. Erst die ausbleibenden Geräusche, verrieten ihm, dass er den Plunger erneut betätigen musste.

Zunächst drückte er einfach immerzu die Flipper und hoffte, dadurch die Kugel irgendwie im Spiel zu halten. Mit der Zeit jedoch lernte er, nach Gehör zu spielen. Tatsächlich konnte er irgendwann an den Tönen, die sich zu Melodien versammelten, erkennen, wo die Kugel sich gerade befand.

An einem Tag, er muss ungefähr fünf Jahre alt gewesen sein, überreichte der freundliche Wirt ihm ein Fußbänkchen, das er eigens für ihn besorgt hatte.

Und so sah Eddie zum allerersten Mal das Spielfeld. Anstatt zu spielen, starrte er eine lange Weile völlig versunken auf die bunte eigentümliche kleine Welt unter der Glasscheibe. Er studierte die einzelnen Elemente, die Bumper und Targets, die Slingshots und Holes, die er nie zuvor gesehen hatte und die ihm dennoch wohl vertraut waren.

Bei den ersten Spielen schloss er noch die Augen. Nach und nach lernte er, das was er hörte mit dem, was er sah in einen Zusammenhang zu bringen.

Der Wirt, der das Schauspiel interessiert verfolgte, schenkte ihm zwei Mark für weitere Spiele. Eine halbe Stunde später ertönte am Ende des Spiels ein festliches Glockengeläut aus dem Automaten, das Eddie noch nie zuvor gehört hatte.

Da es nicht aufhören wollte, schauten sich die Gäste der sehr vollen Kneipe nach ihm um und machten sogleich überraschte Gesichter. Der Wirt kam hinter der Theke hervor, schritt auf den Flipperautomaten zu und griff hinter die Backbox. Sogleich verstummte das Glockengeläut.

Mit der einen Hand schlug der Wirt sanft auf Eddies Schulter, mit der anderen deutete er auf das Display, was Eddie nie sonderlich beachtet hatte.

„Gratuliere mein Junge, du hast gerade den Automatenrekord gebrochen und dir damit ein Freibier verdient!"

Eddie wusste nichts von Rekorden und auch nicht, dass man beim Flippern Punkte sammelt. Zahlen kannte er zwar schon, aber deren Bedeutung war ihm gänzlich unklar. Zudem verwechselte er stets die sechs mit der neun.

Aber das strahlende Gesicht des Wirts, der stolze Blick seines Vaters sowie der Applaus, der nun den Raum füllte, vermittelten ihm den Eindruck, etwas Besonderes geleistet zu haben. Zum ersten Mal in seinem jungen Leben stand er für einen kurzen Moment im Mittelpunkt des Geschehens und war ein klein wenig prominent.

Statt des Biers bekam er eine Tafel Schokolade sowie noch viele Schulterklopfer der Gäste. In den folgenden

Jahren flipperte Eddie an verschiedenen Geräten, verbesserte seine Technik, nahm an Turnieren teil, bei denen er oft ganz ordentliche bis gute Platzierungen erreichte. Bis zum heutigen Tag jedoch gelang es ihm nie wieder, so erfolgreich zu sein, wie bei dem Spiel, bei dem er zum ersten Mal den Spieltisch sehen konnte.

Eddie hatte oft darüber nachgedacht, welcher Automat es war, an dem er sein erstes Spiel erlebt hatte, aber er konnte sich nicht erinnern.

Jahre später traf er den Wirt einmal in der Stadt und der konnte sich noch sehr genau erinnern. Bei dem Flipper, der Eddie seinen frühen Ruhm eingebracht hatte, handelte es sich um den legendären *Bride of Pin-Bot* der Firma Williams aus dem Jahre 1991.

KAPITEL 5

Etwas geht doch noch

Dienstag

Erfreulich ausgeruht, entspannt und bester Dinge, erwacht Eddie am späten Vormittag aus ruhigen Träumen. Noch eine Weile rekelt er sich in seinem Bett und lässt den vorherigen Tag Revue passieren. Bis spät am Abend hatte er noch geflippert und sein Vorgehen optimiert. Schließlich hatte er eine neue persönliche Bestpunktzahl am *Attack From Mars* aufgestellt und sich danach auf den Weg nach Hause gemacht. Im Bett hatte er noch ein Kapitel in seinem Buch gelesen und war dann gut gelaunt und zuversichtlich eingeschlafen.

Nach dem Frühstück verlässt er das Haus und schlendert durch seinen Stadtteil. Vorbei an dem kleinen Park, erreicht er die kurze Fußgängerzone und stattet dem Kaufladen sowie der Metzgerei einen kurzen Besuch ab.

Motiviert durch seine Erfolge beim Flippern, probiert er dabei immer wieder das Kästchen aus und versucht, seinen Umgang damit zu schulen.

Zehn Sekunden sind eine seltsame Zeitspanne, manchmal kommen sie ihm sehr lang vor und er wundert sich, wenn er gefühlt weiter zurückspringt, als er es erwartet.

Immer wieder geschehen die Dinge in der Welt jedoch auch sehr schnell, dann verblüfft es ihn, wenn er zu kurz springt. Und am Flipper hat er gelernt, dass es oft auf den richtigen Moment ankommt, in dem er nach dem Sprung landet.

Zunächst versucht er, im Stillen mitzuzählen, um präzise den richtigen Zeitpunkt abzupassen, an den er zurück will. Nach und nach lernt er, die Zeitspannen präziser einzuschätzen und so gelingt es ihm immer besser, im richtigen Moment den Knopf zu drücken.

Besonders schwierig erweist sich dies während eines Gesprächs mit Menschen. Sei es die freundliche Frau an der Kasse im Kaufladen oder der grimmige Metzger hinter der Theke. Während eines, wenn auch nur kurzen belanglosen Gesprächs, gelingt es Eddie nur schwer, sich auf die vergangene Zeit zu konzentrieren.

Und immer wieder verblüfft es ihn, wenn sein Gegenüber mit stoischer Selbstverständlichkeit denselben Satz, den er vor zehn Sekunden bereits ausgesprochen hat, wiederholt, ohne eine Regung in der Mimik. Zwischenzeitlich beschleicht Eddie der Eindruck, er befände sich in einem gut organisierten abgekarteten Spiel, in dem alle mitspielen, ohne sich etwas anmerken zu lassen. Andererseits kennt er keinen Schauspieler, der dazu in der Lage wäre, ohne sich durch irgendeine Kleinigkeit zu verraten.

Aber genau genommen ist es ganz egal, wie und warum die Dinge passieren, die passieren, denn so langsam erkennt Eddie das Potenzial, das seine neue Fähigkeit mit sich bringt. Hat er das Ganze bislang eher als folgenlose

Spielerei angesehen, entdeckt er mehr und mehr die Chancen, die sich für ihn und seine Zukunft daraus ergeben. Und da war die Optimierung seiner Fähigkeiten beim Flippern erst der Anfang.

Heute Abend wird er einen Versuch starten, seine finanziellen Probleme in den Griff zu bekommen. Die Idee dazu war ihm in den Sinn gekommen, als vorhin die Verkäuferin einer Kundin zum Abschied *viel Glück* gewünscht hatte. Eddie hatte keine Idee, worum es dabei ging, und wozu dafür Glück vonnöten sein sollte. Aber Eddie wurde spontan bewusst, dass *er* kein Glück mehr benötigte, sondern stattdessen das Schicksal selbst in seinem Sinne beeinflussen konnte.

Aber vorher hat er noch eine wichtige Verabredung. Zügig macht er sich auf den Heimweg, verstaut die Einkäufe, zieht sich schnell um und macht sich, wie jeden Dienstagnachmittag, auf den Weg zu dem Jugendheim in seinem Stadtteil, das von den *Falken* betrieben wird.

Seit nunmehr gut zwei Jahren leitet Eddie eine Kinder- und Jugendtheatergruppe, mit der er regelmäßig Theaterstücke einstudiert. Bereits zweimal haben sie Premiere gefeiert und auf der Bühne im großen Saal ihr Stück dargeboten. Das Publikum, das vorwiegend aus Eltern, Großeltern und anderer Verwandtschaft bestand, feierte ihre Kinder frenetisch, wie Eddie es sonst nur vom Fußball kennt.

Nach anfänglicher Skepsis waren die Kinder und Jugendlichen nun mit großem Eifer und kübelweise Begeisterung dabei. Inzwischen war die Theatergruppe ein fester

Bestandteil im organisierten Freizeitprogramm des Jugendheims. Und für Eddie war diese ehrenamtliche Arbeit eine gute Gelegenheit, die Kunst der Inszenierung praktisch und unter nicht immer optimalen Bedingungen zu erlernen.

In dem großen Saal erwarten ihn bereits einige der kleinen Schauspielerinnen und Schauspieler, von denen die Jüngsten noch nicht lange die Schule besuchen und die Älteren kürzlich Teenager geworden sind.

Heute ist die erste Gesamtprobe angesetzt, wo sie versuchen wollen, das gesamte Stück durchzuspielen. Bis zur Premiere in vier Wochen ist es zwar noch eine Weile hin, aber Eddie weiß, was bis dahin noch alles schiefgehen kann. Sie spielen „Viel Lärm um nichts" von *Wiliam Shakespeare*, das Eddie ein wenig gekürzt und jugendgemäß bearbeitet hat.

Inzwischen sind alle angekommen und der Saal mit zwei Dutzend Kindern gefüllt. Elli hilft den Kindern beim Umziehen. Sie war es auch, die die Kostüme besorgt und das eine oder andere umgenäht hat. Gleichwohl erst Mitte zwanzig, ist Elli die Leiterin des Jugendheims, die sich um alles kümmert.

Obwohl sie eher klein ist, sehr jung wirkt und eine dünne Stimme hat, strahlt sie eine magisch anmutende natürliche Autorität aus. So ist es ihr in kurzer Zeit gelungen, alle Arten von Ärger, wie Streit, Gewalt, Alkohol und andere Drogen aus dem Jugendheim rauszuhalten. Ein Problem, an dem ihr älterer männlicher Vorgänger gnadenlos gescheitert war.

In ihren bunten Kleidern fällt sie unter den jungen Mädchen fast nicht auf. Gleichermaßen respektiert von Kindern wie Jugendlichen, kommt es nur selten vor, dass sie sich mit einem lauten Pfiff auf zwei Fingern Gehör verschaffen muss. Elli liebt *Olivia Rodrigo*, was Eddie ein wenig suspekt ist, aber die Kinder mögen auch das an ihr.

Gerade eben noch stand sie gemeinsam mit einigen Mädchen, unter die sich auch zwei Jungs gemischt hatten, auf der Bühne, und alle hatten gemeinsam, laut und lachend „bad idea right?" angestimmt.

Die Proben laufen erstaunlich gut und Eddie ist zufrieden mit dem, was er sieht. Die Kinder sind engagiert und einige wirklich begabt. Inzwischen sind sie in der Szene in der Kirche, in der Beatrice und Benedict einander ihre Liebe gestehen.

Holly, die die Beatrice spielt, macht das großartig und wirbelt temperamentvoll über die Bühne. Und Mustafa hat seine anfängliche Scheu überwunden und spielt nun in großer Pose den selbstbewussten Benedict.

Inmitten des furiosen Dialogs tritt Holly auf Mustafa zu, verstolpert den zweiten Schritt, knickt mit dem Fuß um und fällt neben ihrem Spielpartner zu Boden. Holly stößt einen schrillen Schrei aus und beginnt zu weinen, während Mustafa ihr die Hand reicht und sie auf die Füße zieht.

Weniger bewusst, eher aus einem Reflex heraus, drückt Eddie den Knopf des Kästchens, das sich jetzt immer in seiner linken Hosentasche befindet. Im selben Moment eilt er zu Holly und fängt sie gerade noch auf, bevor sie umknickt.

Das junge Mädchen schaut ihn verwundert an, da sie nicht ahnt, dass Eddie sie vor einer Gefahr bewahrt hat. Eddie murmelt etwas davon, dass sie anders stehen soll, und setzt sich dann wieder auf seinen Klappstuhl, auf dem die Kinder das Wort „Regie" gemalt haben. Nach der Unterbrechung spielen die beiden die Szene, ohne weitere Komplikationen zu Ende.

Eddie ist erleichtert, dass es Holly gut geht, denn ausgerechnet für ihre Rolle haben sie keine Zweitbesetzung. Kurz darauf ist die Probe vorbei und alle sind froh darüber, wie gut es gelaufen ist. Nur Eddie weiß, wie knapp es heute war.

Wieder zu Hause wirft er sich in Schale, wie seine Mutter sagen würde. Das Seidenhemd mit seinen Initialen an beiden Ärmeln, die Manschettenknöpfe seines Vaters, sowie der graue Smoking und die schwarzen Lackschuhe stehen ihm ausgezeichnet, wobei er sich in dem großen Wandspiegel kaum wiedererkennt.

Mit dem Taxi fährt er in die Nachbarstadt, in der es ein bekanntes Spielcasino gibt, das neben einer alten Burgruine auf einer Anhöhe liegt. Vor einigen Jahren waren Georg und er einmal mehr aus Neugierde dort. Schnell hatten sie jeder ihre zweihundert Euro verspielt und danach nur noch den anderen Gästen beim Verlieren zugesehen.

Heute hat Eddie anderes vor. Nachdem er wieder zweihundert Euro in kleine bunte Plastikchips eingetauscht hat, begibt er sich in den prächtigen Saal mit den Spieltischen. Er wundert sich über die zahlreichen Gäste, die allesamt sehr elegant gekleidet sind und sich selbst mitten in der Woche hier tummeln.

An einem der Roulettetische entdeckt er zwei junge Männer, die gerade jubelnd die Arme in die Höhe reißen und danach viele bunte Chips, die eigentlich Jetons heißen, in ihren Hosentaschen verstauen.

Eddie stellt sich ein Stück von ihnen entfernt an den Tisch und beobachtet das Treiben rund um den gut gekleideten jungen Mann, der immer wieder mit einem strengen Blick und den Worten „faites vos jeux" die Spielenden zum Setzen auffordert. Sobald der Croupier dann die magischen Worte „rien ne va plus" gesprochen hat, setzt er das Rad in Bewegung und wirft kurz darauf die kleine weiße Kugel in die Trommel, die ebenfalls Roulette heißt, so wie das Spiel selbst.

Eddie zählt die Sekunden bis zu dem Moment, wo die Kugel in eines der kleinen Fächer fällt, neben dem eine weiße Zahl auf rotem, schwarzem oder grünem Grund geschrieben steht. Zu seiner Erleichterung stellt Eddie fest, dass dies in der Regel sieben bis neun Sekunden dauert, selten länger als zehn. In diesen Fällen kennt er die Zahl dann erst zu spät, um mit dem Zeitsprung noch vor die magischen Worte des Croupiers zu kommen, wo man noch seine Einsätze platzieren kann.

Nachdem er den Ablauf eine viertel Stunde lang studiert hat, wagt er seinen ersten Versuch. Ein wenig aufgeregt, setzt er einen gelben Zehn-Euro-Jeton auf die Mitte des Tableaus auf die schwarze zwanzig. Kurz darauf verkündet der Croupier sein „rien ne va plus" und setzt die Roulette in Bewegung. Eddie beginnt zu zählen. Bei drei hält der Croupier die weiße Plastikkugel immer noch in der Hand. Erst bei vier lässt er sie fallen und bei zwölf fällt sie in das Nummernfach, das die rote Fünf zeigt. Eddie hat keine Chance, etwas zu tun, und sein Einsatz ist verloren. Stattdessen jubeln die beiden Männer von eben erneut, denn ihr Jeton liegt korrekt auf der roten fünf.

Das zieht die Aufmerksamkeit der Angestellten auf sich. Eddie bemerkt zwei Männer, die nun an den Tisch kommen, offenbar um zu prüfen, ob hier alles mit rechten Dingen zugeht.

Vorsichtshalber wechselt Eddie an den Nachbartisch und versucht es dort erneut. Tatsächlich ist der Croupier hier ein wenig flinker in seinen Bewegungen, so dass die Kugel bereits nach acht Sekunden in das Nummernfach fällt, das die rote achtzehn zeigt. Sofort drückt Eddie den Knopf und schiebt seinen Jeton blitzschnell von der schwarzen Zwanzig auf die rote achtzehn. Dann erklingen die Worte „rien ne va plus", die Roulette dreht sich erneut und die Kugel fällt in das Nummernfach, das die rote Achtzehn zeigt. Eddie hat gewonnen.

Ohne eine Miene zu verziehen, schiebt der Croupier ihm einen Haufen bunter Jetons zu, die einen Gegenwert von dreihundertsechzig Euro haben, wie Eddie schnell ausrechnet. Am Nachbartisch haben die beiden jungen Männer ein drittes Mal gewonnen und weiteres Aufsehen erregt. Zwei freundliche Herren führen sie vom Tisch weg und verschwinden mit ihnen hinter einer der Türen.

Eddie hat verstanden, dass er nicht zu auffällig gewinnen darf. Daher hält er sich vornehm zurück, verhält sich ruhig und zieht höchstens eine Augenbraue hoch, wenn er gewinnt. Zudem probiert er Einsätze auch in anderen Kombinationen, etwa eine *Reihe*, ein *Dutzend* oder ein sogenanntes *Carré*, also vier angrenzende Zahlen. Später setzt er nur noch einfache Kombinationen, wie *schwarz/rot* oder *gerade/ungerade* oder *hoch/niedrig*. Hier sind die Gewinnquoten zwar nur eins zu zwei, aber dafür fällt es weniger auf, wenn er oft gewinnt.

Zwischendurch wechselt er häufiger den Tisch und manchmal lässt er dem Schicksal seinen Lauf, was stets dazu führt, dass er verliert. Im Lauf des Abends optimiert er sein Vorgehen und findet Spaß daran, die Dinge nach Belieben beeinflussen zu können.

Nach zwei Stunden hat er die Taschen voller bunter Jetons, die er an der Kasse gegen siebentausendvierhundert Euro echtes Geld zurücktauscht. Zu seiner Überraschung verzieht der Mann an der Kasse keine Miene, als er ihm das Bündel Geldscheine reicht. Offenbar ist er durchaus größere Gewinne gewohnt, wobei die Allermeisten hier sicher verlieren.

Auf der Taxifahrt nach Hause freut er sich über seinen Gewinn und den üppigen Stundenlohn, den er heute eingestrichen hat. Im Kopf überschlägt er, wie oft er ins Spielcasino gehen muss, um genügend Geld zu verdienen, um das Loft zu halten, es vielleicht sogar zu kaufen. Dazu addiert er die Beträge für all die mehr oder weniger sinnvollen Dinge, die er kaufen könnte. Der himmelblaue 911er steht da ebenso auf der Liste, wie das Ferienhaus auf dieser kleinen Nordseeinsel, wo er mit Felice so gerne hingefahren ist. Und arbeiten möchte er auch nicht mehr unbedingt.

Zu seinem Unmut erkennt er, dass er dafür sehr oft ins Casino gehen müsste, auch um dort nicht aufzufallen und vielleicht Hausverbot zu bekommen. Um richtig reich zu werden, ist das Casino vielleicht nur halb gut und deutlich zu anstrengend.

Zu Hause angekommen, durchsucht er das Internet nach Möglichkeiten, schnell und einfach an viel Geld zu kommen. Sportwetten erscheinen ihm ebenso wenig geeignet, wie Onlinepoker oder all die anderen Absonderlichkeiten, die das Netz so mit sich bringt. Kurzerhand befragt er Chat-GPT, das ihm Online-Trading mit Aktien und Wertpapieren vorschlägt. Aber Eddie erkennt schnell, dass sich dies nicht grundsätzlich von den Sportwetten unterscheidet.

Kurzerhand klappt er das Notebook zu, setzt sich mit einem Glas Wein auf seine Loggia und genießt die laue Abendstimmung. Nach einer Weile kommt ihm etwas seltsam vor, etwas mit ihm selbst, etwas in ihm. Er lauscht in sich hinein und stellt fest, dass etwas fehlt. Etwas, das sich eine lange Weile in ihm breitgemacht hat und das er nicht vermisst.

Zum ersten Mal, seit Felice ihn hier zurückgelassen hat, empfindet er keine Wehmut darüber und auch keine Angst, hier weg zu müssen. Ursprünglich Felices' Zuhause, ist es inzwischen sein eigenes geworden, auch ohne sie. Und dass er es nun vielleicht behalten kann, erfüllt ihn mit einer tiefen Beruhigung, so dass ihm seine Ideen mit dem 911er und dem Ferienhaus nun albern und überheblich vorkommen. Und arbeiten möchte er eigentlich sehr gern, sofern man ihn lässt.

Im Grunde möchte er nur hier sein. Und dazu genügt es wohl, hin und wieder das Casino aufzusuchen und unauffällig ein bisschen Geld zu gewinnen.

Höchstens, dass er vielleicht nicht für immer allein hier sein möchte, aber da wird ihm das Kästchen wohl auch nicht helfen können, denkt er (*und irrt sich erheblich, wie sich noch erweisen wird*).

Und morgen wird Valli heimkommen und für ein paar Tage bei ihm wohnen, was ihm ein wohliges Gefühl gibt. Er freut sich auf die Tage mit ihr. Und danach wird man weitersehen.

KAPITEL 6

Valerie

Mittwoch

Eddie besorgt noch schnell einen opulenten Blumenstrauß und macht sich auf den Weg zum Hauptbahnhof. Valli war heute sehr früh mit dem TGV nach Paris und von dort aus mit dem Thalys weitergefahren.

Seit sie vor gut sechs Monaten nach Grenoble zu einem Auslandssemester aufgebrochen ist, haben sie sich nicht mehr gesehen. Eddie hatte eigentlich mal zu einem Kurzbesuch nach Frankreich fahren wollen, aber immer war ihm oder ihr etwas dazwischen gekommen. Dennoch war Valli über alles im Bilde, was sich während ihrer Abwesenheit ereignet hatte. Mehrmals in der Woche hatten sie geskypt und fast täglich über WhatsApp, Nachrichten ausgetauscht.

Als er knapp, aber gerade noch pünktlich auf dem Bahnsteig ankommt, verkündet die Ansage die halbstündige Verspätung. Er wundert sich nicht, ärgert sich aber schon, hätte er sich die Hektik doch ersparen können, wenn er es vorher gewusst hätte. Das hätte er auch, wenn er in seine WhatsApp-Nachrichten geschaut hätte, denn Valli hat die Verspätung bereits vor einer Stunde mitgeteilt.

Nur leicht genervt setzt er sich auf eine der Bänke auf dem Bahnsteig und beobachtet das Treiben. Sogleich kommt ihm der Keyboard-Loop eines alten Songs in den Sinn, dessen Melodie er vor sich hin zu summen beginnt. Titel und Text hat er vergessen, weiß aber noch, dass es dort auch darum ging, auf einen Zug zu warten.

Nach kurzer Zeit wird ihm langweilig. SMS, WhatsApp, Insta, FitnessApp, ... alles gecheckt, und so hat er nichts mehr zu tun, was ihm die Zeit vertreiben könnte. Ihm fällt auf, dass das Kästchen ihm jetzt auch nicht helfen kann, wie in den letzten Tagen so oft. Aber damit kann er nur zurück in der Zeit, nicht nach vorn, was jetzt gerade überaus nützlich wäre.

Aber in der Zeit nach vorn zu reisen hätte eigentlich nur den Effekt, dass er die Zeit, die dazwischen weiterläuft, einfach verpassen würde, als würde er in einer Art Dornröschenschlaf fallen. Das würde ihm zwar hier und jetzt das Warten ersparen, wäre aber sonst nicht wirklich hilfreich. Zudem wären es ja auch nur zehn Sekunden und damit bliebe das Ganze ohne einen sinnvollen Effekt.

Eddie bemerkt, wie er seit einiger Zeit auf die Bahnhofsuhr über dem Bahnsteig starrt. Schon oft hat er sich gefragt, was das „TN" auf dem Ziffernblatt bedeutet. Heute jedoch ist sein Blick auf den Sekundenzeiger fixiert. Und dieser kommt ihm seltsam vor. Nicht nur, dass er sich sehr unregelmäßig bewegt, als wäre er betrunken und etwas torkelig. Vor allem ist Eddie sicher, dass der Zeiger sich deutlich zu langsam bewegt. Innerlich zählt er mit und ist bereits bei dreißig, als der Zeiger sich zum fünften Mal ein Segment weiterbewegt hat. In den letzten Tagen hat er ein gutes Gefühl für Zeiträume entwickelt und kann zehn Sekunden recht präzise abschätzen, auch ohne zu zählen. Aber dieser Sekundenzeiger zählt offenbar nicht die Sekunden, sondern irgendetwas anderes.

Dennoch zeigt die Bahnhofsuhr präzise dieselbe Uhrzeit, wie sein Fitnessarmband und auch sein Handy. Gleichermaßen verwirrt, wie entschlossen, der Sache auf den Grund zu gehen, beginnt er eine empirische Studie. Er zählt die Sekunden, die der Zeiger für eine Umrundung des Zifferblatts benötigt. Nach drei Versuchen hat er drei verschiedene Ergebnisse; dennoch zeigt die Uhr nach wie vor die korrekte Zeit.

Ihm kommt ein Verdacht, der ihn sogleich deutlich beunruhigt. Kann es sein, dass mit der Uhr alles in Ordnung, jedoch die Zeit selbst aus den Fugen geraten ist? Und könnte das mit dem Kästchen zu tun haben? Oder ist nur sein eigenes Zeitgefühl davon betroffen? Verliert er vielleicht den Bezug zur echten Zeit? Gibt es überhaupt eine *echte* Zeit? Hatte nicht Albert Einstein irgendetwas dazu herausgefunden?

Immer schneller fallen weitere solche Fragen in sein Gehirn und Eddie bemerkt einen Schwindel in sich aufsteigen, der alles um ihn herum in ein Schwanken versetzt. Oder kommt dies daher, dass nun doch ein Zug in den Bahnhof einfährt? Der Zug, auf den er hier wartet.

Schwerfällig erhebt er sich von der Bank, schüttelt kurz seine Gliedmaßen und ist erleichtert, dass dieses bizarre Warten nun vorbei ist. Sobald der Zug zum Stillstand gekommen ist, hört das Schwanken schlagartig auf.

Und als die Türen des Zuges sich öffnen, viele Menschen den Zug verlassen und plötzlich Valli ein Stück weit entfernt auf dem Bahnsteig steht, fühlt er sich wieder normal, so wie der Eddie, den er kennt.

Während sie, in einem schwarzen knielangen Sommerkleid und ihrem ganz eigenen Lächeln im Gesicht, gleichermaßen lässig wie elegant auf ihn zu tänzelt, kommt ihm ein alter Song der *Hollies* in den Sinn, die sein Vater so liebte. Bei ihm angekommen, fallen sie sich in die Arme und halten einander ganz fest. Nach einer Weile umfasst er ihre Taille, hebt sie ein Stück in die Höhe und dreht sich einmal mit ihr herum. Als sie wieder steht, haucht sie ihm einen flüchtigen Kuss auf seine Wange.

„Mann Eddie, du kannst dir nicht vorstellen, wie sehr ich dich vermisst habe!", ruft sie aus, tritt einen Schritt zurück, mustert ihn ausführlich und ergänzt: „Gut siehst du aus! Die neue Frisur steht dir prächtig."

Mit der Hand deutet sie auf den alten Koffer, der vornehm auf dem Bahnsteig steht, und schnallt sich ihren Rucksack auf den Rücken. Eddie greift nach dem Koffer, der so schwer ist, wie er aussieht. Dann nimmt er ihre Hand und sie verlassen den Bahnsteig.

Als er Valli vor zweieinhalb Jahren das erste Mal getroffen hat, war er sofort erschüttert und vollumfänglich desorientiert gewesen. Es war eines dieser Flipperturniere, bei dem sie bis ins Halbfinale ganz gut durchgekommen waren. Aber dann kam ein Gegner, der einen legendären Ruf hatte und dem sie nicht gewachsen waren.

Sie nannten sich die *Slingshot Sisters* und waren eine reine Frauenmannschaft. Und sie waren unfassbar gut, in dem, was sie taten, und hatten es ohne Mühe ins Halbfinale geschafft.

Dort trafen sie nun zum ersten Mal überhaupt aufeinander. Max hatte das erste Duell an Position vier überraschend, aber knapp gewonnen. Kalle an drei hatte ebenso nicht den Hauch einer Chance, wie Georg an zwei. Die Stimmung war entsprechend trüb, aber Georg wollte noch nicht aufgeben. „Du musst dein Spiel nur irgendwie gewinnen, dann schaffen wir es in den Tie-Break", hatte er Eddie mitgegeben.

„Na, wenn's weiter nichts ist", hatte dieser geantwortet und war auf die Toilette verschwunden, die im Hof des Jugendheims lag, in dem das heutige Turnier stattfand. Eddie war damals Kapitän der ersten Mannschaft, spielte an Position eins und hatte bislang alle seine Spiele gewonnen. Aber die *Sisters* hatten einen legendären Ruf, und über ihre Kapitänin gab es sagenumwobene Geschichten, wie sie Spiele mit der letzten Kugel noch souverän gedreht hatte.

Aber Georg hatte nicht unrecht. Im Tie-Break hatten sie eine Chance, denn da spielten sie als Mannschaft und jeder spielte nur eine Kugel. Darin waren sie geübt und hatten ihrerseits im Tie-Break, das eine oder andere Spiel auf den letzten Metern noch für sich entscheiden können.

Auf dem Rückweg über den Hof sah er sie zum ersten Mal aus der Nähe. Sie stand lässig an die Mauer gelehnt und wirkte irgendwie entrückt. Eine Hand in der Tasche ihrer schwarzen Lederhose in der anderen eine Zigarette, wartete sie auf ihren nächsten Gegner. Ihr langes pechschwarzes Haar hatte sie zu einem Zopf gebunden und die blutroten Lippen hoben die Blässe ihres Gesichts besonders hervor. Als sie ihn sah, zog sie kaum merklich eine Augenbraue nach oben und hob den Kopf ein wenig.

Er blieb vor ihr stehen und als er das erste Mal in ihr Gesicht schaute, wusste Eddie zwei Dinge: Zum einen, dass sein Leben gerade eben eine entscheidende Wendung genommen hatte. Und zum anderen, dass er das Spiel und das Turnier vergessen konnte.

Sie strahlte eine ungeheure und beträchtlich einschüchternde Souveränität aus, die Eddie Schauer über den Rücken laufen und sich Schweißperlen auf seiner Stirn sammeln ließ, obwohl es nicht wirklich warm war.

„Ich bin Eddie, dein nächster Gegner", stammelte er.

Sie zuckte mit den Schultern. „Ich weiß", antwortete eine sehr tiefe Stimme. Nach einer gefühlt langen Pause fragte sie: „Und, bereit für eine Lehrstunde?"

Ohne seine Antwort abzuwarten, schnippte sie die Zigarettenkippe in den Hof, begleitete Eddie hinein und steuerte direkt auf ihren Flipperautomaten zu. Sie zog den Plunger ganz weit heraus. Bevor sie ihn losließ, schaute sie ihm kurz in die Augen, klimperte mit ihren langen schwarzen Wimpern und verkündete: „Pass gut auf, jetzt kannst du etwas lernen!"

Und so war es auch. Niemals zuvor hatte er es mit solch einem Gegner zu tun gehabt, obwohl er sich damals auf dem Höhepunkt seiner Kunst wähnte. Er hatte nicht den Hauch einer Chance gegen diese *Sister* und obwohl er sich redlich mühte und auch gar nicht schlecht war, hatte sie am Ende fast doppelt so viele Punkte wie er.

Damit war der Tie-Break verspielt, das Turnier für seine Mannschaft beendet, und Eddie nachhaltig verstört. Am Ende gewannen die *Slingshot Sisters* souverän das Endspiel und damit das Turnier.

Nachdem sie die Straßenbahn verlassen haben, sind es nur noch fünf Minuten zu Fuß. Viel weiter hätte Eddie es mit dem monströsen Koffer aber auch nicht geschafft.

Wie eine Maklerin, die ein Verkaufsobjekt inspiziert, durchschreitet sie die Halle und lässt sich ihre Begeisterung deutlich anmerken.

„Und du wohnst jetzt allein hier?", fragt Valli, obwohl sie das natürlich weiß. „Sie hat zwar einen Stock im Arsch, aber eins muss man deiner Felice echt lassen: Geschmack hat sie!"

Eddie nickt und zeigt einen verträumten Gesichtsausdruck.

„Dennoch gut, dass du sie los bist! Sie hat dich nicht verdient und dir das Loft zu überlassen, war das Mindeste, was sie tun konnte, nachdem, was sie dir angetan hat."

Valli hatte Felice von Anfang an nicht leiden können. Das beruhte auf Gegenseitigkeit. Felice fand sich zwar selbst schöner, erfolgreicher und hielt sich überhaupt für etwas Besseres, dennoch war sie fast wahnhaft eifersüchtig auf Valli, die sie nur *das Gothic Girl* nannte. Als Valli dann nach Grenoble ging, war Felice tatsächlich hocherfreut darüber, Eddie endlich für sich allein zu haben. Aber kurz danach tauchte dann der Modekasper auf.

Valli hatte einmal gemeint, dass Eddie für Felice nur so lange interessant gewesen war, wie sie eifersüchtig sein konnte. Überhaupt ließ Valli ihrerseits kein gutes Haar an

69

Felice, die sie oft *her royal highness* nannte, weil sie sie an Herzogin Kate erinnerte.

Als Valli seinen wehmütigen Blick bemerkt, hakt sie nach: „Du trauerst ihr doch nicht etwa nach? Sie ist so steif, stockfischig, viel zu erwachsen und von Anfang an war sie eine Fehlbesetzung in deinem Leben. Und die ganze Affäre war doch eher Folge einer Panikreaktion von dir!"

Eddie weiß, worauf sie hinauswill, und nickt zustimmend. „Das hast du mal wieder präzise analysiert, denn wenn die Liebe meines Lebens mich nicht verlassen hätte, dann wäre das alles nicht passiert."

Gespielt verärgert schüttelt Valli ihren Kopf. „Ich habe dich nicht verlassen! Wir haben uns einvernehmlich voneinander getrennt, schon vergessen?"

Dann lacht sie und ergänzt: „Und wenn du weiter darauf herumreitest, dann schläfst du heute Nacht auf dem Sofa."

„Auf dem Sofa mache ich kein Auge zu", erwidert Eddie.

Valli zuckt mit den Schultern. „Dein Problem. Abgesehen davon hat die Sache auch ihr Gutes, denn immerhin sind wir beide nun in ihrem geliebten Loft, auf das sie so stolz war. Und es würde sie gewiss schier verrückt machen, wenn sie es nicht schon wäre, wenn sie wüsste, dass *ich* jetzt hier bin und in ihrem feinen Prinzessinnenbett schlafe."

Fröhlich dreht sie sich einmal um die eigene Achse, dann deutet sie auf die Möbel und das Bett. „Wieso hat sie das eigentlich alles hiergelassen?"

Eddie zuckt mit den Schultern. „Ihr Poser ist geschieden, lebt in seinem Einfamilienhaus am Stadtrand, und Felice fand das Haus, die Möbel und überhaupt alles sooo schön, dass sie sich gleich zu Hause bei ihm fühlte. Daher hat sie nur ihre persönlichen Sachen mitgenommen."

Valli schüttelt ihren Kopf. „Wie doof ist das denn? Aber, irgendwie passt es auch zu ihr."

Eddie kocht einen feinen Vanille Tee, den sie auf der Loggia zu sich nehmen. Dazu gibt es die wunderbaren Puddingteilchen aus der *Konditorei Gockel*, die Valli so gern mag.

Später schleppt er ihren Koffer zu dem großen antiken Kleiderschrank in der Ecke neben dem Bett. Eddie hat extra eine Hälfte des Schrankes für sie geräumt, so dass Valli ihre Sachen gut unterbringen kann.

„Und, was steht heute noch an?", fragt sie, nachdem sie alles ausgepackt und ihre Zahnbürste ins Bad gebracht hat.

Eddie wiegt den Kopf hin und her, zieht eine Augenbraue nach oben und zeigt ein schelmisches Grinsen. „Überraschung! Ich lade dich ein, wir haben einen Tisch für halb acht."

Später sitzen sie im *Coco Loco*, ihrem Lieblingsrestaurant, und genießen die spanischen Spezialitäten, die sie beide so lieben. Wie immer teilen sie alle Gerichte miteinander, die *Chipirones Fritos*, ebenso wie die *Gambas a la Plancha* und natürlich die *Patatas Montanes* mit der prächtig deftigen Champignonsauce. Als sie satt und glücklich vor den leeren Tellern sitzen, ist auch die Karaffe mit der Sangria leer und sie steigen auf Traubensaftschorle um.

Während des Essens und danach berichtet Valli von ihren Erlebnissen in Grenoble, das es ihr sehr angetan hat. „Es ist prächtig schön dort, das kannst du dir nicht vorstellen, ein Traum von einer Stadt. Ich habe mich dort pudelwohl gefühlt", beendet sie ihren Bericht, und Eddie ist wieder einmal beeindruckt, wie mitreißend sie sein kann.

In das folgende kurze Schweigen hinein, drängt sich ihm ein Gedanke auf. Seit Tagen grübelt Eddie darüber nach, ihr von dem Kästchen zu erzählen, aber ein diffuses Gefühl in ihm lässt ihn zögern. Daher verpackt er die Geschichte in einen erfundenen Traum.

„Und damit konntest du zehn Sekunden in die Vergangenheit reisen?", fragt Valli noch einmal nach.

Eddie nickt und studiert ihr Gesicht, das nicht erkennen lässt, was sie von der Sache hält.

„Warum nur zehn Sekunden? Praktischer wäre es doch sicher, wenn man die Zeit einstellen könnte."

Das hat sich Eddie auch schon gedacht, denn es würde vieles sehr viel einfacher machen. Bevor er etwas erwidern kann, spricht Valli bereits weiter. „Nein, das könnte dann zu allerlei Paradoxien führen. Beispielsweise könnte man die Kausalitäten so weit beeinflussen, dass die erlebte Gegenwart nicht möglich wäre. Du könntest etwa in der Zeit zurückreisen und deine eigene Geburt verhindern."

„Das habe ich mir auch schon gedacht, denn genau genommen ging es in meinem Traum weniger darum, in der Zeit zurück zu reisen, als die Kausalitätskette zu beeinflussen. Irgendwo habe ich von der Theorie des Zeitpfeils gelesen, dem die Vorstellung einer eindeutigen und gerichteten Verbindung zwischen Vergangenheit und Zukunft zu Grunde liegt. Und da dieser Zeitpfeil nur in eine Richtung, nämlich in die Zukunft zeigt, geht einer Wirkung stets eine Ursache voran."

Valli hebt die Hand und hat einen Einwand. „Soweit ich weiß, ist das mit der Kausalität so eine Sache, denn es ist keineswegs so einfach, zu entscheiden, ob es sich bei der vermeintlichen Ursache-Wirkung-Beziehung um eine Kausalität, eine Korrelation oder einfach um Zufall handelt."

Dann verweist sie auf den schottischen Philosophen *David Hume*, der sich bereits im achtzehnten Jahrhundert mit der Sache beschäftigt hat. Anschließend berichtet sie von Korrelationen und Kausalitäten, von Dingen, die stets gleichzeitig und gemeinsam auftreten, und von Dingen, die andere hervorbringen und für diese ursächlich sind.

„Dabei kann man sich eigentlich nie ganz sicher sein, ob wirklich ein kausaler Zusammenhang besteht. Der Philosoph *Friedrich Nietzsche* geht sogar noch einen Schritt weiter und bestreitet grundsätzlich die Existenz von Ursachen und Kausalitäten. Nietzsches These widerspricht allerdings unserem alltäglichen Erleben. Wenn ich einen Stein in eine Fensterscheibe werfe und die Scheibe darauf in Scherben zerspringt, so gehe ich davon aus, dass der Steinwurf die Ursache für die kaputte Scheibe ist. Ganz sicher kann ich mir da natürlich nicht sein. Es könnte andere physikalische Ursachen für die Zerstörung der Scheibe geben, die mit dem Stein nichts zu tun haben."

Eddie zeigt ein verdutztes Gesicht und zieht eine Augenbraue nach oben, wodurch Valli sich zu weiteren Ausführungen aufgefordert sieht.

„Eine heute weithin akzeptierte Definition von Kausalität basiert auf der sogenannten *kontrafaktischen Implikation*, die der amerikanische Philosoph *David Kellogg Lewis* zur Definition von Kausalität verwendet. Für unseren Fall mit der Fensterscheibe bedeutet dies folgendes: Hätte ich den Stein nicht geworfen, dann wäre die Scheibe nicht zersprungen. Wenn das stimmt, dann kann ich den Steinwurf als Ursache für die kaputte Scheibe ansehen und eine Kausalität postulieren."

„Okay, das habe ich verstanden. Aber was hat das nun mit dem Kästchen zu tun, von dem ich geträumt habe", entgegnet Eddie.

„Nun, wenn *Lewis* recht hat, und wir Kausalitäten definieren und unseren Beobachtungen sicher zuordnen können, dann kann es so etwas wie das Kästchen in deinem Traum nicht geben!", stellt Valli fest.

Das hatte sich Eddie auch schon gedacht. Daher lacht er und gibt ihr Recht. „Aber ein schöner Traum war es doch."

Valli verzieht ihr Gesicht und schüttelt erneut den Kopf, so dass ihre Haare umherfliegen. „Nein, ganz und gar nicht! Stell dir vor, du könntest jede deiner Handlungen, alles was du sagst und tust zurücknehmen und korrigieren, dann könntest du alles und alle in deinem Sinne manipulieren. Du würdest schnell deine Empathie verlieren und schließlich sozial völlig inkompatibel werden."

Eddie muss schlucken. So hat er das noch nicht betrachtet. Bislang hat er das Kästchen als Glücksfall betrachtet und keinerlei Gefahr darin gesehen.

Valli hat längst bemerkt, dass etwas in ihm vorgeht. Da er weitere Diskussionen über das Thema jedoch vermeiden möchte, versucht er ein Lächeln, das ihm etwas schief gerät. Zu seinem Glück ist die Kellnerin gerade in der Nähe. Er gibt ihr ein Handzeichen, dass sie zahlen möchten.

Wieder im Loft fragt Eddie, ob sie noch etwas trinken möchte, aber Valli ist müde und möchte bald schlafen. Sie treffen sich zum Zähneputzen im Bad und danach in dem großen Ehebett.

Kurz darauf ist sie in seinen Armen eingeschlafen. Eddie schaut in ihr engelhaftes Gesicht und versucht, diesen magischen Augenblick tief in sich aufzunehmen.

KAPITEL 7

Im Intershop

Donnerstag

Als Valli am folgenden Morgen erwacht, ist Eddie dabei, ein üppiges Frühstück zu bereiten. Nach einer kurzen Nacht ist er heute schon sehr früh aufgewacht und dann auch gleich aufgestanden, wie es sonst nicht seine Art ist. So hat er bereits Brötchen und frischen Lachs besorgt, Eier und Kaffee gekocht und Orangen ausgepresst.

In seinen alten blauen Bademantel gehüllt und sichtlich verschlafen, schlurft Valli auf ihn zu, haucht ihm einen knappen Kuss auf seine Wange und setzt sich schweigend an den Tisch.

Nach der zweiten Tasse Kaffee kehrt das Leben in sie zurück, und sie ist auch wieder in der Lage zu sprechen. Sie planen den Abend und beschließen, den *Intershop* zu besuchen. Dort ist heute Karaoke, was sie früher öfters gemeinsam, aber seit längerem nicht mehr gemacht haben.

Nach dem Frühstück diskutieren sie darüber, was sie heute Abend gemeinsam auf die Bühne bringen könnten. Tatsächlich ist Karaoke etwas, dass sie beide lieben, sich aber allein nicht trauen würden, wie sie einander schon vor langer Zeit eingestanden haben. Gemeinsam jedoch, und mit hinreichend viel Alkohol, lieben sie es, in einer vollen Kneipe ihre Kunst vorzutragen. Sie einigen sich schnell auf einen passenden Song und üben ihn kurz ein.

Danach macht Valli sich auf den Weg zu ihrer WG, um das Paket mit ihren restlichen Sachen aus Grenoble dort entgegenzunehmen und um ihre Mitbewohnerinnen zu treffen. Eddie bleibt im Loft, räumt fix auf und setzt sich dann mit einer Kanne Tee auf seine Loggia. Es ist angenehm warm und eigentlich könnte er die Zeit bis zu Vallis Rückkehr entspannt genießen.

Leider hindert ihn das Durcheinander in seinem Kopf daran, denn seit ihrem Gespräch gestern im Restaurant, schlagen die Gedanken Purzelbäume in seinem Gehirn. Allen voran der letzte Satz von Valli, wo sie von Empathie, Manipulation und fortschreitender sozialer Inkompetenz sprach, gehen ihm nicht mehr aus dem Sinn.

Was ist, wenn sie Recht hat, denn das hat sie meistens? Ist das Kästchen vielleicht nicht der Lottogewinn, für den er es bislang gehalten hat? Ist es wirklich ethisch problematisch, wenn er das Kästchen in seinem Sinne einsetzt?

Und was bedeutet es, dass die Existenz des Kästchens im Widerspruch zur Kausalitätstheorie steht? Entweder ist diese falsch oder es ist nicht real, was er gerade erlebt. Dieser Gedanke ist ihm bereits früher gekommen.

Ist das alles hier alles echt oder nur eingebildet? Das Kästchen, der duftende Tee, der sommerlich leichte Ausblick auf den Park, Valli, er selbst? Ist er verrückt geworden oder liegt im Koma und dämmert gerade in einer Anstalt vor sich hin? Vollgepumpt mit Beruhigungsmitteln und vollumfänglich vernebelt in seinem Kopf.

Bevor er wirklich verrückt wird, hält er das Gedanken-Karussell an, springt vom Stuhl, läuft in den Flur, zieht seine Sportschuhe an und macht sich auf den Weg zu seiner Joggingrunde, die er schon lange nicht mehr gelaufen ist. Die Bewegung tut ihm gut und immer, wenn die Gedanken anfangen, wieder Krach zu schlagen, erhöht er das Tempo, um ihnen Einhalt zu gebieten, was auch einigermaßen klappt.

Klitschnass und völlig verausgabt, kehrt er zurück, duscht ausgiebig und zieht sich danach für den Abend um. Kurz darauf kehrt Valli zurück. Gut gelaunt, fröhlich und lebenshungrig, wie er sie kennt.

Nicht weit vom Theater gelegen, befindet sich seit immer schon der *Intershop*, der für sein gediegenes Publikum bekannt ist. Manches Mal trifft man dort auf Theaterleute, von denen Eddie sogar den einen oder anderen flüchtig kennt.

Dem Anlass gemäß hat Eddie seine Garderobe mit Bedacht gewählt. Zur grauen Schlaghose mit Nadelstreifen trägt er eine Rüschenbluse in einem zarten Apricot, die seine feminine Seite hervorhebt, die durch die grobschlächtigen schwarzen Boots an seinen Füßen wiederum konterkariert wird.

Valli ist vor einer halben Stunde im Bad verschwunden und bislang nicht wieder aufgetaucht. Daher setzt Eddie sich auf die Loggia und blickt in den Park.

Kurz darauf erscheint Valli, genau betrachtet, ein Wesen, das entfernt an sie erinnert. Eddie steht der Mund offen, als sie sich kurz vor ihm verbeugt, dann einmal um die eigene Achse dreht.

„You Sexy Thing!", zitiert Eddie einen sehr alten *Hot Chocolate* Song.

„Hab' ich in Grenoble in einer coolen Boutique gefunden", erklärt sie lachend. „Eigentlich wollte ich übermorgen so zum Turnier kommen, aber mit den Schuhen zu flippern wäre wohl eine zu große Herausforderung."

Zu vorgerückter Stunde erreichen sie den *Intershop*, der bereits sehr voll ist. Die Stimmung ist cool, die Leute exaltiert und exzentrisch. Auch oder gerade, weil das eher eine Pose, als eine Haltung darstellt, fühlen sich Eddie und Valli hier sehr wohl.

Im Vorübergehen hebt Eddie immer wieder die Hand zum Gruß oder nickt dem einen oder anderen zu, ohne dabei ein zu freundliches Gesicht zu zeigen, was hier auch nicht üblich ist. Dabei bemerkt er, wie Valli alle Blicke auf sich zieht, sowohl der jüngeren Männer als auch der Frauen, die zwischen einer Prise Neid, Verblüffung und Bewunderung hin und her zu schwanken scheinen.

Valli hat sich inzwischen durch die Menge gedrängelt und einen Platz an der Theke gefunden. Sie winkt Eddie zu sich und bestellt einen Mojito für sich und einen Batide do Brasil für ihn.

Auf einer kleinen Bühne gegenüber ist eine junge Frau gerade dabei, ausgerechnet „It's About Time" von der wunderbaren *Ruby Velle* zu performen. Eddie ist sichtlich angetan und fällt in den Jubel mit ein, der im Raum losbricht, als sie ihren Vortrag beendet hat und nun dem Publikum fröhlich Kusshände zuwirft.

Nach einem Caipirinha für Valli und einem Erdbeermojito für Eddie, fühlen sich beide bereit für die Bühne.

Leicht angespannt betreten sie diese und auf ihr Zeichen hin, erklingen die ersten Takte des Songs, den sie sich ausgesucht haben.

Den Text auf dem Bildschirm beachtet Eddie nicht, sondern singt gleich darauf los. Kurz darauf setzt Valli ein und so fliegen sie gemeinsam durch „Ain't No Mountain High Enough". Ganz offenbar hat sich die Mühe am Vormittag gelohnt, denn sie bringen ihre Darbietung schwungvoll und leidenschaftlich auf die Bühne, fast so, wie es einst nur *Marvin Gaye & Tammi Terrell* konnten. Irgendwo in der Mitte ihrer Performance verstolpert Eddie sich jedoch im Text und kommt aus dem Takt. Sei es wegen des Alkohols oder der Aufregung oder was auch immer.

Nach dem Gespräch mit Valli gestern im Restaurant, hatte er das Kästchen eigentlich zu Hause lassen wollen, hatte es dann aber kurzerhand in seine linke Hosentasche gepackt, wo es inzwischen seinen angestammten Platz hat.

Ohne zu zögern, drückt er den Kopf und findet sich zehn Sekunden zuvor in dem Stück wieder. Während jedoch Valli ihren Part von gerade eben erneut singt, findet sich Eddie nicht zurecht und weiß nicht, wann er einsetzen muss. Er schielt zu Valli herüber, die ihm ein strahlendes Lächeln schenkt, von dem er nicht weiß, ob es ihm gilt oder für sie einfach zur Show dazu gehört. Bedrängt von diesem Gedanken verpasst er seinen Einsatz, was er erst zwei Takte später bemerkt. Vallis Lächeln ist inzwischen verschwunden. Es kehrt jedoch sogleich in ihr Gesicht zurück, als er erneut den Knopf drückt. Zu seinem Unglück landet er nun mitten in seinem eigenen Part, in dem er sich erneut verstolpert und dann gar nicht mehr weiß, wo im Song er sich eigentlich befindet. So wird die gesamte Darbietung ein einziges Desaster, das er auch mit dem Kästchen nicht mehr retten kann. Irgendeine Art von Applaus bleibt völlig aus, stattdessen mischen sich vereinzelte Buh-Rufe in die gleichgültige Grundstimmung.

Als sie die Bühne verlassen haben, entschuldigt Eddie sich gefühlt einhundertmal. Es tut ihm aufrichtig leid, es vermasselt zu haben. Die Enttäuschung ist Valli deutlich anzumerken. Sie versucht ein zugewandtes Lächeln und sagt irgendetwas Tröstliches, was in der folgenden Performance untergeht.

Später, als der Intershop sich bereits deutlich geleert hat, und nach zwei weiteren Cocktails, traut Valli sich dann noch einmal auf die Bühne und diesmal allein. Zu Eddies Verwunderung gibt Valli dem DJ ein Zeichen und als die ersten Töne erklingen, bewegt sie sich langsam und elegant auf die Bühne, ergreift das Mikro und haucht mehr, als sie singt „Nature Boy" von der unvergessenen *Grace Slick*. Dafür erhält sie dann doch noch den ihr gebührenden Applaus, was sie mit dem Abend versöhnt.

Inzwischen ist es spät, besser gesagt, früh geworden. Deutlich angetütert, aber bestens gelaunt, laufen sie Hand in Hand nach Hause.

Damals, nach dem Turnier, wo er sie zum ersten Mal getroffen hat, waren die *Slingshot Sisters* sofort nach der Siegerehrung verschwunden. In der kommenden Zeit ging sie ihm nicht mehr aus dem Kopf. Er wusste nicht genau, ob er verliebt war, aber auf eine fast mystische Weise hatte sie etwas in ihm angesprochen, wie zuvor keine andere Frau. Er hoffte, sie beim nächsten Turnier wiederzutreffen, wurde jedoch enttäuscht. Überhaupt tauchten die *Sisters* nirgendwo mehr auf und waren scheinbar vom Erdboden verschwunden.

Das Mysterium klärte sich auf überraschende Weise, als eines Tages vier von ihnen beim Training im Puvogel auftauchten. Maya, Kayla, Tasha und Valerie kamen direkt auf Eddie zu, zeigten synchron ein leicht überhebliches Grinsen.

„Na, übt ihr schön?", fragte eine von ihnen, die sich als Tasha vorstellte.

„Wer hat hier das sagen?", schob Valerie nach und fixierte Eddie mit einem Blick, der ihn schwindeln ließ.

Von hinten kam Georg auf die Damen zu und hob stumm die Hand. „Ich bin Georg, der Vorsitzende, aber wir entscheiden hier alles gemeinsam. Worum geht's?"

„Wir haben ein Problem, bei dem ihr vielleicht helfen könnt", erklärte Valerie. Dann erzählte sie, dass sie nur noch zu viert bei den Sisters waren, weil zwei von ihnen zum Studieren in eine andere Stadt umgezogen sind und eine dritte keine Lust mehr hatte. Zu viert bekamen sie jedoch nur noch schwer eine Mannschaft zusammen, da meist irgendwer von ihnen verhindert war. Und so hatten sie die Idee, ihren Verein mit einem anderen zu vereinigen.

„Und da dachten wir, *ihr* habt professionelle Verstärkung wohl am nötigsten", schloss Valerie ihren Bericht.

Georg zog eine Augenbraue nach oben, sagte jedoch nichts. Es war Maya, die dann ein versöhnliches Lächeln zeigte: „Im Ernst, wir fanden euch nicht schlecht und ihr habt bei unserem letzten Turnier einen coolen Eindruck auf uns hinterlassen."

„Und so dachten wir, es passt vielleicht mit uns", ergänzte Kayla.

„Okay, wir besprechen das bei unserer nächsten Mitgliederversammlung", erklärte Georg neutral.

„Und wann findet die statt?", fragte Tasha.

„Jetzt sofort, wir ziehen uns kurz zurück, und ihr könnt euch ein wenig an unseren Flipperautomaten vergnügen. Aber nix kaputt machen, die waren teuer", verkündete Georg und beorderte die Anwesenden nach hinten in einen Nebenraum. Die Diskussion war kurz. Alle fanden die Idee gut, zumal die Sisters auch noch zwei Flipper mit einbrachten. Einzige Bedingung war, dass der Name des Vereins erhalten bliebe.

Und so waren Eddie und Valli, wie alle sie nannten nun im selben Verein und eine Erfolgsgeschichte nahm ihren Anfang.

Wieder im Loft fragt Eddie, ob sie noch etwas trinken möchte. Valli schüttelt den Kopf. Wie am Abend zuvor treffen sie sich zum Zähneputzen im Bad und danach in dem großen Ehebett.

Valli kuschelt sich in seinen Arm und für eine Weile schweigen sie. Eddie genießt die Wärme ihres Körpers und ihren Geruch, den er lange vermisst hat. Sanft streicht er über ihr Haar. Mit einem Mal hebt sie ihren Kopf und schaut ihm ernst in die Augen. Dann fährt sie mit der Zunge langsam über ihre Lippen und fragt leise: „Ist es okay für dich, wenn …?"

Bevor sie es ausgesprochen hat, nickt Eddie und zeigt ihr sein charmantestes Lächeln. Valli beugt den Kopf noch ein Stück weiter vor, legt dann vorsichtig ihre Lippen auf seine, verharrt dort für einen Augenblick und beginnt dann damit, ihn ausgiebig zu küssen.

Nach einer Weile lässt sie von ihm ab und zeigt ihm ein Strahlen, wie nur sie es kann. „My nature boy, du küsst immer noch wie ein Mädchen! Oh, ich liebe das und habe es so vermisst", ruft Valli erfreut aus, während sie nach Luft schnappt.

„Du solltest an deinen Komplimenten arbeiten", entgegnet Eddie und klingt dabei ein klein wenig beleidigt.

„Du verstehst mich falsch, das ist das beste Kompliment, das man einem Mann machen kann. Ich war vom ersten Augenblick an fasziniert von deinem androgynen Auftreten. Mit deinen femininen Gesichtszügen, deinem unschuldig lasziven Blick und deinem langen dunklen Haar, fühlte ich mich sofort an den jungen *Brian Molko* von *Placebo* erinnert. Und die Art, wie du küsst oder wie du früher geraucht hast, passt formidabel dazu."

„Without You, I'm Nothing", murmelt Eddie.

„Ich weiß", flüstert sie und beginnt sogleich damit, ihn weiter zu küssen.

Viel später liegt sie in seinen Armen, und beide schauen durch die bodentiefe Panoramascheibe hinaus in den Park, der vom ersten, noch schwachem Licht des beginnenden Morgens sanft erleuchtet ist.

„Püh", murmelt sie leise, „ich denke, du brauchst dringend eine neue Freundin."

„Und du offensichtlich auch!"

KAPITEL 8

Pärchenabend

Sonntag

Nach einer turbulenten Nacht, in der er erst mit dem Morgengrauen in sein Bett gefunden hat, erwacht Eddie, noch ziemlich angeschlagen und etwas bleiern, aber dennoch prächtiger Laune aus einem unruhigen und kurzen Schlaf am frühen Sonntagnachmittag.

Als er die Augen ein Stück weit öffnet, erblickt er als erstes Valli, die neben ihm noch selig schläft. In ihrem Gesicht lässt sich nichts erkennen, was auf eine durchgemachte Nacht hindeutet. Ein zartes Lächeln umspielt ihre Mundwinkel, als sie vorsichtig ein Auge öffnet und etwas Unverständliches vor sich hinmurmelt. Eddie haucht ihr einen Kuss auf die Wange und springt aus dem Bett.

„Mach das Licht aus, wenn du gehst", ruft Valli.

‚Und dreh dich nicht um', bringt Eddie die Liedzeile in Gedanken zu Ende und antwortet dann: „Geht nicht, ist die Sonne, ist schon Mittag vorbei, ich mach' mal Kaffee."

Nach dem gestrigen Flipperturnier waren sie direkt in die Stadt gefahren und von Kneipe zu Kneipe gezogen. Schließlich waren sie im *Mandragora* gelandet, hatten lange nach Mitternacht noch ein paar von den vorzüglichen bretonischen Galettes, die es nur dort und in der Bretagne gibt, zu sich genommen und bis in die Morgenstunden gefeiert.

Eddie legt eines der Aufback-Baguettes, die eigentlich für heute Abend bestimmt sind, in den Ofen, backt es kurz auf und schneidet es dann in dünne Scheiben. Wieder in seinen alten Bademantel gehüllt, schlurft Valli wenig später in die Küchenecke, und gemeinsam nehmen sie ein kleines französisches Frühstück zu sich. Danach macht sich Valli auf den Weg zu ihrer WG, wo an jedem zweiten Sonntag der WG-Rat tagt.

„Aber um sieben bist du wieder da", ruft Eddie ihr hinterher, als sie bereits an der Wohnungstür ist.

Kurzerhand kommt sie zurück und zeigt ein fragendes Gesicht. Dann schlägt sie sich mit der Hand vor die Stirn.

„Gut, dass du mich erinnerst. Ich hätte es sonst vergessen. Klar komme ich zum Canasta-Abend, habe ja einiges aufzuholen", erklärt sie und verschwindet durch die Tür.

Nach einer ausgiebigen Dusche verbringt Eddie die Zeit bis zum Abend in der Küchenecke, um einen kleinen Imbiss vorzubereiten. Während die mit Kräutern und kleingehacktem Gemüse gefüllten Riesenchampignons im Backofen neben den beiden verbliebenen Baguettes einträchtig vor sich hin meditieren, brät er die mit Serrano-Schinken umwickelten Ziegenkäsetaler in der gusseisernen Pfanne scharf an und verteilt sie auf die sechs angerichteten Salatteller. Ein Schubs Crema-Balsamico sowie eine Prise Kräuter der Provence runden die Salate schön ab.

Die feine Lauchcremesuppe blubbert auf dem Herd vor sich hin, und Eddie ist zufrieden mit sich und der Welt.

Kurz vor sieben ist Valli zurück. „Gut, dass du endlich da bist", ruft Eddie, als er sie durch die Tür kommen hört.

Einen Augenblick später steht sie vor ihm und zeigt ein strahlendes Gesicht. Eddie greift nach hinten und wirft ihr eine Schürze zu. „Die anderen müssen gleich hier sein. Kümmere du dich bitte um die Suppe, ich muss mich noch umziehen. Musst nur umrühren, dass nichts anbrennt."

Kurz darauf klingelt es. Valli öffnet die Tür und noch bevor sie Georg begrüßen kann, macht dieser eine tiefe Verbeugung, nimmt ihre Hand in die seine und haucht einen Handkuss darauf. Dann hält er eine kurze Rede, die er offenbar für diese Begegnung mit Valli vorbereitet hat.

„Chapeau und meinen allergrößten Respekt für die beindruckende Darbietung deiner hohen Kunst im gestrigen Turnier! Das war eine echte Lehrstunde für alle, die sich einbilden, flippern zu können, und die gerechte Strafe für mich, für meine törichte Idee, dich in die zweite Mannschaft zu verbannen", gab er offen zu. „Es ist mir wirklich eine Ehre, mit dir zusammen in einem Verein spielen zu dürfen!"

Dann umarmt er die strahlende Valli und danach Eddie, der sich ein wenig darüber ärgert, dass Georg Valli in übertriebener Weise belobigt und ihn gänzlich unerwähnt lässt.

„Wo ist Kalle?", fragt Eddie, um das Thema zu wechseln.

„Der Arme hat Bereitschaftsdienst und wurde vorhin zu einem Notfall ins Krankenhaus gerufen. Ich soll euch alle fest drücken und ein Bier für ihn mittrinken, hat er mir aufgetragen", erklärt Georg.

Noch während sie in der Tür stehen, klingelt es erneut und Max und Elsa kommen die Treppe herauf. Elsa überreicht Eddie eine Sonnenblume und bedankt sich für die Einladung. Dann blickt sie in das Loft, macht große Augen und gibt sich keine Mühe, ihre Begeisterung zu verbergen.

Max begrüßt die anderen und wendet sich dann direkt an Eddie: „Mensch Eddie, ich bin immer noch völlig fertig von deiner Demonstration gestern. Ich weiß nicht, welchen Knopf du gedrückt hast, aber solch eine Leistungsexplosion geht ganz sicher nicht mit rechten Dingen zu. Du hast gespielt, wie in deinen ... ach, was sag ich, du hast beträchtlich besser gespielt als in deinen besten Zeiten!", redet Max sich in Rage.

Eddie bemerkt, wie sich das Blut in seinem Gesicht zu sammeln beginnt. Zugleich freut er sich über Max' Begeisterung und darüber, dass Valli nicht allen Ruhm allein erntet. Schließlich hatten sie gemeinsam das gestrige Flipperturnier spektakulär für sich entschieden.

Valli und Eddie hatten alle ihre Spiele souverän gewonnen. Manches Mal kam dann noch ein Sieg von Randolf, seltener einer von Heinz dazu. Meist ging es zwei zu zwei aus, aber im Tie-Break rissen Eddie und Valli es dann wieder raus und erreichten so die nächste Runde. So hatten sie auch im Viertelfinale ihre eigene erste Mannschaft aus dem Turnier geworfen. Nachdem Valli Georg keine Chance gelassen, und Eddie leichtes Spiel mit Max gehabt hatte, verloren Randolf und Heinz ihre Partien gegen

Tasha und Kayla. Aber im Tie-Break traf Georg & Co. Vallis volle Rache.

Danach hatten sie auch die weiteren Spiele sowie das Turnier gewonnen und am Ende den Pokal erhalten. Randolf und Heinz konnten ihr Glück kaum fassen, hatten sie zum ersten Mal überhaupt, ein Turnier gewonnen, und das auch noch mit der zweiten Mannschaft.

Während Georg und Max es sich an dem festlich gedeckten Esstisch gemütlich machen, versorgt Valli sie mit Getränken. Eddie hingegen führt Elsa durch das Loft, von dem sie sehr beeindruckt ist. Am meisten haben es ihr die deckenhohen Fenster in dem vier Meter hohem Raum angetan und besonders begeistert ist sie von der altertümlichen Badewanne, die im hinteren Teil des Saales steht. Schließlich entdeckt sie die alte original *Wurlitzer Musicbox* in einer Ecke.

„Funktioniert sie?", fragt Elsa aufgeregt.

Eddie nickt. „Es sind auch Platten drin. Allerdings nur ältere, aus der Zeit, als es noch Singles gab." Dann kramt er zwei Fünfzigpfennigstücke hervor und reicht sie ihr.

Während Elsa die kleinen Schildchen unter der Glasscheibe studiert, begibt sich Eddie zu den anderen an den Tisch. Fix räumt er das sechste Gedeck bei Seite und holt sich ein Bier aus dem Kühlschrank. Als er sitzt, erklingen die magischen Stimmen von *Kim* und *Kelley Deal* von den *Breeders* aus der Musicbox, und Elsa kommt zu ihnen an den Tisch. Auf sein leise gesummtes „Do You Love Me Now?", erhält er ein deutliches Kopfnicken von Valli.

Schließlich sitzen sie zu fünft an dem großen Holztisch mitten im Raum, Eddie und Valli auf der einen, Georg,

Elsa und Max auf der anderen. Sie genießen das fabelhafte Menü, das Eddie heute für sie gezaubert hat, und sparen nicht mit lobenden Worten für den Koch.

Inzwischen erfüllt *Carlos Santanas* virtuoses Gitarrenspiel den Raum und alle gemeinsam singen sie „Oye Como Va", von dem sie nicht wissen, was es bedeutet.

Elsa freut sich, dass sie dabei sein darf, wie sie immer wieder äußert. Zudem ist sie neugierig, die anderen kennen zu lernen. Auf ihre Nachfrage hin erklärt Georg: „Ich bin ein erfolgreicher Reifenhändler. Wenn du also mal einen kaputten Reifen an deinem Auto hast, komm einfach vorbei."

Elsa schüttelt den Kopf. „Nee, ich fahre nur Fahrrad. Du siehst gar nicht aus, wie ein Reifenhändler, auch wenn ich nicht weiß, wie ich mir einen solchen vorstellen soll. Auf mich wirkst du eher wie ein Künstler."

Georg nickt ihr freundlich zu. „Fast getroffen!" Dann erklärt er ihr, dass er an der hiesigen Universität Kunstgeschichte studiert hat. Kurz nach dem Abschluss hatte sein Vater einen Herzinfarkt und musste seinen Beruf als Vulkaniseur aufgeben. Und so kam es, dass Georg den erfolgreichen Reifenhandel seines Vaters übernahm und seine Karriere als Galerist erst einmal auf Eis legte.

„Aber hin und wieder veranstaltet Georg eine Vernissage in seiner Werkstatt. Damit hat er sich inzwischen einen gewissen Ruf erarbeitet", erklärt Valli.

„Und damit noch nicht genug: Er ist auch Maler und mehr noch ein begnadeter Bildhauer, der diese wunderbare Meerjungfrau aus dem Sandstein befreit hat", ergänzt Eddie und deutet hinter sich auf die hohe Steele vor dem bodentiefen Fenster.

Elsa erhebt sich, um sie sich näher anzuschauen. „Woher wusstest du, dass sie in dem Stein ist?", fragt sie unbefangen.

Georg, dem das Ganze etwas unangenehm zu sein scheint, zuckt nur mit den Schultern. „Wusste ich nicht, ich habe sie einfach darin gefunden."

Elsa scheint beeindruckt, klimpert mit den Wimpern und bittet Georg, sie doch einmal einzuladen, wenn er wieder eine Ausstellung macht.

„Und was machst du so, wenn du nicht gerade deinen Ruf als Flipperkönigin verteidigst", fragt Elsa.

Valli erzählt, dass sie Philosophie studiert, gerade ein Auslandssemester in Grenoble verbracht hat und nun ihre Masterarbeit beginnt.

Elsa zeigt ein fragendes Gesicht. Bevor Valli jedoch zu weiteren Erläuterungen ansetzen kann, fragt Eddie: „Und was machst du so, Elsa?"

Die Angesprochene beugt sich ein Stück nach vorn, bevor sie leise spricht: „Jetzt bitte nicht sofort erschrecken, … ich bin Zahnärztin."

Dann berichtet sie von der Gemeinschaftspraxis, die sie kürzlich gemeinsam mit einer Freundin eröffnet hat und die gerade anläuft. „Allzu viele Patienten haben wir noch nicht, aber das wird schon. Falls ihr also mal Zahnschmerzen habt, so kommt gern vorbei. Wir machen euch einen Sonderpreis", verkündet sie lachend.

„Das ist bestimmt noch lukrativer als Reifen zu verkaufen", entgegnet Georg, aber Elsa schüttelt den Kopf. „Irgendwann vielleicht, aber die kommenden Jahrzehnte werden wir erst einmal die Kredite für die Praxis abbezahlen müssen."

Dann wendet sie sich Eddie zu. „Und womit verdienst du das Geld, mit dem du diese coole Wohnung bezahlst?"

Eddie zieht einen Flunch und berichtet von seinem Studium der Germanistik und Theaterwissenschaften, der Promotion und den vergeblichen Bewerbungen.

„Zurzeit bin ich ohne Beschäftigung, oder schlicht arbeitslos. Und die Miete für das Loft bezahlt aktuell noch meine Ex-Freundin, die bis kürzlich mit mir hier gewohnt hat."

Elsa schaut zuerst zu Eddie, dann zu Valli und zieht eine Augenbraue hoch. „Ich dachte, *ihr* beiden wäret ein Paar!"

„Waren wir mal, aber nur für kurze Zeit", erklärt Eddie, und Valli ergänzt: „Seitdem sind wir beste Freunde und in gewisser Weise Geschwister."

Da Elsa nun auch die andere Augenbraue hochzieht, erzählt Valli ihr die ganze Geschichte. Nachdem die *Slingshot Sisters* sich mit *Tilt42* zusammengetan hatten, bildeten sich erste Paare, etwa Kalle und Tasha. Und auch zwischen Eddie und Valli knisterte es ganz ordentlich. Nach einem Turnier, bei dem sie Dritte geworden waren, passierte es dann und sie wurden ein Liebespaar. Es begann eine turbulente und aufregende Zeit, die jedoch nur wenige Wochen währte.

„Was ist passiert? Auf mich wirkt ihr sehr harmonisch und irgendwie immer noch verliebt", fragt Elsa dazwischen.

Valli macht ein ernstes Gesicht. „In gewisser Weise sind wir das auch, das Problem ist jedoch, dass ich nicht auf Männer stehe und auch zuvor noch nie etwas mit einem Mann hatte. Zwischendurch hatte ich gehofft, ich wäre vielleicht bi, was jedoch leider überhaupt nicht zutrifft."

Während ihre Worte im Raum verklingen, blickt sie kurz zu Eddie und nimmt dann vorsichtig seine Hand in ihre. „Eddie ist der einzige Mann, für den ich je etwas empfunden habe, vielleicht auch ein bisschen wegen seiner androgynen Ausstrahlung. Küssen kann er ganz wunderbar, aber das mit dem Sex klappte leider überhaupt gar nicht. Und so haben wir uns schweren Herzens getrennt. Ich liebe halt Frauen", beendet sie ihre Ausführungen. „Und Eddie natürlich!"

Um die verlegene Stille zu beenden, schaut Eddie lächelnd in die Runde und verkündet: „Weil wir uns lieben, aber kein Paar sein können, und da wir beide Einzelkinder sind, habe ich Valli als meine Schwester und sie mich als ihren Bruder adoptiert."

„Demnach seid ihr beiden das einzige Pärchen hier", schaltet Georg sich nun ein und zeigt auf Elsa und Max. „Wollen wir vielleicht noch ne Runde spielen?"

Alle nicken und so spielen sie dann doch noch Canasta. Dank der Zauberkiste beeindruckt Eddie sich selbst auch hier mit einigen fulminanten Spielzügen. Etwa als Georg, der direkt nach ihm an der Reihe ist, den dicken Stapel nimmt, auf den Eddie es auch abgesehen hat. Kurzerhand drückt er den Knopf und legt schnell eine schwarze Drei, die er noch auf der Hand hat. Damit ist der Stapel für Georg gesperrt, was dieser fluchend zur Kenntnis nimmt.

Später macht Elsa Schluss und beendet damit die Runde, wobei Eddie noch die Hand voller Karten hat, deren Punkte ihm nun negativ berechnet werden. Er dreht die Zeit zurück und legt noch schnell dreiviertel seiner Karten aus, bevor Elsa erneut das Spiel beendet.

Im Verlauf des Abends macht Eddie dreimal Schluss. Am Ende wird er Tagessieger und auch in der Jahreswertung holt er ordentlich auf.

Lange nach Mitternacht beenden sie das Spiel. Zum Abschied bedankt sich Elsa für den schönen Abend: „Ihr seid alle sehr nett und es war toll, dabei zu sein."

Dann umarmen alle einander und verabschieden sich. An der Tür äußert sich Georg gleichermaßen genervt wie anerkennend: „Eddie, keine Ahnung, wie du das gemacht hast, aber heute hast du gespielt, als wärest du uns immer zwei Schritte voraus."

KAPITEL 9

Camus für Germanisten

Die folgende Woche

Am nächsten Morgen macht Eddie es sich mit einem feinen Latte Macchiato und einem Croissant auf dem Balkon gemütlich und lässt sich den lauen Sommerwind um die Nase wehen. Valli hat einen Termin an der Uni und Eddie rein gar nichts zu tun. Er lässt seinen Gedanken freien Lauf, wie er es gern tut, und bald versammeln sie sich rund um das Kästchen. Es ist nun eine Woche her, seit er die Funktion erkannt hat und er es einsetzt.

Gemeinsam mit dem Kästchen hat er das Flipperturnier gewonnen und sowohl beim Canasta wie beim Roulette triumphiert, was seine Geldnöte beträchtlich mildert. Zudem fühlt er sich mit dem Kästchen irgendwie sicherer als früher, was sich in einem selbstbewussteren Auftreten widerspiegelt.

Lediglich sein Karaoke-Auftritt gibt ihm zu denken, denn ihm ist klar, dass hier das Kästchen alles nur noch schlimmer gemacht hat, bis es das Desaster auch nicht mehr hatte verhindern können. Hätte er es nicht dabeigehabt, wäre es sicher bei dem einen kleinen Textaussetzer geblieben und alles wäre gut gegangen.

Inzwischen hat er sich so sehr an das Kästchen gewöhnt, dass er sich kaum mehr ohne es aus dem Haus traut. Fast ist es selbstverständlich geworden und er fragt sich, wie er die Dinge früher, ohne es, hatte regeln können. Andererseits ist es ihm nach wir vor rätselhaft und er versteht nicht im Ansatz, wie das Ganze funktioniert. Auch würde er jeden, der ihm davon erzählen würde, auslachen und für einen Spinner halten.

Er überlegt, wie er mehr über das Kästchen erfahren könnte und schnell kommt ihm Julie in den Sinn, die Frau, die es ihm verkauft hat. Er beschließt, sie beim nächsten Flohmarkt zu suchen und zur Rede zu stellen.

Am Mittag ist Valli zurück. Frohgelaunt und guter Dinge überlegen sie, was sie unternehmen könnten. Kurz darauf beginnt es zu regnen, so dass sie die geplante Radtour auf morgen verschieben und es sich stattdessen auf dem Sofa gemütlich machen.

Unvermittelt zieht Valli ein kleines durchsichtiges Tütchen aus ihrer Hosentasche und hält es Eddie vor die Nase. „Lust drauf?"

Eddie erkennt ein paar Gramm von dem edlen roten Libanesen und nickt. Valli baut darauf einen feinen Joint, dann kiffen sie eine Runde, hören dreimal hintereinander „Kid A" von *Radiohead* und begeben sich jeder auf eine wundersame Reise wohin auch immer.

Eddie bemerkt, wie sein Zeitgefühl zu verschwimmen beginnt. Obwohl er reglos auf dem Sofa sitzt, empfindet er Bewegung in sich und um sich herum. Seine Wahrnehmungen verlangsamen sich, als würde er seine Umgebung durch eine Taucherbrille betrachten. Dann beginnt er, in der Zeit hin und her zu springen. Und das hat nichts mit dem Kästchen zu tun, denn das liegt gut versteckt in seiner Sockenschublade. Er springt auch nicht nur zehn Sekunden zurück, sondern gefühlt manchmal länger oder kürzer. Und auch Sprünge in die Zukunft nimmt er deutlich wahr. Die Uhr an der Wand zeigt allerdings stets dieselbe Zeit.

Irgendwo aus der Ferne nimmt Eddie Geräusche eines Flipperautomaten wahr, was ihm seltsam vorkommt. Es braucht eine Weile, bis er versteht, dass es sich um sein Handy handelt, das einen der seltenen Anrufe ankündigt.

„Hallo, Hedwig Therese Weiler hier, vom Stadttheater, Assistentin des Intendanten. Sie waren kürzlich hier bei uns zu einem Vorstellungsgespräch", flötet es aus dem Hörer.

„Sie haben mir abgesagt", erwidert Eddie und gibt sich keine Mühe, seinen mürrischen Unterton zu verbergen.

„Klar, das weiß ich, aber nun hat unser Wunschkandidat leider seinerseits abgesagt, daher haben wir entschieden, die anderen Bewerber, die es bis in ein Gespräch geschafft haben, noch einmal einzuladen."

Tatsächlich war Eddie nach einem Dutzend Bewerbungen und fast genauso vielen Absagen, zum ersten Mal zu einem Gespräch eingeladen worden. Und das ausgerechnet am hiesigen Stadttheater. Nach seinem Studium der Germanistik und Theaterwissenschaften hatte er mit einer Arbeit über *Franz Kafka* promoviert. Konkret über den Einfluss der Frauen aus Kafkas Umfeld auf dessen Werk. Die Arbeit war ausgezeichnet bewertet worden und sein Doktorvater hatte ihm vorgeschlagen, an der Uni zu bleiben und eine wissenschaftliche Laufbahn anzustreben. Aber Eddie hatte andere Pläne und wollte sich seinen langgehegten Traum vom Theater erfüllen und versuchte eine Stelle als Dramaturg zu bekommen.

Von den mehr als fünfzig Bewerbern hatten es nur sieben in ein Gespräch geschafft. Eddie war auch mit dabei und das war schon ein Erfolg. Am Ende hatte es jedoch nicht ganz gereicht, wie Frau Weiler ihm mitgeteilt hatte.

Eddie kann nicht einschätzen, ob er dieses Gespräch gerade wirklich führt oder ob er sich in seinem Trip verheddert hat. Irgendwie wirkt diese Frau Weiler ziemlich echt, aber das tat Ingrid Bergmann, der er gerade eben begegnet ist, schließlich auch.

„Heute ist ihr Glückstag, denn sie bekommen eine zweite Chance. Aber bemühen müssen Sie sich schon und es diesmal besser machen", redet sie einfach weiter.

‚Sehr motivierend', denkt Eddie, ‚zweite Wahl also. Aber besser als nichts, immerhin ist der Poser, der den Zuschlag bekommen hatte, nun nicht mehr im Rennen.'

Frau Weiler lädt ihn für den übernächsten Tag ein, denn sie möchten die Stelle schnell besetzen, wie sie sagt.

Am Mittwoch macht er sich auf den Weg zum Schauspielhaus, wo er seit früher Jugend ein und aus geht. Als Kind hatte er mit seiner Schulklasse eine Kindertheateraufführung besucht und bereits damals war er vollumfänglich geflasht von diesem Erlebnis gewesen. Als Jugendlicher hatte er stets alle Erstaufführungen in jeder Saison besucht und später den Entschluss gefasst, dass er hier, und nur hier, später einmal arbeiten würde.

Das zweite Gespräch mit dem durchgeknallten Intendanten läuft sehr anders als beim letzten Mal, wo er ein paar unmotivierte Fragen gestellt und die Antworten ohne Kommentar sowie ohne jede Regung hatte über sich ergehen lassen. Diesmal wirkt er wacher und aufgeschlossen, fast zugewandt. Offenbar ist er auf *Crystal Meth*, denkt Eddie; und nur wir wissen, dass er damit völlig richtig liegt.

„Welches Stück von Albert Camus würden sie für eine Inszenierung bei uns vorschlagen?", fragt er mit bissigem Blick.

Eddie würde ihm gern erklären, dass er Germanist ist und Camus Franzose war, aber ihm ist klar, dass er sich dann auch gleich verabschieden kann. Camus kennt er natürlich, *Der Fremde* und *Die Pest* und so, aber Theaterstücke von Camus, da muss er grübeln. Tatsächlich fällt ihm zumindest eines ein. „Caligula", stößt er hervor.

Der Intendant schaut ihm über seine Brillengläser hinweg tief in die Augen, bevor es aus ihm herausbricht. „Caligula? Das ist nicht ihr Ernst! Dieses Boulevardstück wird doch in jedem zweiten Provinztheater gegeben."

‚Na, in Frankreich vielleicht', denkt Eddie, lässt sich aber nichts anmerken, denn er ist gespannt auf die vermeintlich richtige Antwort.

„Camus' fünf Dramen taugen alle nix!", erklärt der Intendant kategorisch und ergänzt: „Ich spiele schon länger mit der Idee, seinen Roman *Der Fremde* auf die Bühne zu bringen."

Eddie nickt zufrieden und fingert in seiner linken Hosentasche herum.

„*Welches Stück von Camus würden sie für eine Inszenierung bei uns vorschlagen?*", fragt er mit bissigem Blick.

Eddie tut so, als würde er kurz nachdenken. Dann öffnet er den Mund und spricht sehr langsam. „Ohne dem Meister zu nahe treten zu wollen, aber von Camus fünf Dramen scheint mir eigentlich keines geeignet, in der heutigen Zeit auf eine deutsche Bühne gebracht zu werden. Vielmehr ist sein Roman *Der Fremde* auch heute noch höchst aktuell und geradezu perfekt geeignet für eine Bühnenadaption."

Die Mine des Intendanten beginnt zu strahlen. „Ich sehe, Sie verfügen über großen Sachverstand auch jenseits ihrer Kernkompetenz als Germanist."

Der Intendant springt auf, läuft kurz durch den Raum und setzt sich wieder. Eddie nutzt die Gelegenheit, einen Schluck von seinem Kaffee zu trinken. Im selben Moment betritt der Chefdramaturg den Raum, murmelt etwas Unverständliches und setzt sich dann auf den freien Stuhl neben Frau Weiler.

„Sie kennen sich noch vom letzten Mal", stellt der Intendant fest und deutet auf den Hinzugekommenen.

Als nächstes kommt der Intendant auf seinen Lieblingsdramatiker zu sprechen. Er ist ein großer Bewunderer, seit er als junger Schauspielschüler, den Meister angeblich einmal persönlich getroffen hat, was er immer noch und immer wieder gern in ein Gespräch einfließen lässt, egal, ob es gerade passt oder nicht. Aus dem letzten Gespräch weiß Eddie noch, dass der Intendant bei Bertold Brecht besonders sensibel reagiert.

„In der kommenden Saison möchte ich mal wieder ein Drama des Meisters inszenieren. Sie wissen vielleicht, dass ich ihn noch persönlich kannte. Auf jeden Fall würde ich sein Meisterwerk ‚Die Dreigroschenoper' aufführen. Haben Sie vielleicht ein paar Ideen, wie sie so eine Inszenierung angehen würden?", fragt der Intendant überraschend freundlich.

Eddie zögert nicht und lässt einen Versuchsballon aufsteigen. „Vielleicht sollte man das Stück in der heutigen Zeit ansiedeln und gegenwärtige soziale Missstände thematisieren."

„Was für ein Schmarrn, Adaptionen in die Gegenwart sind eine Beleidung für den Meister. Den Hamlet würde man ja auch nicht in einer Rockergang ansiedeln."

„Auf jeden Fall würde ich sein Meisterwerk ‚Die Dreigroschenoper' aufführen. Haben Sie vielleicht ein paar Ideen, wie sie so eine Inszenierung angehen würden?", fragt der Intendant überraschend freundlich.

So langsam wird Eddie das hier alles ein Stück weit zu anstrengend, daher entscheidet er spontan, die Taktik zu wechseln. „Vielleicht sollten wir darüber nachdenken, ob ‚Die Dreigroschenoper' für die heutige Zeit das passende Drama ist. Durch die zahlreichen bekannten Adaptionen in den großen Häusern sowie die Verfilmungen, haben sich in den Köpfen der Menschen statische Bilder festgesetzt, die ihre Erwartungshaltung prägen, die wir weder bedienen noch zerstören sollten. Daher schlage ich vor, wir schauen nach einem unbekannteren, gleichwohl vergleichbar brillanten Stück von ihm und prägen neue, eigene Bilder."

So, das musste jetzt raus. Auch wenn Eddie ahnt, dass es vielleicht keine gute Idee ist, ihm zu widersprechen.

Zu seiner Überraschung zeigt dieser jedoch ein smartes Grinsen. Nach kurzem Zögern fragt er „Und?"

Infolge des Trainings mit seinem Vater weiß Eddie mit solch kryptischen Fragen umzugehen und wie diese zu deuten sind. Offenbar erwartet der Intendant einen Vorschlag von ihm. „Spontan fällt mir ‚Die Heilige Johanna der Schlachthöfe' ein, gleichermaßen zeitlos, wie aktuell. Oder vielleicht doch lieber sein sehr frühes Drama ‚Trommeln in der Nacht', selten gespielt, zeigt es jedoch erste Andeutungen von Brechts Genialität", erklärt Eddie und fürchtet, sich ein wenig zu weit aus dem Fenster gelehnt zu haben. Aber zur Not kann er es ja auch noch ungesagt erscheinen lassen; zumindest für die anderen im Raum.

Dies ist jedoch nicht nötig, denn der Intendant zeigt ein einnehmendes Lächeln. „Ein interessanter Ansatz und wirklich prächtige Vorschläge. Ich denke, wir sollten beides einmal probieren."

Dann räuspert er sich und ergänzt: „Mir ist bewusst, dass mein Image ein anderes ist, aber mitunter gefällt es mir, wenn nicht alle mir nach dem Mund reden und auch mal jemand den Mut hat, etwas anderes und eigenes vorzuschlagen."

Mit einem Blick auf den Chefdramaturgen schiebt er polternd lachend nach: „Das sollte natürlich nicht zur Gewohnheit werden."

„Aber was anderes: In welchem unserer Nachwuchsschauspieler sehen Sie das größte Potenzial?"

Eddie hat keine Idee, er kennt nicht einmal alle Namen der Nachwuchstalente. Also sagt er irgendeinen Namen, der ihm gerade einfällt.

Der Intendant gibt ein dumpfes Knurren von sich. „Na mein Lieber, da sind Sie aber nicht so ganz auf dem neuesten Stand. Der junge Kollege hat uns zum Ende der letzten Saison verlassen. Aber seinen Weggang konnten wir schnell kompensieren, denn mit André Diamantstein haben wir ein ausgezeichnetes Talent hier bei uns, gleichermaßen textsicher, wie ein Meister der Improvisation", führt er aus. Der Chefdramaturg deutet ein Nicken an.

„Aber was anderes: In welchem unserer Nachwuchsschauspielern sehen Sie das größte Potenzial?"

Ohne ein Zögern antwortet Eddie fröhlich: „Dazu kann es keine zwei Meinungen geben. Das größte Potenzial hat ganz gewiss André Diamantstein. Er ist gleichermaßen textsicher, wie ein Meister der Improvisation."

So geht es noch eine Weile und nach einem weiteren halben Dutzend ähnlich absurder Fragen ist der Intendant fest davon überzeugt, in Eddie eine Art Zwilling im Geiste gefunden zu haben.

„Frau Weiler, sie können die anderen nach Hause schicken, wir haben unseren neuen Dramaturgen gerade eben gefunden", verkündet er sichtbar überdreht.

Dann reicht er Eddie die Hand. „Herzlich willkommen am Stadttheater, Herr Dr. Lüdemann. Am nächsten ersten fangen sie an. Frau Weiler regelt alles Weitere."

Bevor Eddie etwas erwidern kann, hat der Intendant den Raum verlassen, gefolgt von seinem Chefdramaturgen, der die ganze Zeit über kein Wort gesagt hat.

Frau Weiler zeigt ihm ein freundliches Lächeln. Dann trägt sie seinen Namen in ein Formular ein und reicht es ihm herüber. „Ihr Arbeitsvertrag, den sie bitte bis Ende kommender Woche unterschrieben an mich zurückschicken", erklärt sie.

Eddie zuckt mit den Schultern, greift nach ihrem Stift, unterschreibt den Vertrag und schiebt ihn zu ihr zurück.

Frau Weiler reicht ihm die Hand. „Ich bin übrigens Hedwig Therese, aber du kannst Resi zu mir sagen."

Den Rest der Woche verbringt Eddie auf Wolke sieben. Gemeinsam mit Valli feiert er seinen Erfolg in einem feinen Restaurant in der Nachbarstadt. Zwischendurch besorgt er sich im Spielcasino frisches Geld, geht mit Valli shoppen und kauft ein paar ausgefallene Klamotten für seinen ersten Arbeitstag. Am Sonntag packt Valli ihre Sachen, am Montag zieht sie zurück in ihre WG und lässt Eddie allein zurück.

Zuvor jedoch findet am Samstag noch die Aufführung seiner Theatergruppe im Jugendheim statt. Diese verläuft weitgehend reibungslos und Eddie muss das Kästchen nur dreimal einsetzen, um eine Szene zu retten. Am Ende ist es ein voller Erfolg. Das Publikum, das vorwiegend aus Eltern und Großeltern der Jugendlichen besteht, ist begeistert von der Inszenierung, wie auch von den Kostümen.

Frenetisch feiern sie die jungen Schauspielerinnen und Schauspieler und schließlich auch Elli und Eddie, der hier einen ersten Vorgeschmack seiner künftigen Erfolge als Dramaturg des Stadttheaters erlebt.

Während er sich in seinem Ruhm sonnt, bekommt er nur am Rande mit, wie Elli und Valli einander zum ersten Mal begegnen und etwas Besonderes zwischen ihnen beiden passiert.

KAPITEL 10

Plank-Zeit & Kausalität

Drei Wochen später – Samstag

Inzwischen ist es vier Wochen her, seit Eddie das Kästchen auf dem Flohmarkt gefunden hat, und seitdem ist sein Leben kaum wiederzuerkennen. Nachdem er es anfangs mehr als Spielerei angesehen hat, setzt er es nun klug und umsichtig ein; so glaubt er zumindest. In der Folgezeit gelingt ihm so ziemlich alles, was er angeht.

Gerade im Umgang mit anderen Menschen hat es sich bewährt, stets zu wissen, was sein Gegenüber von ihm erwartet. Das hilft vor allem in schwierigen Situationen, wie er sie in seinem Job am Theater in den wenigen Tagen, seit er dort angefangen hat, schon häufiger erlebt hat.

Seine eher romantischen Vorstellungen von den Theaterleuten sind bereits erheblich ins Wanken geraten, denn Fiesigkeiten jedweder Art, gepaart mit einer häufig ungerechtfertigten Selbstbezogenheit, machen die Arbeit zu einem Seiltanz, gerade für ihn als Neuling. Im Streit mit einer Schauspielerin über ihre Besetzung in einer Nebenrolle im neuen Stück, benötigte er tatsächlich ein Dutzend Mal die Hilfe des Kästchens, bis er es ihr endlich auf empathische und zugewandte Art vermitteln konnte.

Auf ähnliche Weise ist es ihm gelungen, einen eigenen Mietvertrag für das Loft zu bekommen, und so ist er nun nicht mehr von Felices Wohlwollen abhängig.

Obwohl das Kästchen ihm gute Dienste leistet, ist es ihm nach wie vor ein wenig unheimlich, da er immer noch nicht versteht, wie das alles funktioniert. Aber heute ist er entschlossen, der Sache auf den Grund zu gehen oder zumindest ein wenig mehr in Erfahrung zu bringen.

Genau wie vor vier Wochen besuchen sie wieder gemeinsam den Flohmarkt. Georg und Kalle sind diesmal nicht dabei. Georg plant eine Vernissage in seiner Werkstatt, und Kalle hilft ihm irgendwie dabei. Aber Max, Elsa und diesmal auch Elli und Valli, die sich inzwischen gefunden haben, sind dabei. Beide strahlen eine Lebenslust aus, wie man sie nur bei Verliebten antrifft.

Eddie fühlt sich wie das fünfte Rad am Wagen zwischen den beiden Pärchen. Alle anderen sind mit sich selbst oder miteinander beschäftigt und scheinen wenig Blicke für die Stände und die feilgebotenen Waren zu haben.

Kurzerhand setzt Eddie sich unbemerkt von den anderen ab und entdeckt einen Stand mit Vintage-Klamotten aus den Siebzigern, der offenbar zum ersten Mal hier ist. Nachdem er eine himmelblaue Schlaghose sowie zwei grellbunte Hemden erstanden hat, macht er sich auf den Weg zu der Seitenstraße ganz am Rand des Flohmarkts, die er beim letzten Mal entdeckt hat.

Am Ende der Straße erkennt er schon von Ferne ihren Stand und kurz darauf auch sie selbst, wie sie gerade dabei ist, einer Frau etwas von ihren Waren zu zeigen. Eine andere Frau schaut sich die Auslage auf dem Tapeziertisch genauer an, während ein Typ, der offenbar ihr Freund oder Mann ist, gelangweilt umherblickt und hin und wieder einen verstohlenen Blick auf Julie wirft.

Langsam nähert Eddie sich dem Stand. Zu seiner Erleichterung hat die eine Frau etwas gekauft und sich verabschiedet, während das Paar nun weiterzieht. So hat er die Gelegenheit, Julie allein zu sprechen.

Sie erkennt ihn sofort und macht eine einladende Geste. Dann streicht sie sich eine Strähne aus dem Gesicht und zeigt ihm ein strahlendes Lächeln. Das alles wirkt so, als hätte sie ihn schon erwartet, was sich sofort bestätigt.

„Du hast sicher Tausend Fragen, stimmts?", stellt sie fest.

Eddie nickt. „Vielleicht nicht gleich Tausend, aber ein paar."

Julie wirkt heute sehr viel entspannter und zugewandter auf ihn als beim letzten Mal. Auch scheint sie heute frischer und irgendwie gesünder.

„Wo hattest du das Kästchen her?", fragt er leise.

„Mein Opa hat es mir geschenkt, kurz bevor er starb. Das ist jetzt zwei Jahre her", antwortet sie.

Eddie wundert sich über ihre Offenheit. Er hatte befürchtet, sie würde sich verschließen und ihm die Antworten verweigern. Zur Sicherheit hat er das Kästchen dabei. Aber er erkennt, dass er es nicht einsetzen muss, was sie sofort bestätigt.

„Ich weiß, dass du mit Hilfe des Kästchens, die Antworten aus mir herauslocken könntest, daher kann ich auch gleich offen zu dir sein", erklärt sie ein wenig schelmisch.

„Also kennst du seine Funktion?"

Julie nickt. „Es hat eine Weile gedauert, denn mein Opa hatte es mir nicht verraten und mich auch nicht vorgewarnt. Aber nach kurzer Zeit habe ich es verstanden und dann fast zwei Jahre lang benutzt."

„Aber warum hast du es dann einfach weggeben?", fragt Eddie ein wenig lauter, als er es vorhatte.

Julie wiegt den Kopf hin und her, als würde sie darüber nachdenken, wie sie es formulieren soll. „Es brauchte eine ganze Weile, bis ich verstand, dass es mir nicht guttut."

„Wieso? Das verstehe ich nicht", erwidert Eddie.

„Du kennst mich nicht, aber ich kann dir sagen, in den letzten Monaten ging es mir sehr schlecht. Und ohne das Kästchen erhole ich mich langsam und gehe mein Leben wieder an", erklärt sie. „Ohne das Ding geht es mir nun deutlich besser."

„Aber warum? Es ist doch fantastisch! In meinem Leben geht es nur noch bergauf. Mir gelingt einfach alles, was ich mir vornehme", stottert Eddie vor sich hin.

Julie zeigt ihm ein freundliches Gesicht. „Es freut mich aufrichtig für dich, wenn du das so wahrnimmst. Genieße es, solange es so ist."

Eddie versteht überhaupt nicht, was sie ihm damit sagen will und warum es irgendwann anders sein sollte. Er ist gänzlich verwirrt und kann sich keinen Reim auf ihre Worte machen. Dann fällt ihm ein, dass er noch andere Fragen hat.

„Weißt du, wie es das macht?", fragt er.

Julie schüttelt den Kopf. „Nee, keine Ahnung. Es hat mich auch nicht wirklich interessiert. Aber mir ist natürlich klar, dass es gegen allerlei physikalische Gesetzmäßigkeiten verstößt, etwa dem Prinzip der Entropie oder der kausalen Ordnung."

Julie zuckt mit den Schultern. „Vielleicht haben wir es hier aber auch einfach mit einer Miniaturversion des Fluxkompensators aus *Zurück in die Zukunft* zu tun", erklärt sie lachend.

Eddie lacht nicht mit. „Kann man die Dauer des Zeitsprungs irgendwie beeinflussen?"

„Nicht, dass ich wüsste", entgegnet Julie. „Mir haben die zehn Sekunden aber auch immer gereicht."

Ein Donnergrollen unterbricht ihre Unterhaltung, und der wolkenverhangene Himmel kündet von einem nahenden Schauer.

„War nett mit dir zu plaudern, aber ich muss jetzt schnell einräumen, bevor das Gewitter richtig losgeht", stellt Julie fest und beginnt damit, ihre Waren in Kisten zu packen.

Eddie zögert einen Moment. „Kann ich dir helfen?"

„Gern", antwortet sie und reicht ihm eine Kiste.

Bevor der Regen beginnt, ist alles im Auto verstaut.

„Danke dir, mach's gut und genieße alles so gut es geht", sagt sie zum Abschied. Dann deutet sie eine Umarmung an, steigt in ihr Auto und lässt Eddie ziemlich ratlos zurück.

Als die ersten Regentropfen vom Himmel fallen, schüttelt er sich kurz und schaut nach einem Unterstand, den er in der Nähe in Form eines Wartehäuschens findet. Dort angekommen quetscht er sich zu den anderen, die hier Schutz suchen.

Auf seinem Handy findet er eine Nachricht von Valli: ‚Wo bist du?', und gleich noch eine: ‚Wir sind bei Dönninghaus. Hier ist es trocken und lecker. Komm doch auch.'

Dönninghaus gilt allgemein akzeptiert als die beste Pommesbude auf dem Kontinent. Eddie zögert kurz, dann zieht er sich die Kapuze über den Kopf und macht sich auf den Weg zu den anderen.

Das verwirrende und letztlich unbefriedigende Gespräch mit Julie hat Eddies Neugier nur noch gesteigert. Er will endlich verstehen, was es mit dem Kästchen auf sich hat. Vielleicht ist es Zeit für eine Idee, die er schon länger im Hinterkopf hat.

Gleich am Montag ruft er in Elsas Zahnarztpraxis an und lässt sich einen Termin geben. Elsa ist gleichermaßen überrascht wie erfreut, als sie am Dienstagabend das Behandlungszimmer betritt und Eddie im Stuhl liegen sieht. Sie macht eine Routineuntersuchung, findet weder Karies noch Parodontose und lobt Eddie für seine schönen und gesunden Zähne.

Eddie bedankt sich, dann druckst er herum und traut er sich schließlich, zu fragen. „Sag mal, hast du ein Röntgengerät?"

Elsa nickt. „Klar, soll ich deinen Kiefer röntgen?"

„Nee, das muss nicht sein. Aber ich würde gern etwas anderes röntgen. Es muss aber unter uns bleiben", tut er geheimnisvoll.

Elsa lacht und nickt erneut. „Meine Kollegin hat Urlaub und die Frau am Empfang gleich Feierabend. Dann sind wir allein und können ganz konspirativ etwas röntgen."

Kurz darauf stehen sie in der dunklen Röntgenkammer.

„Hoffentlich ist es nicht dein Bein oder etwas anderes Großes", erklärt Elsa, die das Ganze offenbar irgendwie erheitert.

Eddie schüttelt den Kopf. „Nee, es ist ganz klein." Vorsichtig kramt er das Kästchen aus seiner linken Hosentasche und hält es ihr hin.

„Frag bitte nicht, was das soll. Aber ich wäre dir über alle Maßen dankbar, wenn du mir helfen könntest, herauszufinden, was sich darin befindet."

Mit einem Mal wird Elsa ernst. Offenbar versteht sie, dass es für Eddie um etwas Wichtiges geht.

„Kann man es nicht öffnen?", fragt sie.

„Nein, dafür gibt es keinen Mechanismus und auch keine andere Möglichkeit etwas über das Innere zu erfahren, ohne es zu beschädigen", erklärt Eddie.

Elsa nickt. Dann zieht sie eine Art Tablett aus dem Apparat, legt das Kästchen vorsichtig darauf und scheucht Eddie aus dem Raum. Als beide draußen sind, schließt sie die Tür und gibt in einen Monitor ein paar Daten ein.

„Weißt du was passiert, wenn man den Knopf drückt", fragt Elsa, die den Knopf und die Inschrift längst bemerkt hat.

Eddie nickt. „Ja, aber darüber möchte ich nicht sprechen?" Elsa zieht die Mundwinkel nach unten, scheint seine Bitte aber zu respektieren.

Kurz darauf stehen sie beide wieder in dem Behandlungszimmer und betrachten auf einem Computermonitor das Röntgenbild. Eddie erkennt nicht viel darauf, aber ihm ist klar, dass das Kästchen in seinem Inneren gänzlich leer ist, was Elsa ihm sogleich fachfraulich bestätigt.

Eddie ist ein wenig enttäuscht, andererseits weiß er nicht wirklich, was er eigentlich erwartet hatte. Dann bedankt er sich überschwänglich bei Elsa: „Ganz lieben Dank! Du hast mir einen großen Gefallen getan und etwas gut bei mir. Bitte frag jetzt nicht weiter nach und erzähle niemanden davon."

Elsa schenkt ihm ein freundliches Lächeln. „Es freut mich, wenn ich helfen konnte. Und keine Sorge, dein Geheimnis ist bei mir sicher, auch wenn ich nicht im Ansatz verstehe, um was es hier geht."

Dann verabschieden sie sich mit einer kurzen Umarmung. Eddie ist bereits an der Tür, als Elsa ihn zurückruft.

Sie deutet auf eine winzige weißliche Stelle an der Unterseite des Kästchens genau gegenüber dem Knopf. „Wahrscheinlich hat es nichts zu bedeuten, aber wenn das ein Zahn wäre, dann würde ich sagen, dies hier ist eine beginnende Karies."

Eddie stutzt, dann lacht er, und Elsa tut es ihm nach. Sie löscht das Bild, schaltet das Gerät ab, zieht den Kittel aus und ruft: „Warte kurz, ich komme mit."

„Triffst du Max heute noch?", fragt Eddie, als sie auf die Straße treten.

Elsa schüttelt den Kopf. „Nee, der ist beim Flippertraining."

Eddie schlägt sich vor die Stirn. „Stimmt das hatte ich vergessen. Da wollte ich ja auch noch hin."

Er begleitet Elsa noch nach Hause, das zwei Straßen weiter ist. Dann macht er sich auf den Weg zum *Puvogel*, wo das Training bereits in vollem Gange ist.

Als er den Raum betritt, wenden sich zahlreiche Hälse nach ihm um, einige heben die Hand zum Gruß, manche kommen auf ihn zu, ihn zu begrüßen. Seit dem letzten Turnier behandeln sie ihn anders, irgendwie respektvoll, andererseits auch ein wenig distanziert. Mit Schwung und Elan stürzt er sich ins Training und beeindruckt die andren mit der einen oder anderen artistischen Einlage am Flipperautomaten.

Da die meisten arbeiten oder studieren, endet das Training pünktlich um zehn und die anderen verabschieden sich. Georg und Kalle waren heute gar nicht da. Sie sind immer noch mit der geheimnisvollen Vernissage beschäftigt, von der sie nicht verraten, wer überhaupt dort ausstellen wird.

Schließlich sind nur noch Eddie und Max übrig, was Eddie zu pass kommt, da er schon länger mit Max allein sprechen will. Kurzerhand lädt er ihn auf ein Bier ein, was Max nicht ablehnt, obwohl er später noch zu Elsa möchte, um sie zu überraschen. Sie sitzen an der Theke und reden über dies und das. Schließlich kommt Eddie zum Thema.

Max hat Physik studiert und arbeitet an der Uni. Daher scheint er der passende Experte für das Phänomen Zeit im physikalischen Sinne. Und zu Eddies Freude erweist sich sein Freund tatsächlich als kompetenter Ansprechpartner.

Nach ein paar allgemeinen Fragen zum Wesen der Zeit, kommt Eddie schnell zum Kern seines Anliegens.

„Sag mal, ist es, zumindest theoretisch, möglich, nachdem eine Wirkung eingetreten ist, Einfluss auf die Ursache zu nehmen und damit die Wirkung zu verändern?"

„Theoretisch geht das schon und praktisch wohl auch", erklärt Max zu Eddies Verblüffung. „Wenn zwischen der Ursache und der Wirkung weniger als eine Planck-Zeit, also nur eine extrem kurze Zeit vergangen ist. Denn dann können wir Ursache und Wirkung nicht mehr auseinanderhalten."

Mit einer solchen Antwort hatte Eddie nicht gerechnet und von dieser Plank-Zeit hat er noch nie etwas gehört. Auf Nachfrage erklärt Max, dass die Planck-Zeit, benannt nach dem Physiker *Max Planck*, einen extrem kurzen Zeitraum beschreibt, der ungefähr *fünf mal zehn hoch minus vierundvierzig* Sekunden dauert. Dies beschreibt das kleinstmögliche Zeitintervall, für das die bekannten Gesetze der Physik gültig und etwa Kausalitäten zu beobachten sind.

„Unterhalb der Planck-Zeit ist sozusagen alles möglich", beendet Max seinen Exkurs. „Also auch ein Einfluss auf eine Ursache die zu einer Änderung der Wirkung führt."

Eddie bemüht sich, diese neue Information mit der Wirkung des Kästchens zusammen zu bringen. Vielleicht hat sich diese Planck-Zeit aus irgendeinem Grund verändert und auf exakt zehn Sekunden ausgedehnt.

„Und wie sicher ist es, dass diese Planck-Zeit richtig berechnet ist?", fragt Eddie und ahnt, dass dies nicht wirklich eine kluge Frage ist.

Max muss schmunzeln. „Nun, sie ist eine fundamentale physikalische Konstante, wie etwa die Lichtgeschwindigkeit. Mit den Formeln der Quantentheorie lässt sie sich näherungsweise gut berechnen."

‚Vielleicht haben sich die Herren Physiker ja bei der Näherung deutlich vertan', denkt Eddie, sagt es aber nicht, sondern fragt stattdessen: „Kann man sie nicht messen?"

Max schüttelt den Kopf. „Nein, davon ist man weit entfernt. Die kürzeste bislang gemessene Zeitspanne bewegt sich im Bereich der Zeptosekunde, was einem Trilliardstel einer Sekunde entspricht und immer noch um einige Größenordnungen von der Planck-Zeit entfernt ist."

Max nimmt sein Bierglas und trinkt es aus, bevor er ergänzt: „Die Existenz der Planck-Zeit bedeutet übrigens nicht, dass die Zeit unterhalb dieser Zeitspanne diskret, also in Sprüngen verläuft. Aus physikalischer Sicht wissen wir nicht, ob die Zeit kontinuierlich ist oder aus einer Abfolge winzigster Sprünge besteht."

Ein interessanter Gedanke, auf den Eddie noch gar nicht gekommen ist. Er weiß jedoch nicht, ob die Frage, ob die Zeit kontinuierlich oder diskret ist, irgendetwas mit seinem Problem zu tun hat.

„Wie kommst du eigentlich darauf?", fragt Max.

„Ach ich hatte kürzlich ein interessantes Gespräch mit Valli über Zeit und Kausalität aus philosophischer Sicht."

„Vielleicht ist das der bessere Ansatz, denn ich fürchte, die Physik beleuchtet nur eine von vielen Facetten des Problems. Vielleicht wird unsere Wahrnehmung von Zeit auch einfach nur von unserem Bewusstsein erschaffen, ohne dass es für Zeit eine objektive Grundlage gibt", wechselt Max die Perspektive.

Eddie ist erneut verblüfft, denn auch diese Idee ist ihm gänzlich neu und kommt ihm ziemlich abseitig vor. „Aber warum sollte unser Bewusstsein das tun?"

„Der kürzlich verstorbene Philosoph *Daniel Dennett* behauptet, unser Bewusstsein ist nichts anderes als eine Art Benutzeroberfläche unseres Gehirns, was uns Orientierung in einer komplexen und unverständlichen Welt gibt. Demnach wäre die Suggestion einer zeitlichen Abfolge der Ereignisse doch eine große Hilfe für uns", erklärt Max, der sich offenbar intensiver mit dem Thema beschäftigt hat.

„Willst du behaupten, es gibt gar keine objektive Zeit, die ohne uns existiert?", fragt Eddie nach.

„Objektive Zeit gibt es sowieso nicht. Seit Einstein wissen wir, dass auch physikalische Zeit, also das, was wir glauben, messen zu können, relativ ist. So hängt Zeit von der Bewegung ab, kurz gesagt: Bewegte Uhren ticken langsamer. Das führt uns zu dem sogenannten Zwillingsparadoxon. Schon mal davon gehört?", fragt Max. Eddie schüttelt den Kopf.

„Wenn von zwei Zwillingen einer mit einem Raumschiff für eine lange Zeit im Weltall unterwegs ist, dann vergeht für ihn die Zeit langsamer als für seinen Zwilling, der auf der Erde bleibt. Wenn sie sich dann irgendwann wieder sehen, dann ist der Erdzwilling ein alter Mann, währende der Reisende kaum gealtert ist", erläutert Max. „Und das ist nicht nur Theorie, sondern man hat es mit Präzisions-uhren in Flugzeugen gemessen. Dabei lag der Zeitunter-schied jedoch in minimalen Bruchteilen von Sekunden."

Eddie schüttelt erneut seinen Kopf. Relativitätstheorie und Quantenmechanik überfordern seinen Denkapparat.

„Aber es kommt noch besser: Wenn das Raumschiff mit Lichtgeschwindigkeit unterwegs wäre, was praktisch nicht möglich ist, dann bliebe die Zeit für den Reisenden einfach stehen."

„Und wenn das Raumschiff noch schneller wäre, würde dann die Zeit rückwärtslaufen?", äußert Eddie einen Ver-dacht.

Nun schüttelt Max den Kopf. „Theoretisch schon, aber nichts, zumindest nichts Materielles, kann sich schneller fortbewegen als das Licht. Die Lichtgeschwindigkeit ist die absolute Obergrenze für jede Art von Geschwindig-keit", beschließt Max seine Ausführungen.

‚Na wer weiß?', denkt Eddie, sagt es aber nicht.

Eddie raucht der Kopf und das sagt er Max auch. Dem kommt es gelegen, den Exkurs an dieser Stelle zu beenden, da er ja noch etwas vorhat.

„Lass uns das beizeiten einmal vertiefen", schlägt Eddie vor.

Max nickt und verschiedet sich.

KAPITEL 11

Theaterfest

Zwei Monate später – Samstag

Gaukler, Jongleure und auch Feuerspucker haben sich über den weiten Vorplatz verteilt und jeweils eine Traube von Menschen um sich herum versammelt. Ein blauer Himmel überspannt die Szenerie und die untergehende Sonne erhellt in rötlichem Glanz von der Seite das bunte Treiben. Die Türen des Theaters sind weit geöffnet und unablässig strömen Leute, groß und klein, in beide Richtungen hindurch.

Den Tag über hat Eddie hinter der Bühne und in den Proberäumen verbracht. Dort gab es noch allerlei zu tun für die heutige Premiere zur Saisoneröffnung, aber nun hat er ein klein wenig Zeit, um sich in den Trubel des Theaterfestes zu stürzen. Seit mehr als zwanzig Jahren hat er keines davon verpasst, aber diesmal ist es anders, diesmal ist er selbst ein Teil davon.

Frohgelaunt und ein klein bisschen stolz schlendert er über den Vorplatz, bleibt kurz bei einer Jongleurin stehen, die mit Fackeln jongliert, was gefährlich wirkt und wohl auch ist. Ein Stelzenläufer in einem bunten Kostüm läuft an ihm vorbei, gefolgt von einer Schar Kinder, während die Jongleurin die Fackeln gegen fünf Bälle tauscht.

Nach einer Weile kehrt Eddie zurück in das prunkvolle Gebäude und schlendert durch den Rundgang, der um den Theatersaal herumführt und in dem heute allerlei Stände aufgebaut sind. Neben Waffeln, Kuchen und Getränken gibt es hier allerlei, was es sonst nur auf dem Flohmarkt gibt.

Gegenüber der Garderobe entdeckt er die Candybar und direkt daneben den Bücherstand, der als einziger auch sonst hier ist. Betrieben wird er von der Buchhandlung in der kleinen Gasse nicht weit vom Theater und hier kann man auch an den anderen Theaterabenden stöbern. Das hat Eddie auch schon häufig getan.

Aber heute ist etwas anders, denn neben dem kleinen Tisch mit der Kasse, steht nicht, wie sonst, die freundliche ältere Dame, der die Buchhandlung gehört, sondern eine junge Frau, die Eddie hier noch nie gesehen hat. Da sie nur selten für ein verkauftes Buch kassieren muss, hat sie noch Zeit für kunstvolle Scherenschnitte, die sie für Kinder anfertigt.

Eddie stellt sich ein Stück entfernt vor eines der Regale und vertieft sich scheinbar in die dargebotenen Titel. Dabei beobachtet er sie, bemüht unauffällig aus den Augenwinkeln. Sie fertigt gerade einen Scherenschnitt vom Kopf eines kleinen Mädchens, das mit ihrem Vater hier ist. Eddie beobachtet, wie ihre zarten langen Finger flink und fingerfertig die kleine Schere durch die schwarze Pappe gleiten lässt, als wäre es Butter oder etwas vergleichbar Weiches.

Eddie bemerkt ein Kribbeln in seinem Bauch und hat Mühe, seinen Blick von ihr zu lassen. Sie hat ihn sicher längst bemerkt, lässt es sich jedoch nicht anmerken.

Nachdem sie den Scherenschnitt dem strahlenden Mädchen überreicht hat, legt sie Schere und Pappe bei Seite, begibt sich direkt zu Eddie. „Kann ich dir irgendwie helfen?"

Eddie fühlt sich ertappt und er bemerkt, wie alles Blut in seinem Körper sich auf den Weg zu seinem Gesicht macht. Sie zeigt ihm ein Lächeln, wie er es noch nie zuvor gesehen hat, bildet er sich ein. Der Boden unter ihm beginnt leicht zu vibrieren, und er hat keine Idee, was er Sinnvolles sagen könnte.

„Würdest du einen Scherenschnitt von meinem Gesicht machen?", fragt er stammelnd.

Sie schüttelt den Kopf. „Nee, den gibt es nur für Kinder."

Eddie zieht eine Augenbraue nach oben. „Könntest du dir denn vorstellen, mit mir etwas essen zu gehen?", hört er Worte aus seinem Mund purzeln, die er nicht hatte sagen wollen, denn eigentlich hatte er fragen wollen, worin der Unterschied zwischen Scherenschnitten von Kindern und Erwachsenen besteht.

Kaum sichtbar und ohne eine Miene zu verziehen, schüttelt sie den Kopf. „Privates und Berufliches sollte man strikt trennen, daher fange ich nie etwas mit Kunden an."

Eddie weiß nicht, ob sie ihn veralbert. „Ich habe nichts gekauft, daher bin ich kein Kunde."

Wieder schüttelt sie ganz leicht ihren Kopf. „Das ist schlecht, denn deine erlaubte Verweildauer an diesem Stand läuft gleich ab, wenn du nichts kaufst."

Offensichtlich will sie ihn veralbern. Er würde ihr jetzt gern erklären, dass *er* hier das Hausrecht und damit über Dinge, wie die erfundene Verweildauer zu entscheiden hat, andererseits ist ihm klar, dass er als jüngster Dramaturg hier rein gar nichts zu entscheiden hat.

„Okay, dann kaufe ich alle Pixibücher", antwortet er stattdessen und deutet auf den Stapel mit den mehr als hundert kleinen Büchern.

Sichtlich überrascht schaut sie ihm nun direkt in sein Gesicht und zeigt einen nicht zu deutenden Gesichtsausdruck. „Alle?"

Eddie nickt und erklärt: „Ich bin eine Leseratte und da sie sehr klein sind, benötige ich sehr viele davon".

Er hofft, dass sie das irgendwie witzig findet, aber ein Blick in ihr Gesicht lässt ihn sogleich erkennen, dass er damit ziemlich daneben liegt.

„Das ist schlecht, denn deine erlaubte Verweildauer an diesem Stand läuft gleich ab, wenn du nichts kaufst."

„Darf ich dich wenigstens in deiner nächsten Pause zu einem Getränk einladen?", startet er einen neuen Versuch.

„Für Aussteller sind hier alle Getränke kostenlos", antwortet sie ein wenig schnippisch, wie er findet.

‚Umso besser', denkt er, sagt es aber nicht. „Verrätst du mir wenigstens deinen Namen?", fragt er und ergänzt: „Ich kaufe auch nichts und bin damit kein Kunde."

Die Frau an der Candybar, die alles mit angehört hat, fühlt sich offenbar bemüßigt, einzugreifen. Mit dem Zeigefinger deutet sie auf das kleine Schild an dem Holzrahmen über dem Stand. Eddie schaut nach oben. ‚Milena' heißt die Frau, in die er sich gerade eben Hals über Kopf verknallt hat und die es ihm nicht leicht macht.

„Für Leute, die hier arbeiten sind alle Getränke kostenlos", *antwortet sie ein wenig schnippisch, wie er findet.*

Er rollt mit den Augen und schenkt ihr ein Lächeln. „Milena, mach es mir doch nicht so schwer."

„Woher kennst du meinen Namen?", fragt sie überrascht.

Mit einem schelmischen Grinsen deutet er auf das Schild. „Mein Großvater war Sherlock Holmes".

Milena rollt mit den Augen und ist offenbar langsam leicht genervt. Und so geht es noch eine Weile so weiter, aber egal, was er versucht, er beißt sich die Zähne an ihr aus. Zwar bleibt sie stets freundlich und beantwortet geduldig seine, teils abstrusen Fragen, aber auch nachdem er das Kästchen mehr als ein Dutzend Mal bemüht hat, ist er keinen Schritt weiter.

Zugleich wird ihm klar, dass er sich ihre Geduld wohl nur einbildet, da aus ihrer Sicht, ihr Gespräch gerade erst begonnen hat. Irgendwann deutet sie eine Verabschiedung an, da sie gleich noch die Premiere besuchen möchte. Kurzerhand klappt sie die Regale zusammen, verschließt sie und deutet mit einer Geste an, dass sie nun geht.

Ziemlich bedröppelt steht er da und schaut ihrer Silhouette hinterher, die gerade durch eine der Türen in den Theatersaal entschwindet und eine triste Leere hinterlässt.

In den folgenden Tagen geht sie ihm nicht mehr aus dem Kopf. Einerseits ist er irritiert von ihrer ironischen, leicht schnippischen Art, andererseits findet er gerade dies auch interessant und anziehend an ihr, wie auch alles andere.

Eigentlich hat er gerade einen Lauf, wie man beim Flippern sagen würde. Eine Phase, wo alles, einfach alles gelingt. Er hat einen Job und nicht irgendeinen, sondern seinen Traumjob und das auch noch in seiner Stadt. Er hat Geld, genügend Geld, um das Loft zu halten sowie für andere schöne Dinge. Wobei er versucht, nicht allzu großspurig aufzutreten, da das sicher Fragen nach sich ziehen würde. Fehlt jetzt nur noch jemand, mit dem er sein Glück teilen kann. Und diese Person hat er in Milena gefunden, davon ist er überzeugt.

Nach einigen Tagen mit ziellosen Gedanken, macht er sich am frühen Abend kurz vor Ladenschluss auf den Weg in die Buchhandlung. Zu seiner Erleichterung sind keine Kunden im Laden, so dass er sie allein antrifft. Zu seiner Überraschung begrüßt sie ihn überaus freundlich und zugewandt.

„Hallo der Herr, ich habe mich schon gefragt, wann du endlich hier aufkreuzt", flötet sie ihm entgegen.

Damit hat Eddie nicht gerechnet. Überhaupt wirkt sie wie ausgewechselt auf ihn, aufgeschlossen und zugewandt.

„Pardon, ich habe Letzens versäumt, mich vorzustellen. Ich bin Eddie", führt er aus und deutet eine Verbeugung an.

„Freut mich Eddie, ich bin Milena, aber das weißt du ja schon. Das ist übrigens mein Laden. Ich habe ihn kürzlich von der alten Frau Janssen übernommen", erklärt sie mit einem stolzen Unterton in der Stimme.

„Gratuliere! Eine schöne und alteingesessene Buchhandlung. Wie hat dir die Premiere am letzten Samstag gefallen?", wechselt Eddie das Thema.

„Ganz wunderbar! Ein tolles Stück von Brecht, das ich noch nicht kannte. Und ganz besonders besetzt, vor allem mit dieser großartigen Schauspielerin, die ich aus dem Fernsehen kenne. Letztens war sie noch in diesem schnulzigen Reckling-hausen-Tatort zu sehen, den sie beim WDR leider abgesetzt haben", redet sie so viel am Stück, wie Eddie es bisher nicht von ihr gehört hat.

Am liebsten würde er ihr erzählen, dass er der Dramaturg ist und die Auswahl des Stücks auf seine Idee zurückgeht, aber das findet sie vielleicht angeberisch, also hält er sich zurück und nickt nur zustimmend.

Offenbar fällt ihr gerade ein, was ihr Job ist: „Bevor wir uns hier verquatschen, Eddie, kann ich etwas für dich tun?"

Eddie nickt. „Du könntest meiner Einladung zum Essen zustimmen", entgegnet er mutig.

Milena zeigt ein Grinsen und schüttelt den Kopf. „Ich hatte jetzt eher an eine Buchempfehlung gedacht."

Ohne es zu wollen, zeigt Eddie ein trauriges Gesicht. Er überlegt, wie er das Kästchen jetzt sinnvoll einsetzen könnte.

Das muss er aber gar nicht, denn nach einer Kunstpause schiebt sie hinterher. „Okay, weil du so nett fragst. Du darfst mich einladen, aber nicht gleich zum Essen, das scheint mir dann doch etwas zu intim für ein erstes Date."

Sie tut so, als würde sie überlegen, während sich Eddies Gesichtszüge gerade etwas entspannen.

„Samstags besuche ich gern das *Kleine Café* hier direkt gegenüber. Dort gibt es den besten Tee der Stadt und wunderbaren selbstgebackenen Kuchen. Ich schließe um vier, am besten holst du mich dann hier im Laden ab", erklärt sie ihm lächelnd, als wäre genau das von Anfang an ihr Plan gewesen.

KAPITEL 12

Milena

Einige Tage später – wieder Samstag

Im *Kleinen Café* war Eddie früher häufiger mit Felice gewesen. Sie liebte es dort und er hofft, sie heute hier nicht anzutreffen, denn wie der Name andeutet, ist es tatsächlich sehr klein, mit nur wenigen Tischen, so dass man unliebsame Begegnungen nicht gut ignorieren kann. Eddie hat einen der beiden Tische auf der Empore für sie beide reserviert, wo sie ein klein wenig für sich sind.

Eddie ist aufgeregt, wie bei seinem allerersten Date. Milena hingegen scheint wieder eine ganz andere zu sein als bei ihren ersten beiden Begegnungen. Nicht unfreundlich, aber deutlich ernster und distanzierter.

Nachdem die junge Kellnerin zwei Kännchen mit fein duftendem Darjeeling second-flush gebracht hat, versucht Eddie eine seichte Konversation in Gang zu bringen. Er erzählt ein bisschen von sich, ohne zu viel zu verraten. Sie hört aufmerksam und konzentriert zu und schweigt.

Wie es ihre ganz eigene Art ist, sitzt sie sehr gerade in aufrechter Haltung auf der Vorderkante des Stuhls und wirkt dabei bisweilen ein klein wenig prätentiös, wie Eddie findet.

Ihre blassen Hände hält sie dabei in ihrem Schoß gefaltet. Aus ihren leuchtend blauen Augen, die wegen des silbernen Lidschattens noch größer wirken, schaut sie Eddie schweigend an, als würde sie sein Gesicht genau studieren, wie ein Insekt unter dem Mikroskop. Mit vollendeter Vornehmheit hebt sie die Teetasse bedächtig an ihre rosa leuchtenden Lippen und nippt an der Flüssigkeit.

Eddie ist voll und ganz eingenommen von ihrer adligen Ausstrahlung, was ihm das Reden schwer macht, zumal er keinerlei Reaktion von ihr erhält. Daher redet er einfach drauflos, erzählt ihr allerlei Dinge aus seinem Leben, von seiner Flipperleidenschaft, seiner Kindertheatergruppe, von Elli und Valli, von seinen Freunden und seinen Eltern. Nur seinen Job am Theater verschweigt er erst einmal.

Während sie ihm schweigend zuhört und nur hin und wieder den Kopf leicht hin und her wiegt, untermalt von einem kaum wahrnehmbaren Zucken ihrer feinen Mundwinkel, ist Eddie zunehmend irritiert von ihrer Mimik, die er nicht zu deuten weiß.

Irgendwann ist ihre Teetasse leer und sie schenkt aus dem Kännchen nach, ohne ihren Blick von ihm abzuwenden. Nachdem sie einen Schluck getrunken hat, legt sie eine Hand auf den Tisch. Kurzerhand legt er vorsichtig und sanft seine Hand auf ihre und fühlt für einen kurzen Augenblick ihre Wärme und Zartheit.

Milena verzieht ihr Gesicht, als hätte sie in eine Zitrone gebissen, zieht blitzschnell ihre Hand weg und legt sie zu der anderen in ihren Schoß. Erschrocken fingert Eddie mit der anderen Hand in seiner Hosentasche und macht diesen peinlichen Moment ungeschehen, zumindest für sie.

Während er später von der Premiere seiner Kindertheatergruppe berichtet, bemerkt er eine überraschende Veränderung in ihrem Gesicht, gefolgt von einem Blick, der über ihn hinweg geht. Mit einem Mal wirkt Milena unruhig, fast aufgeregt und ein wenig verlegen. Zögerlich öffnet sie den Mund und unterbricht ihn.

„Dreh dich jetzt bitte nicht um. Ich glaube *Laura Dumont* hat sich gerade hinter dir an den Tisch gesetzt, zusammen mit einer anderen Frau", flüstert sie.

„Du meinst die Hauptdarstellerin aus der Premiere?", fragt er und dreht sich prompt nach ihr um.

Milena verdreht die Augen. „Du sollst dich doch nicht umdrehen", tadelt sie ihn, nun deutlich lebendig und engagiert.

„Du hast Recht, das ist sie. Wollen wir sie begrüßen?", geht Eddie nicht auf sie ein.

„Auf keinen Fall!", entgegnet sie streng.

Eddie hat plötzlich seine Freude daran, Milena einmal nicht souverän zu erleben, daher zuckt er mit den Schultern und erhebt sich von seinem Stuhl. „Warum nicht?"

„Setz dich sofort wieder hin, das ist peinlich", zischt Milena.

Aber er hört es nicht mehr, denn er ist bereits an Lauras Tisch angekommen. Laura umarmt ihn freundschaftlich und stellt ihm ihre Freundin Cassandra vor, die ihm die Hand reicht.

Sie reden kurz, dann winkt Eddie zu Milena herüber und bedeutet ihr, dazu zu kommen, was diese tatsächlich auch macht. Zögerlich, mit einem roten Kopf, bewegt sich Milena auf die anderen zu. Erst als Laura und Cassandra sie sehr freundlich begrüßen, scheint Milena sich ein wenig zu entspannen. Sie findet lobende Worte für Lauras tolle Darstellung bei der Premiere, worüber Laura sich zu freuen scheint.

Kurz darauf sitzen Milena und Eddie wieder an ihrem Tisch. Sie scheint gleichermaßen angezickt wie beeindruckt von seiner Aktion.

„War doch gar nicht so schlimm", lacht Eddie.

„Du hättest mir ruhig sagen können, dass du sie privat kennst", mault sie herum.

„Aber dann hätte ich ja die Überraschung verdorben", entgegnet er schulterzuckend.

„Woher kennst du sie überhaupt?", fragt sie neugierig.

Okay, jetzt kann er es nicht mehr vor ihr verbergen. „Ich arbeite am Theater", verkündet er und versucht, dabei nicht allzu viel Stolz mitklingen zu lassen.

Sie scheint tatsächlich überrascht und braucht einen Moment. „Bist du dort Pförtner oder so?", fragt sie bissig. Dann verstummt sie, hebt eine Hand in die Höhe und kramt mit der anderen ihr Handy hervor.

„Du bist Dr. Edgar Lüdemann?", liest sie den Namen ab. „Der Dramaturg des Premierenstücks?"

Eddie nickt, und Milena muss lachen. „Entschuldige bitte, das mit dem Pförtner ist mir so rausgerutscht."

Nach diesem Zwischenspiel taut sie ein wenig auf und spricht auch mal über sich.

„Nach der Schule habe ich drei Jahre gemodelt", berichtet sie. „Bis mir das Ganze zu langweilig und die permanente Diät schließlich zu viel wurde."

„Echt jetzt, du warst auf den Laufstegen der Welt unterwegs?", fragt Eddie sichtlich beeindruckt.

„Na ja, der Welt jetzt nicht unbedingt. Ich war kein Topmodel oder so. Aber ich hatte eine Agentur, die mich an Modelabels für Shootings und Modeschauen vermittelte. Meist war das irgendwo in Deutschland, nur einmal habe ich es bis nach Mailand geschafft. Es war auch ordentlich bezahlt, aber nicht so, dass ich irgendwann ausgesorgt hätte. Also habe ich es schließlich hingeschmissen und ein Studium der Betriebswirtschaft begonnen. Das war aber auch nichts für mich und so habe ich eine Buchhändlerlehre gemacht und vor kurzem die Buchhandlung hier in der Brüderstraße übernommen."

„Und hast du es jemals bereut?", fragt Eddie.

„Was? Den Model Job oder dass ich ihn aufgegeben habe, das Studium oder den Buchladen?", fragt Milena.

„Alles irgendwie", erwidert Eddie.

Milena zeigt ein Lächeln und schüttelt den Kopf. „Nee, das war alles durchaus sinnvoll. Als Mannequin habe ich gelernt, mich perfekt zu präsentieren und unfallfrei in High-Heels zu bewegen. Das Studium hat mir gezeigt, was ich nicht will, und in meiner Buchhandlung fühle ich mich pudelwohl inmitten meiner Freunde, den Büchern."

Da ist er wieder, dieser besondere Moment, wo er sich ihr ganz nah fühlt. Gerne würde er ihr sofort einen Heiratsantrag machen, aber ihm ist klar, dass das hier ihr erstes Date, und noch keineswegs sicher ist, dass es ein zweites geben wird. Dafür muss er noch etwas tun.

„Und wofür interessierst du dich noch, außer für deine Bücher?", fragt er und bemerkt, dass es irgendwie blöd klingt.

Milena scheint das nicht so zu sehen und berichtet von ihrer Leidenschaft für Kunst. Gerne geht sie in Museen und Galerien, von denen es in der Gegend ja einige gibt. Besonders fasziniert ist sie von Skulpturen aller Art, und Camille Claudel ist ihre Superheldin, von der sie Eddie vorschwärmt.

„Aber auch hier in der Gegend gibt es großartige Künstlerinnen. Neulich war ich im Kreuzviertel in Dortmund und habe eine kleine Bronzeskulptur von Pia Bohr für meinen Buchladen gekauft. Ich weiß nur noch nicht, wo ich sie aufstelle", erzählt sie begeistert.

Bei dem Namen klingelt etwas in Eddies Kopf, er kommt jedoch nicht dazu, darüber nachzudenken, denn was Milena als nächstes sagt, verschlägt ihm die Sprache.

„Und selbst hier um die Ecke gibt es einen unglaublich genialen Bildhauer, der fantastische Skulpturen fertigt und kurioserweise nebenbei eine Reifenwerkstatt betreibt."

Eddie verschluckt sich an seinem Tee, hustet kurz und setzt die Tasse ab. Gerne würde er ihr erzählen, dass er von diesem eine Skulptur bei sich zu Hause hat, die er ihr einmal zeigen könnte. Aber ihm kommt gerade eine Idee, sodass er schnell das Kästchen bemüht und sie das Gesagte vergessen lässt.

„... kleine Bronzeskulptur von Pia Bohr für meinen Buchladen gekauft. Ich weiß nur noch nicht, wo ich sie aufstelle", erzählt sie begeistert.

„Pia Bohr? Hieß sie nicht früher Pia Lund und sang gemeinsam mit Phillip Boa im Voodoo-Club, *Container Love* und so?", fragt Eddie, um Milena gedanklich von Georg wegzulocken.

Milena zuckt mit den Schultern. „Nie gehört, weder von diesem Phillip noch von einem Voodoo-Club."

„Echt jetzt?", tut er übertrieben empört. „Du kennst den Voodoo-Club nicht?"

Das ist in ihrem jungen Alter zwar überhaupt nicht verwunderlich, aber Eddie möchte vermeiden, dass sie den alten Gesprächsfaden wieder aufnimmt, also erzählt er ihr allerlei Zeug und es gelingt ihm, das Thema in eine andere Richtung, nämlich ihre Musikvorlieben zu lenken.

Zu Eddies Überraschung berichtet sie von ihrer Liebe zu David Bowie. Obwohl nicht ganz ihre Zeit, kennt sie all seine Alben und ist immer wieder traurig, dass er nicht mehr lebt.

„Als ich dich das erste Mal traf, also letzte Woche", erklärt sie grinsend, „ musste ich sofort an das Cover von *Hunky Dory* denken, kennst du doch sicher?"

„Klar", erklärt Eddie wahrheitsgemäß und fühlt sich nicht unerheblich geschmeichelt. „Oh! You Pretty Things", zitiert er aus der Playlist des Albums.

„Und seine würdigen Nachfolger, sofern es solche überhaupt geben kann, sind die *Last Shadow Puppets*", kommt sie so langsam ins Plaudern.

Die kennt Eddie tatsächlich nicht, was Milena sogleich als Bildungslücke identifiziert. „Vielleicht lade ich dich mal zu mir ein und spiele dir die beiden Alben vor, die sie gemacht haben", bemerkt sie und zeigt ihm ein sibyllinisches Lächeln.

Nach einem weiteren Kännchen Tee verlassen sie das Café. Vor der Tür umarmt sie ihn deutlich distanziert, fast ohne ihn zu berühren. Dann dreht sie sich wortlos um und entschwebt aus seinem Gesichtsfeld.

Zwei Tage später schickt Eddie ihr anonym eine exklusive Einladung zur Eröffnung der Vernissage in Georgs Reifenwerkstatt am kommenden Samstagabend mit einem persönlichen Gruß von Georg höchst selbst.

In der geheimnisvollen Vernissage, an der Georg und Kalle seit Wochen arbeiten, stellt Georg nämlich tatsächlich zum ersten Mal seine eigenen Sachen bei sich selbst aus, monumentale Gemälde und Skulpturen aus Sandstein und Bronze.

Das Publikum ist gleichermaßen gediegen wie exklusiv. Freunde und Bekannte von Georg, Flipperkollegen aus dem Verein, einige Theaterleute sowie stadtbekannte Künstler. Die meisten sind vornehm gekleidet, manche haben es mit ihrem Outfit bewusst übertrieben, wohl um dem Ganzen eine ironische Note zu verleihen. Valli und Elli haben spaßeshalber ihre Klamotten getauscht, sodass Eddie zweimal hinschauen muss, um Elli in ihrem Gothic-Outfit und seine Freundin in dem himmelblauen Sommerkleid zu erkennen.

Georg ist erkennbar stolz auf die vielen Gäste, die sich zu amüsieren scheinen. Vorhin war sogar jemand von der Lokalpresse da und hat Fotos gemacht. Georg erzählt gerade davon, als sie alle zusammenstehen und ihre Begeisterung über die Ausstellung bekunden.

Die wabernde Geräuschwolke, die über den Köpfen der Menge hängt, verstummt mit einem Mal fast vollständig und macht Platz für das Ereignis, das für einen Augenblick die volle Aufmerksamkeit der Anwesenden auf sich zieht.

In der Toreinfahrt der Werkstatt, präzise zwischen den beiden geöffneten Flügeltoren, vom Licht der untergehenden Sonne, einem Engel gleich, von hinten erleuchtet, verharrt SIE für eine kurze Weile, bevor sie sich durch die sich vor ihr bildende Gasse in den Raum hinein bewegt.

In einem exzentrisch anmutenden langen Kleid aus einem metallisch glänzenden hellblau- und grün-changierendem Material, das sich eng um ihre Beine schmiegt, und einem schmal geschnittenen silberfarbenen und hochgeschlossenen Oberteil. Sich der Wirkung ihrer Erscheinung offensichtlich vollkommen bewusst, schwebt sie vornehm elegant auf ihren blauen Cinderella-Pumps durch den Raum, schaut dabei mit ernstem Blick über die Köpfe der Anwesenden hinweg und genießt die Aufmerksamkeit, die sie erregt.

„Wer ist das?", fragen Georg und Max gleichzeitig.

„Mi-le-na", stammelt Eddie, dem gerade ganz schwindelig wird. Er fragt sich, ob es wirklich eine gute Idee war, sie ausgerechnet hier wieder zu treffen.

Während Georg der Mund offen steht, zeigt Valli ein Grinsen. „Fürwahr, sie ist wirklich eine beeindruckende Erscheinung und bewegt sich wie ein Model", flüstert sie ihm zu.

„Hallo, du musst Milena sein", verkündet Valli mit hoher Stimme, als Milena bei ihnen ankommt, kurz verharrt und dann ein Strahlen in ihr Gesicht zaubert, das den Boden unter ihr zum Vibrieren bringt.

„Und du musst Elli aus dem Jugendheim sein", entgegnet Milena und deutet eine Umarmung an.

Bevor Valli die Verwechslung aufklären kann, spricht Milena einfach weiter. „Und du bist die sagenumwobene Valli, von der Eddie in einem fort redet", spricht sie Elli an und nimmt sie fest in ihre Arme.

Während Elli und Valli verstohlene Blicke tauschen, stellen sich die anderen vor. Max und Elsa, Kalle und zum Schluss Georg, der einen roten Kopf bekommt, als Milena ihm die Oberfläche ihrer Hand vor sein Gesicht hält. Tatsächlich nimmt er die Hand in die seine, haucht einen Kuss darauf und lässt sie eine Weile lang nicht mehr los.

„Danke für die exklusive Einladung. Wie komme ich zu der Ehre, du kennst mich doch gar nicht?", fragt sie.

Georg, der sich offenbar noch nicht wieder gefasst hat, öffnet seinen Mund, es wollen jedoch keine Worte herauskommen. Daher deutet er mit der Hand auf Eddie.

Bislang hat sie so getan, als hätte sie Eddie gar nicht bemerkt. Nun jedoch wendet sie sich ihm zu, zeigt erneut ihr Strahlen, fällt ihm sogleich um den Hals und flüstert: „Du steckst also hinter der Einladung, aber woher wusstest du, dass ich Georg Bendemanns Skulpturen liebe?"

„Nenn es Intuition oder so. Ich dachte, da du so kunstinteressiert bist, könnte es dir hier vielleicht gefallen", erklärt Eddie lapidar und bemerkt, dass sie den zweiten Teil des Satzes gar nicht mitbekommen hat.

Denn kurzerhand nimmt sie Georgs Hand, zieht ihn ein Stück bei Seite und sagt: „Georg, da du mich exklusiv eingeladen hast, musst du mir jetzt auch alles zeigen!"

Dann stöckelt sie los, zieht ihn hinter sich her und nimmt sich ein Sektglas von dem Tablett, das gerade an ihr vorbei getragen wird. Georg wirkt sichtlich irritiert, wie auch die anderen, die zusammenstehen und den beiden hinterherblicken.

Eddie steht ein wenig abseits und fühlt sich stehen gelassen, was genau genommen auch präzise zutrifft. Ihm schwant gerade, dass dies hier wohl nicht gut für ihn ausgehen wird.

Valli und Elli nehmen ihn in ihre Mitte und ziehen ihn zu dem Buffet, das in einer Ecke des Raums aufgebaut ist. Eddie hat keinen Hunger, aber Valli nötigt ihm eines von den Krabben-Canapés auf, die tatsächlich sehr schmackhaft wären, wenn er nicht gerade eben in Liebeskummer ertrinken würde.

Am anderen Ende des Raums entdeckt er Milena, die sich bei Georg untergehakt hat und sich von ihm eine seiner Sandsteinskulpturen zeigen und erläutern lässt. Am liebsten würde Eddie sofort hier verschwinden, aber Valli meint, das könne er Georg nicht antun. Stattdessen solle er gefälligst aus seiner Schmollecke herauskommen und etwas unternehmen.

Die Gelegenheit dazu bietet sich ihm kurz darauf, als Milena und Georg direkt auf ihn zusteuern. Bei ihm angekommen murmelt Georg etwas davon, dass er sich auch noch um seine anderen Gäste kümmern muss und lässt sie bei Eddie stehen.

„Das war wirklich aufmerksam und supernett von dir. Georg hat mir erzählt, wie du ihn gezwungen hast, eine völlig Unbekannte exklusiv einzuladen", plaudert sie vor sich hin, während Valli und Elli hinter ihrem Rücken in pantomimischer Weise Eddie anfeuern, endlich *den Sack zuzumachen*, wie Valli vorhin meinte.

Während sie spricht, klimpert Milena mit ihren langen schwarzen Wimpern. Eddie sagt nichts und beugt sich langsam zu ihr, bis ihre kirschroten Lippen den seinen ganz nah sind. Einen winzigen Moment später wendet sie ihr Gesicht zur Seite, tritt einen Schritt zurück und spricht: „Du Luft ist so stickig hier, holst du mir etwas zu trinken?"

Hinter ihrem Rücken ziehen Elli und Valli gespielt enttäuschte Grimassen und halten sich lachend beide Hände vor ihre Gesichter. Eddie findet das nicht wirklich witzig und macht sich auf den Weg zur Theke, wo er ein Bier und einen Prosecco erhält. Bereits auf dem Rückweg bemerkt er, dass Milena verschwunden ist.

Er findet sie im Nebenraum, vertieft in ein Gespräch mit Kayla, Tasha, Randolf und Heinz. Eddie schreitet betont langsam auf sie zu, reicht ihr das Glas und schlendert weiter, ohne sich umzusehen. Milena nimmt das Glas, nippt daran und wendet sich dann wieder den anderen zu, ohne Eddie weiter zu beachten.

Und so geht es den ganzen langen Abend. Milena ist mal hier, mal dort und genießt die Aufmerksamkeit, die ihr entgegengebracht wird, obwohl sie hier niemanden kennt. Zwischendurch flirtet sie immer wieder mal mit Eddie, wirft ihm aus der Ferne verführerische Blicke und Kusshände zu.

Eddie hingegen läuft herum wie Falschgeld, wie seine Oma immer sagt. Er plaudert hier und dort, ohne viel von dem Gesagten mitzubekommen. Zwischendurch wird auch getanzt, worauf sich Eddie heute aber genauso wenig einlassen kann, wie auf die prächtige Stimmung, die hier herrscht.

Krampfhaft überlegt er, wie er das Kästchen irgendwie einsetzen könnte. Dazu müsste er aber bei ihr oder zumindest in ihrer Nähe sein. Aber sobald er sich ihr nähert, wendet sie sich ab, zeigt ihm die kalte Schulter und spricht die nächstbeste Person freundlich an.

Irgendwann hat Eddie den Kaffee auf und keine Lust mehr auf ihre Spielchen, egal wie schön, charmant und faszinierend sie sein mag. Und auch die Party geht langsam ihrem Ende entgegen. In einer Ecke knutschen Valli und Elli inniglich miteinander. Nicht weit davon sind Max und Elsa ebenfalls miteinander beschäftigt. Auf der Tanzfläche drehen sich einige weitere Paare zu bluesigen Klängen.

Für Eddie ist es Zeit aufzubrechen. Irgendwo im hinteren Teil der Werkstatt entdeckt er Milena. Er winkt ihr zu und macht mimisch deutlich, dass er sich verabschiedet.

Sie scheint zu verstehen und schüttelt energisch den Kopf. Ohne Zögern lässt sie die Leute um sie herum, stehen, kommt direkt auf ihn und nimmt seine Hand.

„Wir haben doch noch gar nicht miteinander getanzt?", haucht sie leise.

Ohne eine Antwort abzuwarten, zieht sie ihn zur Tanzfläche und legt ihre Arme um seinen Hals. Vorsichtig umfasst er ihre Hüften und beginnt, sich langsam mit ihr im

Takt zu *Wicked Game* zu bewegen, was seine Situation auf fast mystische Weise umschreibt. Wieder nimmt er diesen besonderen Duft an ihr wahr, sowie die Zartheit ihres Körpers unter dem Stoff des Kleides.

Und dann hebt sie ihren Kopf, schenkt ihm einen verklärten Blick, beugt sich ein Stück vor, verharrt für einen Augenblick, sagt etwas, das wir nicht verstehen, lacht laut auf und tippt mit dem Zeigefinger auf Eddies Nasenspitze.

Kurzerhand nimmt er seine Hände von ihren Hüften, dreht sich halb herum, verlässt die Tanzfläche und lässt sie dort zurück. Schnellen Schrittes eilt er nach hinten zu den Büroräumen der Werkstatt, vorbei an den Toiletten und einem Lagerraum. Dahinter befindet sich ein Hinterausgang, der auf eine Seitenstraße führt.

Eddie stürmt hinaus in die Kälte. Nur eine Straßenlaterne wirft ein funzeliges Licht auf die schmale Sackgasse, in die sich nur selten ein Fahrzeug verirrt. Wütend, wie er ist, bemerkt er den Wagen fast nicht, der mit laufendem Motor am Straßenrand parkt. Und auch nicht den Mann, der am Steuer sitzt, ihn anstarrt, ihm direkt ins Gesicht schaut und eine Grimasse zieht.

Der Typ wirkt irgendwie finster und gestikuliert nun wild mit den Händen. Eddie verharrt und begreift nicht, dass der Mann ihn meint. Und schon gar nicht, was das alles zu bedeuten hat. Stattdessen hört er eine bekannte Stimme hinter sich. Und sogleich überschlagen sich die Ereignisse!

KAPITEL 13

Verpfiffen

Eine halbe Stunde zuvor

Joe ist gelangweilt, wie so oft, aber gerade eben ist es besonders enervierend. Er kann es geradezu spüren, wie die Zeitquanten sich in Zeitlupe bewegen, als wollten sie ihn verhöhnen. Natürlich ist Langeweile ein zentrales Element in seinem Job, man könnte fast sagen, er wird dafür bezahlt, die meiste Zeit über nichts zu tun. Es passiert rein gar nichts. Joe weiß, dass das eigentlich gut ist, dennoch hätte er jetzt lieber ein klein bisschen Action.

Nicht mal das Radio läuft, das wäre zu auffällig. Und auch die coolen Airpods liegen im Handschuhfach. Beim letzten Mal hatte er sie in den Ohren und aus Versehen auf Noise-Cancelling gestellt. Das war cool, denn so konnte er in Ruhe das neue Taylor Swift Album genießen. Leider bekam er dann aber auch nicht mit, als es losging und er gefordert war. Das durfte nicht wieder passieren. Der Boss hatte gemeint: „Josef, das ist heute deine letzte Chance, vermassel es nicht!"

Neben seinen Eltern ist der Boss der Einzige, der ihn Josef nennt. Joe hasst seinen Namen, seitdem er in der Schule von diesem Typen aus der Bibel gehört hat. Dessen

Frau hatte ihn betrogen und wollte ihm dann weismachen, da wäre rein gar nichts gewesen und sie wisse auch nicht, wie sie hatte schwanger werden können. Und dieser Depp glaubte ihr den Quatsch von der schwangeren Jungfrau auch noch.

Als Jugendlicher hatte er irgendwann diesen Song mit dem fulminanten Gitarrenriff gehört, der ihn sofort in seinen Bann gezogen hatte. Jimi Hendrix singt da von einem Typen namens Joe, der seine untreue Frau erschossen hat und nun auf der Flucht ist. Das hätte der Typ aus der Bibel vielleicht auch machen sollen, dann wäre der Menschheit sicher einiges erspart geblieben, dachte Joe damals und beschloss, sich von nun an Joe zu nennen.

Eine Zeitmaschine wäre nicht schlecht. Er hatte mal von so etwas gelesen. Da war der Typ in die Vergangenheit und auch in die Zukunft gereist, aber immer gleich ein paar hundert Jahre. Joe würde schon eine halbe Stunde in die Zukunft reichen, dann wäre diese elende Warterei hier endlich vorbei.

Eine halbe Stunde später bemerkt Joe das Kribbeln in seinem Bauch. Das hat er immer, kurz bevor es losgeht. Im Geiste geht er noch einmal seine Checkliste durch. Eigentlich kann heute nichts schiefgehen, versichert er sich selbst zu seiner eigenen Beruhigung. Dann schaut er auf seine Armbanduhr und zählt die Sekunden mit: dreißig, neunundzwanzig, …

Er blickt kurz hoch und erstarrt. Wo kommt dieser Typ plötzlich her? Wie aus dem Nichts erscheint er einfach so in der Sackgasse, läuft direkt auf das Auto zu und verharrt plötzlich direkt unter der einzigen Laterne weit und breit.

Joe fragt sich, wie er den Trottel verscheuchen könnte und fuchtelt mit seinen Armen herum. Aber der Experte starrt ihn nur an, wie ein Reh, das sich auf die Straße verirrt hat.

Eigentlich sollten sich um diese Zeit hier keine Touristen rumtreiben. In dem Gebäude nebenan befindet sich eine Reifenwerkstatt, in der jetzt sicher nicht mehr gearbeitet wird. Das hat er vorher ausgekundschaftet. Und dieser Idiot ist bestimmt auch kein Reifenhändler, so wie der aussieht, wie ein Mädchen mit seinen langen Haaren und den grellbunten Klamotten, eher wie eine jüngere Version von *Brian Molko*. Und trägt er wirklich orangefarbene Schuhe?

Ein kurzer Blick auf die Uhr lässt Joe erschauern. Es ist soweit und dieser Typ muss unbedingt verschwinden. Joe betätigt die Lichthupe und gestikuliert noch einmal wild mit den Armen. Aber der Mann reagiert überhaupt nicht darauf.

Stattdessen dreht er sich um. Und nun taucht auch noch eine Frau auf. Eine große schlanke in einem atemberaubenden Kleid, die direkt auf ihn zu stöckelt. Offenbar ist sie sauer, denn nun stehen sie beide unter der Straßenlaterne und streiten lauthals miteinander.

Aber das nur sehr kurz, denn eine Nanosekunde später ertönen lautstarke Sirenen um sie herum, die schnell lauter werden. Plötzlich wird die Kulisse in ein blaues fahles Licht getaucht.

Vollkommen synchron, als hätten sie das lange eingeübt, springen vier Polizisten aus den beiden Autos, während gleichzeitig drei dunkle Gestalten aus dem Gebäude herauslaufen.

Joe erfasst die Lage und für einen Augenblick glaubt er, ein Standbild zu sehen: Auf der einen Seite stürmen seine drei Kumpels durch den Hinterausgang des Juweliers, fuchteln mit ihren Waffen herum und laufen auf den Fluchtwagen, also auf ihn zu. Auf der anderen Seite stehen zwei Polizeiwagen, davor vier Bullen, ebenfalls mit gezogenen Knarren.

Dazwischen das Paar, das den Streit unterbrochen hat, und nun unsanft von der Realität eingeholt wird. In ihren Gesichtern spiegelt sich das Blaulicht, was ihre entsetzten und starren Gesichtsausdrücke nur noch bizarrer erscheinen lässt. Die Frau wirkt völlig konsterniert, der Typ hingegen verfällt in eine hektische Betriebsamkeit und macht seltsame Verrenkungen. Mit einer Hand hält er die Frau fest, mit der anderen fingert er in seiner linken Hosentasche herum.

Joe erkennt, dass die Konstellation echt übel ist. Noch ist kein Schuss gefallen, aber das Pärchen steht zwischen seinen Kumpels und dem Fluchtwagen. Auf der anderen Seite lauert die Polizei, die ebenfalls von den beiden Turteltäubchen am direkten Zugriff gehindert wird. Und für die beiden gibt es keinen Fluchtweg, erkennt Joe. Einzig könnte vielleicht die Nische neben der Hauswand einen gewissen Schutz bieten, aber die liegt im Dunkeln und die beiden wirken zu schockiert, um klar denken zu können.

Joe weiß, dass die Patt-Situation nur gewaltsam aufgelöst werden kann und er überlegt, ob er sich aus dem Staub machen sollte, bevor hier das ganz große Chaos ausbricht. Eine Mischung aus Pflichtbewusstsein und Neugier hält ihn jedoch zurück.

Wie erwartet richten seine Kumpels nun ihre Waffen auf die Bullen, die ihrerseits ihr Knarren auf die Gangster ausgerichtet haben. Allen ist bewusst, der erste Schuss würde das Pärchen treffen, daher liegt für einen Augenblick eine gespenstische Ruhe über der Szenerie.

Dann fällt ein Schuss, gefolgt von einem weiteren und die erwartete Schießerei bricht los. Joe fürchtet, dass das Paar dies nicht gut überstehen kann. Aber zu seiner Überraschung ist es dem Typen gerade noch im allerletzten Moment gelungen, seine Perle in die Nische neben der Hauswand zu schubsen. Er springt ihr hinterher, wirft sich über sie und schützt sie mit seinem Körper. Tatsächlich hat er die einzige Möglichkeit gefunden, sie beide kurzzeitig in Sicherheit zu bringen.

Allerdings haben die Bullen nun freie Bahn. Drei von ihnen stürzen sich auf seine Gefährten und sind dabei, sie zu überwältigen, der vierte kommt auf den Fluchtwagen und damit direkt auf Joe zu. Nun wird es auch für ihn brenzlig, denn der Bulle hat seine Waffe auf ihn gerichtet und kommt schnell näher. Noch ein letzter Blick auf seine Kollegen, die versuchen, sich zu wehren, aber offenbar keine Chance haben. Joe zögert, gibt Gas und verschwindet. Er hört Schüsse hinter sich, duckt sich runter und entkommt mit quietschenden Reifen.

Irgendjemand muss sie verpfiffen haben!

KAPITEL 14

In der Schwebe

Der folgende Tag

Die beiden Neonröhren neben dem Getränkeautomat flackern abwechselnd in einem seltsamen Takt, tauchen die Szenerie in ein blasses kaltes Licht und lassen diesen Ort noch trostloser erscheinen, als er sowieso ist. Leere Pappbecher stapeln sich auf dem Automaten, der in einem fort vor sich hin brummt. Die Zeiger der Uhr daneben bewegen sich nicht und behaupten, dass es viertel nach vier sei, was jedoch gelogen ist.

Valli sitzt allein auf einem, an einer Stange festgeschraubten Drahtstuhl, und starrt die Wand an. Wenn jemand sie sehen könnte, würde er sagen, dass sie nicht gut aussieht. Gezeichnet von Schlafmangel und den Ereignissen der Nacht sowie der Sorge um ihren besten Freund, sitzt sie seit mehr als zwei Stunden in diesem schäbigen Warteraum neben der Milchglastür, die zu den Operationssälen führt.

Für einen Augenblick dämmert sie weg, schreckt dann auf und sofort sind sie wieder da, die Bilder der Nacht, die sich wie Geisterwesen in ihrem Kopf breitmachen.

Die Party ging auf ihr Ende zu und nur noch wenige Gäste verloren sich in den Räumen der Werkstatt. Valli hatte noch mitbekommen, wie Eddie und Milena sich offenbar endlich gefunden hatten und miteinander tanzten. Kurz darauf waren beide verschwunden.

Nur wenig später wurde die wabernde Stille durch ein mehrfaches Knallen durchbrochen. Valli hatte so etwas noch nie gehört und hatte keine Idee, woher der Lärm kam. Irgendwie erinnerte es sie an eine Schießerei in einem Western.

Georg reagierte als erster. Gefolgt von Kalle lief er nach hinten zu den Büroräumen der Werkstatt, vorbei an den Toiletten und einem Lagerraum. Valli griff Ellis Hand, zog sie hinter sich her und folgte Georg bis zu einer Stahltür.

Vorsichtig öffnete Georg die Tür einen Spaltbreit, schaute hindurch und stieß sie dann auf. Alle vier traten sie hinaus in eine Gasse, in der sich ihnen ein bizarres Bild bot.

Zwei Polizisten waren gerade dabei, drei finster dreinschauende, mit Handschellen gefesselte Männer in einen Polizeiwagen zu schubsen. Ein weiterer Polizist lag am Boden und regte sich nicht. Ein Kollege versuchte sich, mehr schlecht als recht, an einer Herzdruckmassage. Über der Szenerie waberte ein diffuses blaues flackerndes Licht.

Dann ertönten Sirenen und zwei Krankenwagen fuhren in die Gasse. Ein Notarzt kümmerte sich um den verletzten Polizisten. Zwei Sanitäter liefen derweil zu einer schmalen Nische zwischen den Häusern auf zwei weitere Personen zu.

Vallis Herz setzte für drei Schläge aus, als sie Milena erkannte, die über eine Gestalt am Boden gebeugt, ihre Hand auf deren Schulter presste. Valli lief los, überholte die Sanitäter, kniete sich auf den Boden und stieß einen Schrei aus. Tränen liefen über ihr Gesicht, als einer der Sanitäter sie sanft in die Höhe hob und in Ellis Arme entließ. Valli zitterte am ganzen Körper, Elli führte sie ein Stück zur Seite.

Auf dem Boden war überall Blut, Eddie lag bewusstlos darin und bewegte sich nicht. Für einen Augenblick dachte Valli, er sei tot, aber der Sanitäter nickte ihr freundlich zu. „Er lebt und wir nehmen ihn mit in die Uniklinik. Sind Sie seine Frau oder Freundin?"

Valli versuchte zu antworten, aber Elli kam ihr zuvor. „Sie ist seine Schwester."

„Okay, dann dürfen sie mitfahren, wenn sie das möchten." An Milena gewandt ergänzte er: „Und sie sollten auch mitkommen. Äußerlich wirken Sie zwar unverletzt, aber sicher ist sicher."

Der Krankenwagen mit dem verletzten Polizisten war bereits abgefahren. Kurz darauf folgte der zweite mit dem bewusstlosen Eddie, sowie Valli und Milena, die die gesamte Fahrt über kein Wort sprach.

Im Krankenhaus angekommen, wurde Eddie auf einer fahrbaren Trage direkt ins OP gebracht, Milena von einer Ärztin in Empfang genommen und Valli in diesen scheußlichen Warteraum gesetzt. Seitdem beschäftigt sie die Frage, wie oft hier wohl früher Stühle gestohlen wurden, so dass man irgendwann auf die Idee kam, diese an einer Stange festzuschrauben.

In ihre Gedanken hinein nimmt Valli eine Veränderung im Flur wahr. Zwei Gestalten nähern sich von Ferne und bewegen sich auf sie zu. Eine junge Frau in einem weißen Kittel und eine ziemlich zerzauste Milena, die sich bei der Ärztin untergehakt hat.

„Ihrer Freundin geht es so weit gut. Die paar Schrammen habe ich verarztet. Die Röntgenbilder zeigen keine weiteren Verletzungen, daher kann sie nach Hause. Aber nicht allein und es sollte jemand die Nacht über bei ihr bleiben", erklärt die Frau und schiebt Milena auf den Stuhl neben Valli. Dann reicht sie ihr einen Umschlag mit ihrem Bericht und verabschiedet sich freundlich von den beiden.

Valli hätte ihr gern hinterhergerufen, dass Milena nicht ihre Freundin ist, aber wahrscheinlich interessiert die Ärztin das nicht wirklich. Stattdessen schaut sie zur Seite auf die junge Frau, die schweigend neben ihr sitzt. Milena macht einen verstörten Eindruck und hat all ihren Glamour verloren, was nicht nur an dem zerrissenen Kleid liegt, das sie immer noch anhat. Nach einer gefühlten Ewigkeit öffnet Milena ihren Mund. „Wie geht es ihm?", stößt sie mühsam hervor.

Valli wendet sich zu ihr. „Das weiß ich nicht. Er ist seit zwei Stunden da drin. Aber sag mal, was ist eigentlich passiert?"

Milena zuckt mit den Schultern. „Genau weiß ich das auch nicht. Ich bin ihm nachgelaufen, dann durch die Hintertür und plötzlich fanden wir uns in einer Schießerei wieder. Eddie hat mich in die Nische geschubst und sich über mich gebeugt. Und kurz darauf hörte ich einen Knall und fühlte, wie er leblos über mir zusammensackte. Und dann warst du plötzlich da."

Waren die ersten Worte stockend und leise aus ihrem Mund geflossen, so spricht sie nun laut und energisch. Mit einem Mal ganz wach und offenkundig voller Adrenalin, springt Milena auf, schaut an sich herunter und beginnt zu lamentieren. „Das war ein Unikat, das bekomme ich so nie wieder!"

Valli rollt mit den Augen. Offensichtlich steht Milena unter Schock und fokussiert sich auf ihr ruiniertes Kleid. Solch ein Verhalten kommt wohl manchmal vor, hatte der freundliche Sanitäter ihr auf dem Weg erklärt und sie aufgefordert, auf Milena achtzugeben und sie auf keinen Fall allein zu lassen.

„Wenn Eddie nicht Hals-über-Kopf einfach abgehauen wäre, dann …", jammert sie weiter vor sich hin und Valli kann sich nicht mehr zurückhalten.

„Sag mal, bist du völlig meschugge? Eddie ist gegangen, weil du ihn den ganzen Abend über Scheiße behandelt hast. Und du dumme Schnecke musstest ihm ja auch nicht hinterherlaufen", redet Valli sich in Rage. „Abgesehen davon hat er dich beschützt und vielleicht sogar gerettet. Der Polizist erzählte uns, dass Eddie das einzig Richtige getan hat, und du verdammtes Glück hattest."

Milena erstarrt, schaut Valli direkt ins Gesicht, kneift ihre Augen zusammen und bricht in Tränen aus. Valli schüttelt wütend ihren Kopf, nimmt Milena aber dann doch in ihre Arme und streicht sanft über ihren Rücken.

Als Milena sich wieder ein wenig beruhigt hat, schluchzt sie noch einmal laut auf, murmelt eine Entschuldigung und setzt sich wieder neben Valli. Eine ganze Weile sagen beide nichts weiter, bis Valli das Schweigen bricht: „Du weißt, dass er hoffnungslos in dich verknallt ist?"

Milena nickt kaum sichtbar. „Ich mag ihn auch. Sehr sogar."

„Und warum spielst du dann diese Spielchen mit ihm?"

Milena zuckt mit den Schultern. „Weiß nicht, ich bin halt so."

„Unfug, du glaubst, du müsstest dich interessant machen. Aber das ist Quatsch. Er mag dich einfach so, wie du bist."

Milena schüttelt den Kopf. „Das stimmt nicht. Glaub mir: Niemand mag mich so wie ich bin! Die Leute mögen das, was sie in mir zu sehen glauben. Und ich bin gut darin, dem Publikum eine Projektionsfläche zu präsentieren."

„Aber Eddie ist anders …", erklärt Valli und verstummt.

Zwei Gestalten kommen über den Flur auf sie zu. Zu ihrer großen Erleichterung erkennt sie Georg und Elli. Valli springt auf, läuft ihnen entgegen und fällt Elli in die Arme.

Wenig später sitzen sie alle vier auf den Drahtstühlen und berichten, was sich in der Zwischenzeit zugetragen hat. Ein Polizist hatte Elli, Georg und Kalle, weitgehend vergeblich, befragt. Dann hatte er ihnen von dem Raubüberfall auf den Juwelier erzählt. Die Gangster waren hinten rein, hatten es irgendwie geschafft, den Alarm auszuschalten und dann in Ruhe die Vitrinen ausgeräumt. Dann wollten sie durch den Hinterausgang, der in die Gasse führt, abhauen, wo das Fluchtauto auf sie wartete.

Aber die Polizei hatte einen anonymen Tipp bekommen und war deshalb rechtzeitig vor Ort, um die Gauner festzunehmen. Bedauerlicherweise hatte es bei der Schießerei einen ihrer Kollegen böse erwischt.

Nachdem Georg seinen Bericht beendet hat, schaut er zu Milena: „Und wie geht es dir jetzt?"

Milena zuckt mit den Schultern und Valli antwortet für sie: „Die Ärztin sagt, es wäre alles in Ordnung mit ihr und sie könne nach Hause. Aber nur in Begleitung."

Elli erklärt sich sofort bereit, Milena nach Hause zu fahren. „Und ich bleibe den Rest der Nacht bei dir", erklärt sie und reicht Milena die Hand.

Diese zögert, aber Valli nickt ihr zu. „Bei ihr bist du in besten Händen. Sie ist Sozialpädagogin."

Kurz nachdem Elli und Milena verschwunden sind, öffnet sich die Milchglastür, und es erscheint eine Frau in einem grünen Anzug, die sich als Ärztin vorstellt.

„Gehören Sie zu Herrn Lüdemann?", fragt sie. „Sind Sie mit ihm verwandt?"

Valli nickt. „Ich bin seine Schwester."

Die Ärztin lässt nicht erkennen, ob sie das glaubt, entscheidet sich aber, ihnen Auskunft zu geben. „Ihrem Bruder geht es den Umständen entsprechend gut. Wir mussten eine Pistolenkugel aus seinem Arm entfernen und den gebrochenen Oberarmknochen vernageln. Aber die OP ist gut verlaufen und in ein paar Tagen wird er wieder ganz der Alte sein."

Valli wäre der Ärztin am liebsten um den Hals gefallen, aber sie hält sich zurück und bedankt sich freundlich bei ihr.

„Kann ich zu ihm?", fragt sie dann.

Die Ärztin schüttelt den Kopf. „Gehen Sie beide lieber nach Hause und kommen morgen Mittag wieder. Bis dahin sollte er ansprechbar sein."

Georg, dem die Erleichterung ins Gesicht geschrieben steht, nickt ihr zu. Dann nimmt er Vallis Hand und zieht sie den Gang entlang aus dem Gebäude.

Eddie blinzelt und versucht, seine Augen zu öffnen, aber seine Lider fühlen sich an, als lägen dicke Pflastersteine auf ihnen. Überhaupt fühlt sich sein ganzer Körper an, als wäre er zu lange durch eine Mangel gedreht worden. Mit großer Mühe gelingt es ihm dann irgendwann doch, seine Augen ein Stück zu öffnen, und langsam kommt ihm auch ein wenig Erinnerung ins Bewusstsein und es fällt ihm wieder ein, was sich zugetragen hat.

Er erinnert sich daran, wie er die Party fluchtartig durch den Hinterausgang verlassen hat, wie Milena ihm nachgelaufen war, und sie kurz gestritten hatten, bevor sie sich von einem Moment zum anderen inmitten einer Schießerei befanden. Ein stechender Schmerz durchzuckt seine Schulter und ihm fällt noch ein, dass eine Kugel ihn dort getroffen hat.

Noch ein wenig benebelt von der Narkose, dämmert er kurz weg. Plötzlich durchfährt ihn ein Schreck. Wo sind seine Sachen, wo ist das Kästchen? Panisch reißt er die Augen auf und schaut sich in dem Zimmer um. Seine Klamotten liegen sorgsam gefaltet auf dem Stuhl neben seinem Bett. Erst jetzt bemerkt er das OP-Hemdchen, das er anhat.

Mit Mühe schafft er es, an seine Sachen zu kommen. Er greift nach ihnen, durchsucht seine Hosentaschen, findet jedoch nichts. Sein Herz schlägt schneller, er verfällt in eine innere Panik und haltlose Gedanken purzeln durch seinen Kopf. Das Kästchen ist weg! Hat er es in dem Hinterhof verloren? Verzweifelt sucht er nach der Klingel, findet sie schließlich und drückt den Knopf.

Nicht viel später erscheint ein Krankenpfleger, der ihn freundlich anspricht: „Ah, der Cowboy ist wach!"

Eddie geht nicht darauf ein, sondern stammelt: „Wo sind meine Sachen?"

„Keine Sorge, die haben wir sicher verwahrt. Hier wird ziemlich viel geklaut, deshalb schließen wir die Wertsachen im Schwesternzimmer ein. Ich bringe sie dir gleich", antwortet der Pfleger und verschwindet kurz und erscheint dann mit einer Plastikbox, die an eine Tupperdose erinnert. Darin finden sich tatsächlich seine Brieftasche und sein Handy. Und zu Eddies großer Erleichterung auch das Kästchen, das Eddie fast ein wenig liebevoll in seine Hand nimmt.

Der Pfleger grinst und deutet darauf. „Wofür ist das gut?" Bevor er etwas antworten kann, zeigt der Pfleger ein schelmisches Grinsen. „Ich habe den Knopf gedrückt."

Unwillkürlich zuckt Eddie zusammen. „Aber es ist rein gar nichts passiert", ergänzt der Pfleger, was bei Eddie zu einer deutlichen Entspannung führt.

„Ist ein Scherzartikel", murmelt er kaum hörbar und schließt die Hand um das Kästchen, so als wolle er es beschützen.

Wieder allein spürt er eine große Erleichterung. Allein die Möglichkeit, ohne seinen Schatz weiterleben zu müssen hatte ihn in Panik versetzt. Fast ein wenig verliebt schaut er das Kästchen an und drückt mehrfach den Kopf. Nicht dass es irgendeinen Sinn machen würde, er drückt einfach, springt zehn Sekunden zurück, muss dann zehn Sekunden warten und drückt erneut. Dadurch durchlebt er mehrfach dieselben zehn Sekunden.

Eddie fragt sich, ob er jetzt gerade altert. Natürlich kann er das nicht herausfinden, aber wenn es so wäre, dann könnte er auf diese Weise unsterblich werden. Der Preis wäre allerdings, für alle Ewigkeit in einem Zeitintervall von zehn Sekunden, in denen rein gar nichts passiert, gefangen zu sein. Eddie gruselt die Vorstellung, und bevor weitere abseitige Gedanken seinen Geist fluten, legt er es in die Schublade des Nachtisches.

Fast im selben Augenblick öffnet sich die Tür und Georg erscheint in seinem Zimmer. „Mann Alter, hast mir echt einen Schrecken eingejagt und du siehst wirklich scheiße aus, aber immerhin bist du wach. Hier, hab dir was zu lesen mitgebracht", verkündet er deutlich überdreht und legt grinsend den aktuellen *Playboy* auf den Nachttisch.

Kurz darauf erscheint auch Valli, die offensichtlich sehr erleichtert ist und ihn lange und fest drückt. „Mensch Eddie, ich war außer mir vor Sorge, als ich dich da in der Blutlache auf der Straße liegen sah", erklärt sie. „Das hätte auch noch übler ausgehen können."

„Der Polizist hat gemeint, du hättest die einzige Möglichkeit gefunden, wie ihr beide aus der Schusslinie kommt", erklärt Georg. „In der Nische Schutz zu suchen, da muss man erstmal draufkommen."

Eddie nickt und schweigt dazu. Tatsächlich hatte er knapp ein Dutzend Versuche mit dem Kästchen probieren müssen. Nachdem er halbwegs begriffen hatte, in welcher Gefahr sie sich befanden, hatte sein Gehirn begonnen, auf Hochtouren zu arbeiten, um herauszufinden, wie er sich und Milena schützen könne, um halbwegs unversehrt aus der Sache rauszukommen. Wie bei allem, was er in letzter Zeit tat, spielte das Kästchen dabei eine zentrale Rolle. Nur war das diesmal nicht so einfach und es musste schnell gehen. Am liebsten hätte er sich so weit in der Zeit zurückbewegt, dass sie beide wieder im Haus und damit sicher wären. Aber das ging nicht.

Also probierte er einfach drauflos. Fast immer war Milena von einer Kugel getroffen worden, einmal auch er selbst. Nur in der Nische konnten sie die Schießerei ohne größeren Schaden halbwegs überstehen.

Als es bereits fast vorbei war, hatte ihn dann doch noch ein Querschläger erwischt, und das ausgerechnet in der linken Schulter. Mit letzter Kraft hatte er versucht, seine Hand in die linke Hosentasche zu bekommen, aber seine Motorik gehorchte ihm nicht mehr. Kurz darauf war er ohnmächtig über Milena zusammen gesackt.

Valli hat ein paar Klamotten mitgebracht, und Eddie wird endlich dieses demütigende OP-Hemdchen los. Dann verabschieden sich die beiden und Eddie ist wieder allein.

Aber nicht lange, denn kurz darauf öffnet sich die Tür erneut und Milena betritt das Krankenzimmer. Unschlüssig steht sie einen Monet lang in der Tür und wirkt etwas verlegen. Dann gibt sie sich einen Ruck, deutet ein Lächeln an und setzt sich zu Eddie auf die Bettkante.

Zögerlich beginnt sie leise zu sprechen: „Es tut mir alles so leid! Hätte ich mich nicht so blöd verhalten, dann wärest du nicht durch den Hinterausgang verschwunden und es wäre alles nicht passiert."

„Schon okay, ist ja nochmal gut gegangen."

„Ja, aber nur, weil du uns beide gerettet hast. Wie bist du auf die Nische gekommen?", fragt sie.

Eddie zuckt mit den Schultern und schweigt dazu.

„Danke für alles!", verkündet sie mit einem betörenden Lächeln. Nun ist das Eis gebrochen und sie plaudern munter drauflos, und Eddie bemerkt, wie sie sich entspannt und wieder ganz die alte Milena wird, in die er sich verliebt hat.

Irgendwann verstummt sie, zeigt einen romantischen Blick, und Eddie ahnt, dass es jetzt ernst wird. Sie beugt sich ein Stück vor und schaut ihm tief in seine Augen. Als ihr Mund seinen Lippen ganz nah sind, wendet er sein Gesicht zur Seite.

„Bitte nicht hier! Ich möchte nicht, dass wir uns später so an unseren ersten Kuss erinnern", flüstert er.

Für einen Moment tut sie so, als würde sie nachdenken, dann schmunzelt sie und erwidert: „Okay, dann verschieben wir das. Und ich habe auch schon eine Idee, was ein besserer Ort sein könnte."

KAPITEL 15

Unter Beobachtung

Etwa zur selben Zeit

„Josef, entspann dich, niemand macht dir einen Vorwurf. Die Jungs haben bestätigt, dass du bis zum allerletzten Moment auf sie gewartet hast", erklärt der Boss generös.

Joe nickt und senkt dann wieder den Kopf. Bereits seit fünf Minuten rechtfertigt er sich hier und nun ist er erleichtert, dass ihm der Chef keine Vorwürfe macht.

„Dich trifft keine Schuld und es war gut, dass du dich nicht auch noch hast schnappen lassen." Der Boss holt tief Luft. „Das Schlimmste ist, dass uns jemand verpfiffen hat. Wir müssen so schnell wie möglich rausfinden, wer das war!"

„Alles klar, ich kümmere mich darum", entgegnet Joe voller Tatendrang.

Aber der Pate pfeift ihn zurück. „Nee, lass mal. Du hast jetzt erstmal andere Sorgen, denn bei der Festnahme wurde einer der Bullen schwer verletzt. Der Anwalt meint, er wäre noch nicht über dem Berg und wenn er stirbt, dann wird das Ganze nicht mehr als gescheiterter Raubüberfall betrachtet, sondern als Polizistenmord. Und dann werden sie auch nach den Helfern, und zuallererst nach dir fahnden. Deshalb solltest du für eine Weile die Füße stillhalten."

Von dem Polizisten hatte Joe nichts mitbekommen, aber der Boss hat Recht, um einem Fluchtwagenfahrer kümmerte sich niemand. Beihilfe zum Polizistenmord hingegen hatte eine andere Dimension.

„Hat dich jemand gesehen und könnte dich identifizieren?"

Joe schüttelt den Kopf, aber dann fällt ihm das Pärchen unter der Laterne wieder ein. Der Typ mit den orangefarbenen Schuhen hatte ihm direkt ins Gesicht geschaut und würde ihn sicher wiedererkennen. Joe nickt und berichtet kurz.

„Dann solltest du den Kerl schnell finden und dafür sorgen, dass er seine Klappe hält!"

Die nächsten Tage verbringt Joe damit, den Typen ausfindig zu machen. Aber das ist gar nicht so einfach, denn eigentlich weiß er nichts über ihn, außer, dass er wohl Anfang dreißig ist, gern bunte Klamotten trägt. Und über die Perle weiß er noch weniger, außer, dass sie verdammt scharf aussieht.

Der einzige Anhaltspunkt, den er hat, ist die Reifenwerkstatt, aus der sie beide gestürmt sind. Inzwischen weiß er, dass dort an besagtem Abend eine Kunstausstellung eröffnet worden war, da der Reifenhändler im richtigen Leben ein echter Künstler ist, oder umgekehrt. Darauf muss man erstmal kommen, dass ein Reifen-verkaufender-Künstler oder ein künstlerischer-Reifenhändler ihnen den Coup versauen würde.

Und so sitzt Joe nun in seinem Auto, das er unauffällig gegenüber der Reifenwerkstatt geparkt hat, beobachtet den Hof und langweilt sich zu Tode. Der Laden scheint echt gut zu laufen, denn in einem fort fahren Autos auf den Hof und verlassen ihn nach einer halben Stunde mit neuen Pellen wieder. Nur der Typ will ums Verrecken nicht auftauchen. Nachdem die Werkstatt geschlossen hat, wartet Joe noch eine halbe Stunde, aber nichts geschieht.

Am nächsten Tag dasselbe Bild, so dass Joe überlegt, die Observation abzubrechen. Aber dann, er hatte schon nicht mehr daran geglaubt, taucht tatsächlich am frühen Abend eine Gruppe junger Leute auf, die schnurstracks in die Werkstatt marschieren. Der Paradiesvogel ist zwar nicht unter ihnen, aber dafür seine Ische, die heute weniger elegant daherkommt, aber unverkennbar die Frau ist, die ihnen direkt in die Schießerei geplatzt war.

Zu Joes Glück hält sich die Meute nicht lange in der Werkstatt auf, sondern macht sich auf den Weg zum *Puvogel*, einer Kneipe, in der Joe früher auch öfter mal verkehrte. Er stellt sich in einem Hauseingang gegenüber und hofft, dass er nicht allzu lange warten muss. Andererseits ist er zufrieden, denn er weiß, dass die Kleine ihn früher oder später zu dem Typen führen wird. Jetzt braucht er nur noch etwas Geduld.

Nach einer knappen Stunde verlässt die Frau den *Puvogel* und läuft die Innenstadt entlang Richtung Süden. Joe nimmt die Verfolgung auf, und nach knapp zehn Minuten verschwindet sie in einem Hauseingang in der Brüderstraße, neben einer Buchhandlung. Joe wartet einen Moment, geht dann zu der Tür und studiert die Klingelschilder. Tatsächlich finden sich drei Namen, die ihm nichts sagen. Einer Eingebung folgend, geht er zur Tür des Buchladens. Auf einem kleinen Schild, das innen angebracht ist, erkennt er einen der Namen wieder: *Milena Polak*.

Am frühen Morgen setzt er die Observierung fort, heute jedoch in der Brüderstraße. Und tatsächlich erscheint um kurz vor zehn das Model im Hauseingang, geht die wenigen Schritte zur Buchhandlung und schließt die Tür auf. Das macht die Sache einfach, denn während der Geschäftszeiten kann er sich das Beobachten sparen und sich endlich um andere dringende Dinge kümmern.

Pünktlich um eins ist er wieder vor der Buchhandlung, die gerade schließt. Milena geht nicht in ihre Wohnung, sondern zu Fuß durch die Fußgängerzone, überquert den Ring, läuft ein Stück durch den Stadtpark und verschwindet dann durch den Eingang der Uniklinik. Offensichtlich hat der Kasper doch etwas abbekommen.

Joe wartet geduldig auf einer Bank im Park und behält den Haupteingang des Krankenhauses im Blick. Kurz darauf wird er für seine Beharrlichkeit belohnt. Tatsächlich verlassen beide Hand in Hand das Krankenhaus und schlendern über die Straße direkt auf ihn zu. Er trägt seinen linken Arm in einer Schlinge und sie seine Tasche in der Hand.

Joe kann noch gerade eben hinter einem Baum verschwinden, als sie dicht an ihm vorbeigehen. Dann folgt er den beiden Turteltäubchen Richtung Westen, über den Ring bis zur Alleestraße, wo sie in einem der Hauseingänge verschwinden. Wieder prüft Joe die Namensschilder und hat erneut Glück. Neben einem Start-Up, das den Namen *NöCon GmbH* trägt, gibt es einen Frauennamen und: *Edgar Lüdemann.*

Joe ballt die Faust und macht sich auf den Weg nach Hause. Dort recherchiert er alles, was er über diesen Edgar in Erfahrung bringen kann. Erst seit kurzem ist er Dramaturg am hiesigen Stadttheater, davor war er an der Uni beschäftigt. Daneben hat er einen Doktortitel und kürzlich ein überregionales Flipperturnier gewonnen.

Pünktlich um sechs Uhr am Abend steht er wieder auf der Brüderstraße und beobachtet, wie Milena den Laden abschließt und dann in dem Eingang daneben verschwindet.

Joe wartet geduldig und hofft, dass sie sich nicht einen entspannten Abend allein mit Netflix machen möchte, anstatt mit ihrem Lover den Abend zu verbringen. Aber nach einer Dreiviertelstunde wird seine Hoffnung erfüllt, als die Tür sich öffnet und eine Diva das Haus verlässt. Fast nicht wiederzuerkennen und engelhaft aufgebrezelt stöckelt sie davon in Richtung Alleestraße. Joe hat also richtig vermutet, dass die beiden Verliebten es heute krachen lassen wollen. Er folgt ihr bis zu Edgars Wohnung und stellt sich gegenüber in seine Warteposition an der Haltestelle der Straßenbahn.

Und wieder liegt er richtig, als die beiden kurz darauf gemeinsam das Haus verlassen. Auch er hat seine Blöße wieder mit schrillen Klamotten bedeckt. Das sieht auch diesmal ziemlich schräg, aber auch irgendwie cool aus, wie Joe zugegeben muss. Hand in Hand schlendern

Romeo und Julia die Straße entlang, biegen in eine Seitenstraße ab und halten sich dann links. Joe ahnt bereits, wo
es hingehen soll und wird bald darauf bestätigt. Tatsächlich laufen sie direkt auf die Reifenwerkstatt zu. Zu Joes
Überraschung lassen sie jedoch den Hof rechts liegen und
biegen ein Stück weiter in die besagte Gasse ein, in der ihr
Coup so gnadenlos gescheitert war.

Joe folgt in sicherem Abstand und beobachtet die tur-
telnden Zwei sehr genau. Dabei bemerkt er, wie der Typ
in einem fort mit der freien Hand immer wieder in seine
Hosentasche fährt und darin herumkramt, was Joe sehr
merkwürdig vorkommt.

Am Ende der Gasse angekommen, geschieht etwas, mit
dem Joe nicht gerechnet hat. Die beiden stellen sich unter
die Laterne, die ein funzeliges Licht über die Dämmerung
legt. Dann legt sie ihre Arme um seinen Hals, während
seine Hände ihre Hüften greifen. Sie schaut zu ihm auf,
zögert einen Moment und legt dann ihre Lippen auf seinen Mund. Sogleich beginnen die beiden, sich leidenschaftlich zu küssen. Und dies just an dem Ort, wo sie vor
wenigen Tagen fast gestorben wären. Joe schüttelt den
Kopf und schleicht sich davon. Heute wird hier nichts
mehr passieren, was ihn interessieren könnte.

In den folgenden Tagen beschattet Joe die beiden systematisch und so langsam wachsen sie ihm ans Herz. Der Typ
ist gar nicht so übel, muss er sich eingestehen. Fast immer
gut gelaunt begegnet er allen, die er trifft, freundlich und
zugewandt. Den Bettlern, Jongleuren und vermeintlichen
Musikern wirft er immerzu Münzen in den Hut.

Inzwischen geht er wieder arbeiten und verschwindet von mittags bis abends im Theater. In dieser Zeit observiert Joe die Frau, die den Buchladen allein führt und nur hin und wieder von einer jungen Studentin unterstützt wird. Anders als ihr Geliebter ist sie oft übellaunig, was ihrem hübschen Gesicht dann deutlich anzusehen ist. Nicht selten streitet sie mit Kunden, Nachbarn oder ihrer Angestellten. Jedoch immer, wenn sie Eddie trifft, ist sie ein wahrer Sonnenschein.

Dieser Eddie ist ein echter Glückspilz und offenbar der Einzige, der mit dieser Milena zurechtkommt. Er wohnt in diesem coolen Loft, ist erfolgreich im Beruf und in seinem komischen Flipperverein. Und letztens hat er auch noch einen Haufen Kohle in der Spielbank in der Nachbarstadt gewonnen.

Joes Leben hingegen geht gerade den Bach herunter. Die Kumpels im Knast sind doch sauer auf ihn und die anderen im Syndikat trauen ihm auch nicht mehr über den Weg. Da der Coup gescheitert ist, hat er seinen Anteil nicht bekommen und so langsam geht ihm das Geld aus.

Und auch sein Liebesleben liegt ziemlich brach. Zwar trifft er jeden Samstag Vanessa, die halb so alt ist wie er, und genau weiß, was ihm gefällt, aber irgendwie ist es anders, wenn man dafür bezahlen muss. Und mit Blick auf seinen Kontostand wird er sich den Puff auch nicht mehr lange leisten können.

Am Sonntagnachmittag erhält Joe eine SMS von seinem Boss, die der Sache eine Wendung gibt. Der Polizist ist aus dem Koma aufgewacht und er beginnt gerade damit, sich wieder zu bekrabbeln. Damit ist Joe aus der Schusslinie und muss nicht mehr mit einer Fahndung rechnen. Auch dieser Eddie ist damit nun nicht weiter wichtig, da er kaum mehr in die Situation kommen wird, Joe identifizieren zu müssen.

Und Joe ist gleich doppelt erleichtert, denn er hätte sicher Hemmungen gehabt, sich den Goldknaben vorzuknöpfen und aus seiner Glückssträhne zu holen. Aber irgendwie hat er sich inzwischen an die beiden gewöhnt und er weiß nicht, was er nun anstellen soll. Er hat keine Ahnung, wie das alles zusammenhängt, aber in irgendeiner Weise fühlt er sich mit diesem Typen verbunden. Er muss der Sache auf den Grund gehen und herausfinden, was sich da in seiner Hosentasche befindet.

Es ist nur so eine Ahnung, aber vielleicht liegt darin die Erklärung für den unglaublichen Erfolg, der diesem Goldjungen so offensichtlich an den Hacken klebt. Und er hat auch schon eine Idee.

KAPITEL 16

Die Offenbarung

Einige Wochen später – Freitag

Inzwischen hat Eddie es sich in seinem perfekten Leben kommod eingerichtet. Die Zeit mit und nach Felice kommt ihm so lange her vor, dass er fast nicht glauben kann, dass er es war, der sein Leben früher gelebt hat.

An dem Tag, als er das Krankenhaus verlassen durfte, waren Milena und er zusammengekommen. Am selben Abend hatten sie sich das erste Mal geküsst und seitdem sind sie ein Paar. Zu Beginn schwebten beide auf Wolke sieben und genossen ihr junges Glück.

Als sich die erste Verliebtheit leise davongeschlichen hatte, wurde es schwierig mit ihr. In der Öffentlichkeit ist sie stets distanziert und wenn andere dabei sind, ignoriert sie gern.

Dann wieder kann sie der netteste Mensch des Kontinents sein, liebevoll, empathisch, einfach bezaubernd. Und plötzlich fällt das alles von ihr ab und es kommt eine Fiesigkeit zum Vorschein, die Eddie noch bei keinem anderen Menschen angetroffen hat.

Anstrengend sind auch ihre Launen, die immer wieder von einem Extrem ins andere schwappen. Es brauchte eine Weile, bis Eddie damit umzugehen lernte.

Und dabei leistet das Kästchen ihm wertvolle Dienste. In Situationen, wo Milena von einem Moment zu anderen in eine spontane Übellaunigkeit verfällt, betätigt Eddie solange den Knopf, bis er herausgefunden hat, was der Anlass dafür ist. Nach und nach entwickelte er eine gewisse Meisterschaft darin, sich selbst, aber auch Milena vor solchen schlechte-Laune-Attacken zu bewahren.

Auch sonst läuft alles präzise erfreulich in seinem Leben. Seine Kollegen am Theater schätzen ihn und seine umgängliche Art. Die Theaterstücke, die er begleitet, sind allesamt erfolgreich, und seine regelmäßigen Besuche in verschiedenen Spielbanken machen ihn finanziell unabhängig.

Nachdem er sein Glück eine Weile in vollen Zügen genossen hat, bekommt das Potemkin'sche Dorf, das Eddie um sich herum gebaut hat, jedoch die ersten Risse in den Fassaden. Manchmal leidet er unter der Perfektion seines Lebens und fällt in tiefes Grübeln. Dann fühlt er sich seltsam leer und bekommt eine wage Idee davon, was Julie damals, bei ihrer zweiten Begegnung auf dem Flohmarkt gemeint haben könnte, als sie sagte, das Kästchen hätte ihr nicht gutgetan.

Inzwischen ist es Herbst geworden, und in seinem Innern hat sich eine ungewohnte Melancholie breitgemacht. Milena ist für eine Woche nach Frankfurt, zur Buchmesse gefahren und Eddie genießt ein paar ruhige Tage, an denen er das Kästchen fast nicht einsetzt.

Und heute Abend ist er mit Valli verabredet. Sie hat Leckereien und eine Flasche Pflaumenwein von dem thailändischen Imbiss in ihrer Straße mitgebracht. So sitzen sie sich an dem langen Holztisch gegenüber, genießen die Speisen und berichten einander, was sie seit ihrem letzten Treffen erlebt haben.

Irgendwann gerät das Gespräch ins Stocken, und Valli fragt frei heraus: „Alles okay mit dir? Du wirkst ziemlich bedrückt."

„Ach, ich weiß auch nicht, was mit mir los ist, eigentlich ist alles gut, aber immer häufiger kommt mir alles so sinnentleert vor. Manchmal fühlt es sich so an, als hätte ich alles empfunden, was an Empfindungen für mich vorgesehen war. Und von nun an wird es nur noch Wiederholungen geben, nur noch gebrauchte Gefühle, die sich mehr und mehr abnutzen werden, bis sie allesamt nicht mehr zu gebrauchen sind."

„Ups, so schlimm?", fragt Valli besorgt.

Eddie nickt, macht jedoch keine Anstalten, sich näher zu erklären. Stattdessen schweigt er und wendet sich der letzten Mini-Frühlingsrolle zu.

Bereits vor einigen Tagen hatte Eddie entschieden, Valli endlich einzuweihen. Aber jetzt ist er sich nicht mehr so sicher, ob das eine gute Idee ist. Er weiß nicht, wie sie reagieren wird. Andererseits hält er es nicht mehr gut aus, sein Geheimnis mit sich allein herumzutragen. Und Valli ist der einzige Mensch, dem er hinreichend vertraut und die alles von ihm weiß – wirklich alles, bis auf die Existenz des Kästchens. Eddie fast all seinen Mut zusammen und gibt sich einen Ruck.

„Erinnerst du dich an den Traum mit dem Kästchen, von dem ich dir neulich erzählt habe."

Valli nickt. Eddie zögert einen letzten Moment, zeigt ein unsicheren Blick, kramt in seiner Hosentasche und zieht das Kästchen hervor. Mit einer theatralischen Geste reicht er es ihr. „Es war kein Traum, das Kästchen existiert wirklich!"

Valli nimmt es in ihre Hand, betrachtet es neugierig von allen Seiten und beginnt zu lachen. Dann schaut sie Eddie tief in die Augen. „Sag mal, was für ein Zeugs hast du wieder genommen?"

Eddie schüttelt den Kopf und greift nach dem Block, dessen Blätter ihm sonst als Einkaufszettel dienen. Darauf kritzelt er *Glas auf den Boden geworfen*. Dann nimmt er sein Glas, trinkt den Rest des Pflaumenweins aus und wirft es auf den Holzfußboden, wo es in tausend Scherben zerspringt. Valli zuckt zusammen und schaut ihn an, als wäre er völlig verrückt geworden.

Eddie macht eine beruhigende Handbewegung und ruft laut: „Drück den Knopf!"

Valli zögert und schaut plötzlich sehr ernst, offensichtlich fühlt sie sich unwohl. Zaghaft lässt sie ihren kleinen Finger in die Vertiefung gleiten, berührt vorsichtig den Knopf und lässt die Fingerkuppe ein Stück nach unten gleiten. Im selben Moment steht das Glas unversehrt auf dem Tisch und auch der Rest des Pflaumenweins befindet sich darin.

Eddie nimmt den Zettel in die Hand und liest vor, was er gerade darauf geschrieben hat. Dann erklärt er: „Ich weiß, es ist schwer zu glauben, aber du bist gerade für zehn Sekunden in der Zeit zurückgereist. Ich habe davon nichts mitbekommen, aber offensichtlich habe ich mein Likörglas kaputt gemacht. Und jetzt ist es wieder ganz. Genau genommen, war es das für mich die ganze Zeit über."

Vallis Mund klappt auf und zu, aber es kommen keine Worte heraus. Dann verlässt alles Blut ihr Gesicht und sie wird noch blasser, als sie es sonst schon ist.

Die Stille im Raum ist nun zum Greifen. Eddie weiß, dass sie noch nicht überzeugt ist, daher erhebt er sich vom Sofa, reicht ihr die Hand und zieht sie hinter sich her zur Küchenzeile. Dort wiederholt er das Experiment mit dem Ei, das ihn damals selbst überzeugt hat. Für Valli bedarf es jedoch noch weiterer Tests mit einer Uhr, einigen Porzellantellern, einer zerschnittenen Socke und einer zerbrochenen Fensterscheibe, bis Valli überzeugt ist, dass es sich hierbei nicht um einen billigen Zaubertrick handelt.

Inzwischen sitzen sie beide auf einem der Sofas und schweigen eine Weile. Eddie kann förmlich hören, wie es in ihrem Gehirn arbeitet und lässt sie erst einmal in Ruhe nachdenken. Irgendwie fühlt er sich erleichtert, sein Geheimnis endlich mit jemanden zu teilen, auch wenn er noch nicht weiß, wie die Dinge sich nun entwickeln werden.

Irgendwann kehrt Valli zu ihm zurück. „Wow, das ist strange! Wo hast du es her?"

Eddie erzählt ihr vom Flohmarkt und von Julie und in groben Zügen, was seitdem geschehen ist. Valli staunt, macht große Augen, schüttelt immer wieder den Kopf.

„Und wie und wo setzt du es noch ein?", fragt Valli.

Eigentlich kennt Eddie sie lange und gut genug, um zu erkennen, dass er sich nun auf dünnes Eis begibt. Aber irgendwie ist er heute nicht ganz bei sich. Ohne richtig nachzudenken, erzählt er ihr alles: Von der Spielbank, den Flipperturnieren, seinem Vorstellungsgespräch, seinem Werben um Milena und dem Alltag mit dem Kästchen. „Und dies ist auch der Grund, warum mir gerade alles gelingt", beendet er seine Ausführungen.

Hatte sie anfangs noch über die eine oder andere Anekdote gekichert, wurde sie nach und nach stiller und zeigte ihm ein ernstes Gesicht. Zunächst hatte er es nicht bemerkt, aber nun sieht er das Entsetzen in ihrem Gesicht.

„Oh Eddie, was hast du getan?", flüstert sie besorgt. Eddie versteht nicht. „Wieso? Ist doch alles cool?"

Valli schüttelt den Kopf. „Verstehst du nicht, welchen Einfluss das Kästchen auf deine Persönlichkeit hat, wie es dich Stück für Stück verändert? Wie es dich in seine Abhängigkeit zwingt?", bringt sie ihre Missbilligung zum Ausdruck. „Du musst dich um nichts mehr bemühen, da dir alles zufällt und du auf Knopfdruck erreichen kannst, was du dir wünschst. Das beeinflusst die Art, wie du an dein Leben herangehst: Anstatt mit Vorsicht und Umsicht die Dinge zu planen und abzuwägen, probierst du einfach aus, denn du kannst es stets korrigieren, solange bis dir das Ergebnis gefällt."

Eddie versucht, etwas zu erwidern, aber Valli ist noch nicht fertig: „Aber das Schlimmste daran ist, dass du all deine Empathie verlierst, denn du musst dir ja gar nicht mehr die Mühe machen, dich in jemanden hineinzuversetzen, du kannst einfach probieren, wie etwas Gesagtes oder

Getanes auf dein Gegenüber wirkt und kannst es dann sofort korrigieren."

„Aber, aber …", stammelt Eddie, „ ich bin doch immer noch derselbe! Nur sind die Dinge jetzt deutlich einfacher."

„Glaubst du das wirklich?", fragt Valli. „Du bist doch vollkommen abhängig von dem Dings, so wie Gollum von dem Ring. Gibt es überhaupt noch irgendetwas, das du allein und ohne magische Hilfe zu Stande bringst?"

Für einen Moment verstummt sie und wird noch ein wenig blasser, glaubt Eddie zu erkennen.

„Moment", ruft sie aus, nachdem sie sich wieder gefasst hat. „Seit wann hast du es genau?"

„An dem Samstag, bevor du aus Grenoble zurückgekommen bist, habe ich es auf dem Flohmarkt gekauft."

Eddie kann fast hören, wie es in ihrem Kopf Klick macht und bekommt eine Ahnung, worauf das jetzt hinausläuft.

„Hast du das Kästchen etwa auch eingesetzt, wenn du mit mir zusammen warst?"

Eddie zuckt mit den Schultern und stammelt: „Manchmal."

Valli springt auf, fuchtelt mit den Armen und lässt ihr Gesicht eine Grimasse zeigen. Jetzt ist sie richtig sauer, wie er es noch nie zuvor erlebt hat.

„Dann war alles, was wir gemeinsam erlebt haben Fake und Betrug? Ich fasse es nicht, wie konnte ich nur so doof sein, es nicht zu bemerken, wie du mich um den Finger wickelst?"

Sie springt auf und läuft zur Tür.

„Valli, bitte, jetzt beruhige dich doch erst einmal", ruft Eddie und folgt ihr.

Valli schlüpft in ihre Schuhe, nimmt ihre Jacke vom Haken und zieht sie über. Mit der Hand an der Türklinke wendet sie sich noch einmal an Eddie. „Beruhigen? Warum sollte ich mich bitte schön beruhigen, wenn du mir hier in aller Seelenruhe erklärst, dass ich ..., dass wir alle, nichts anderes als Spielzeuge für dich sind, die du nach Lust und Laune manipulierst?"

Eddies Mund klappt auf und zu, aber er sieht ein, dass Worte hier nichts mehr ausrichten können. Und auch das Kästchen kann ihm jetzt wohl nicht helfen.

KAPITEL 17

Ein folgenschwerer Verlust

Die nächsten Wochen bis Ende November

In den folgenden Tagen versucht Eddie alles, um mit Valli in Kontakt zu kommen. Aber egal ob SMS, Mail, WhatsApp oder einfach viele Anrufe, alles läuft ins Leere. Kurz überlegt er einfach zu ihr zu gehen, verwirft diesen Gedanken jedoch schnell wieder. Schließlich schickt er eine letzte SMS: „I don't exist when you don't see me", zitiert Eddie die Sisters, obwohl das beträchtlich pathetisch und nicht ganz zutreffend ist.

Zu seiner Freude ist Milena seit Mittwoch wieder da, wodurch sein Alltag deutlich bunter wird. Hatte er sich zunächst trotzig dagegen gewehrt, so muss er inzwischen immer häufiger über die Dinge nachdenken, die Valli gesagt hat. Einerseits ärgert er sich darüber, dass sie so gar nicht verstehen will, welches Geschenk das Kästchen nun mal ist. Andererseits hat sie vielleicht nicht ganz Unrecht mit ihrer These, dass er sich in eine Abhängigkeit zu dem Kästchen begeben hat.

Bestätigt wird dies deutlich, als er für ein paar Tage versucht, auf die magische Hilfe zu verzichten. Hatte er sich zunächst drei Tage vorgenommen, so muss er das Experiment, wie er es nennt, bereits am zweiten Tag abbrechen. In der Zwischenzeit erlebt er einige Plänkeleien sowie einen fetten Streit mit Milena. Dazu tritt er im Theater bei gleich zwei Kolleginnen ins Fettnäpfchen und bekommt Streit mit dem Regisseur. Schließlich stolpert er auf der Bühne über ein Kabel und verletzt sich den Fuß. Schlimmer als das jedoch, ist die Unsicherheit, mit der er sich durch den Alltag bewegt. Tatsächlich gibt ihm das Kästchen das Gefühl der Unverwundbarkeit, wie sie außer ihm vielleicht nur die *Avengers* empfinden.

Gleichermaßen erleichtert wie frustriert, holt er das Kästchen aus der hintersten Ecke der Sockenschublade, wo er es versteckt hatte, und lässt es in seine Hosentasche gleiten.

Valli ist auch weiterhin nicht erreichbar und so ist er mit seinen Sorgen allein, denn unmittelbar nachdem Valli verschwunden war, hatte er entschieden, nie wieder irgendjemand von dem Kästchen zu erzählen.

Inzwischen ist es kalt geworden und Weihnachten naht. Und damit auch all die Kuriositäten, die das Fest so mit sich bringt. Eine davon ist der Weihnachtsmarkt. Für gewöhnlich vermeidet Eddie es, solche Orte zu besuchen. Neben dem, dass sich ihm der Zusammenhang zwischen Jesu Geburtstag und dem Konzept von Glühweinständen nicht erschließt, fühlt er sich zwischen Holzbuden und komischen Leuten mit roten Nasen einfach nicht wohl. Zudem ist es noch November und das Wetter eher nasskalt, als auch nur ansatzweise verschneit.

Aber Milena liebt Weihnachtsmärkte! Und so lässt es sich nicht vermeiden, dass sie eine gemeinsame Shopping-tour in die Innenstadt, nebst einem Besuch des hiesigen Marktes unternehmen. Zwar ist in der Vorweihnachtszeit der Buchladen, samstags bis achtzehn Uhr geöffnet, aber für heute hat Milena zwei Studentinnen organisiert, die ihre Vertretung im Laden unterstützen.

In ihre weiße Daunenjacke dick eingepackt, erwartet Milena ihn vor dem Buchladen, wo sie verabredet sind. Gemeinsam schlendern sie das kurze Stück hinüber zu dem Platz mit dem Weihnachtsmarkt. Dort angekommen stürzen sie sich in das Getümmel. Milena bleibt an jeder Bude stehen und mustert mit Begeisterung die feilgebote-nen Waren. Eddie lässt sich von ihr mitziehen und hält Ausschau nach einem Weihnachtsgeschenk für sie. Hin und wieder deutet er auf eine Sache und testet ihre Reak-tion. Manchmal schneidet sie eine Grimasse, häufiger be-wegt sie den Kopf grübelnd hin und her, um dann den Daumen nach unten zu senken. Schließlich findet er et-was, das sie begeistert. Schnell drückt er den Knopf, so dass sie es vergisst. Kurz darauf kauft er es heimlich, als sie bereits am nächsten Stand steht.

Nachdem sie jede Bude mindestens einmal genauestens inspiziert hat, nimmt sie seine Hand und zieht ihn unauf-fällig in Richtung Glühweinstand.

„Nee, keinen Glühwein bitte, das ist zu viel", stammelt er.

Aber Milena lässt nicht locker. „Der Glühweinstand ist der Höhepunkt eines jeden Weihnachtsmarktes!"

Noch während Eddie darüber nachgrübelt, wie er seinem Schicksal entgehen könnte, hört er eine vertraute Stimme hinter sich. „Das ich das noch erleben darf, unser Eddie am Glühweinstand auf dem Weihnachtsmarkt!"

Eddie dreht sich um und schaut in das fröhliche Gesicht seines Freundes Max, mit Elsa an seiner Seite. Jetzt gibt es kein Entrinnen mehr, denn Milena steht bereits mit einem kleinen Tablett vor ihm. Darauf vier von diesen hässlichen, klobigen Bechern mit der dampfenden roten Flüssigkeit darin.

‚Perfekt!', denkt Joe, der an der Ecke der Bude mit den Lebkuchenherzen steht und die Szene beobachtet. ‚Jetzt noch ein paar Tassen von diesem scheußlichen Gesöff, dann habe ich leichtes Spiel.'

Bereits seitdem sich Eddie und Milena vor dem Buchladen getroffen haben, beschattet Joe die beiden. Und so langsam ging ihm echt die Luft aus. Die beiden Turteltäubchen haben die Ruhe weg und mussten an jedem Stand stehenbleiben. Immer wieder hat Joe vergeblich versucht, unauffällig näher an die beiden heranzukommen. Und eben hätte er fast aufgegeben und es für heute gut sein lassen.

Seit drei Tagen beobachtet er den Goldjungen schon. Er war bei einer öffentlichen Theaterprobe, beim Flippertraining und auf einer Kneipentour mit Eddies Kumpeln. Aber nie bot sich eine passende Gelegenheit, wie auch heute nicht. Joe weiß, dass es für den perfekten Diebstahl, neben handwerklichem Geschick und Erfahrung, vor allem auf eines ankommt: Geduld. Und die würde sich vielleicht heute noch auszahlen.

Nachdem der Polizist überlebt hatte, und Joe damit aus der Schusslinie war, war es nicht mehr notwendig, Eddie zu beschatten. Dafür ist auch gar keine Zeit mehr, denn Joe bekommt wieder Aufträge vom Boss. Da die anderen drei noch immer im Knast sind, herrscht aktuell ein gewisser Fachkräftemangel und so wird Joe nun nicht mehr als Fahrer eingesetzt, sondern ist selbst bei kleineren Einbrüchen dabei. Die letzten klappten ganz gut, so dass Joe auch wieder zu etwas Geld gekommen ist. Er hatte viel zu tun und dadurch Eddie für einige Wochen aus dem Blick verloren, aber nicht aus dem Kopf. Nun hat er sich für ein paar Tage frei genommen und die Observation wieder aufgenommen.

Inzwischen ist es für Joe zu einer Obsession geworden, hinter das Geheimnis dieses Glückspilzes zu kommen. Er will unbedingt herausfinden, was sich Mysteriöses in Eddies Hosentasche befindet. Er hat zwar keine Ahnung, was das sein könnte, aber seine kriminelle Intuition sagt ihm, dass es etwas sehr Wichtiges sein muss. Und wenn es gut läuft, wird Eddie schon bald so abgefüllt sein, dass Joe endlich nahe genug an ihn rankommen kann.

Zu seiner Enttäuschung beobachtet er jedoch, wie sich Eddie und Milena bereits nach der ersten Tasse wieder von ihren Freunden verabschieden und ihren Weg über den Weihnachtsmarkt fortsetzen.

Frustriert und widerwillig setzt sich Joe in Bewegung, folgt den beiden und hofft, dass sie nicht noch einmal alle Buden ablaufen. Und sein inneres Flehen wird erhört, denn an der nächsten Ecke verlassen sie den Markt und laufen direkt auf das große Warenhaus zu, in dem sie sogleich verschwinden.

Joe folgt ihnen unauffällig und kann sein Glück kaum fassen, als er beobachtet, wie die beiden in der Herrenbekleidung verschwinden. Tatsächlich sucht seine Schickse die Hosen aus, die er in einer Kabine anprobiert. Joe erkennt seine Chance, denn Eddies eigene Hose hängt nun in der Kabine. So braucht es nur noch eine passende Ablenkung, um Eddie ein Stück von der Kabine wegzulocken.

Jetzt kommt es auf Schnelligkeit und Präzision an. In einer Nische entdeckt Joe einen Kleiderständer mit Rollen, auf dem allerlei Jacken und Mäntel hängen. Kurzerhand greift er mit einer Hand eine der Stangen, schiebt den Ständer direkt vor den Spiegel neben der Kabine und stellt die Rollen fest. Dann versteckt er sich dahinter und wartet ab.

Und tatsächlich geht seine Rechnung auf: Eddie verlässt die Kabine und zeigt sich seiner Perle, die anerkennend nickt und etwas sagt, das Joe nicht versteht. Dabei zeigt sie ein Strahlen, was Joe für einen Moment aus der Fassung bringt. Eddie hingegen hat sich inzwischen auf die Suche nach dem nächsten Spiegel gemacht, den er einige Meter weiter findet. Während Eddie sich selbstverliebt darin betrachtet und prüft, ob die Hose auch schön eng sitzt, schlüpft Joe kurz in die Kabine und greift in die Tasche der Hose, die dort am Haken hängt.

Blitzschnell fischt er einen Gegenstand daraus hervor und lässt ihn unbesehen in seiner eigenen Jackentasche verschwinden. Eiligen Schrittes verlässt er die Abteilung und kurz darauf das Kaufhaus. Endlich hat er Feierabend, für heute.

Eddie freut sich über die coolen Klamotten, die Milena für ihn ausgesucht hat. Gut gelaunt steht er an der Kasse und bezahlt mit seiner Kreditkarte. Die freundliche Verkäuferin verpackt alles in einer riesigen Einkaufstasche.

Während er das eingeübte Spiel ihrer Hände beobachtet, greift er, ohne konkreten Anlass, in seine linke Hosentasche und erstarrt. Sein Herz setzt für drei Schläge aus und der Boden des Warenhauses beginnt zu schwanken, wie ein Schiff auf hoher See, als er realisiert, dass er ins Leere greift. Ein Anflug von Panik steigt von irgendwo ganz tief unten in ihm auf.

Das Kästchen ist weg!!!

Milena wirft ihm einen besorgten Blick zu. Offenbar gibt sein Körper sichtbare Signale, dass etwas nicht in Ordnung ist. Die Panik, die ihn inzwischen vollumfänglich erfasst hat, treibt ihn vor sich her, während er zurück zur Umkleidekabine läuft. Auf dem kurzen Weg verschwimmt seine Wahrnehmung. Der Raum um ihn herum verliert jede Farbe und erscheint in einer milchigen Buntlosigkeit, als hätte jemand die Weichzeichnen-Option eingeschaltet.

Bei der Kabine angekommen reißt er den Vorhang bei Seite und scannt den Raum, den Hocker sowie den Fußboden: Keine Spur von dem Kästchen. Noch bevor diese Erkenntnis in seiner Realität angekommen ist, verlässt ihn sein Willen und er gibt sich ganz und gar der Panik hin, die ihn wie ein zähes Gel umschließt, durch das er hindurchfällt. In Slow-Motion gleitet er hinab, wie durch zähen Schleim hindurch auf den Boden der Kabine zu.

Bevor er diesen erreicht, ertönt ein schrilles Geräusch und es erscheint eine leuchtende Schrift vor seinen Augen, die er deutlich erkennt: TILT!

Als er erwacht, blinzelt er und schaut in den Raum. Zu seiner Erleichterung erkennt er, dass er sich in seinem eigenen Bett befindet. Bei der Küchenzeile erkennt er Milena, die dort hantiert. Kurz darauf dreht sie sich zu ihm, schenkt ihm ein freundliches Lächeln und eilt auf ihn zu, mit einer Suppentasse in der Hand, die sie auf seinem Nachttisch abstellt.

„Was ist passiert?", stammelt er. Tatsächlich kann er sich nicht erinnern, wie er hier hingekommen ist. In seiner letzten Erinnerung steht er an der Kasse in dem Warenhaus und beobachtet, wie die Verkäuferin seine neuen Klamotten einpackt. Milena berichtet ihm, dass er im Warenhaus kollabiert ist, und sie ihn am Boden der Umkleidekabine gefunden hat.

Die herbeigerufenen Sanitäter hatten ihm eine Infusion verabreicht, ihn dann in den Krankenwagen gepackt, in dem er kurz aufgewacht ist. Der inzwischen eingetroffene Notarzt hatte nichts weiter feststellen können, so dass er damit einverstanden war, Eddie nach Hause zu bringen, nachdem er ihm noch ein Beruhigungsmittel verabreicht hatte.

Eddie ist froh, nicht in einem Krankenhaus gelandet zu sein und dankt Milena für ihre Fürsorge. Hungrig löffelt er die Champignon-Cremesuppe und fällt dann in einen seichten dämmrigen Halbschlaf. In diesem somnolenten Zustand seines Bewusstseins kehrt stückweise die Erinnerung an die Ereignisse zurück, die er wie Puzzleteile zusammensetzt.

Anders als in dem Warenhaus löst die Erkenntnis diesmal keine Panik aus, sondern eine tiefe Verzweiflung. Ihm wird bewusst, was dies für sein weiteres Leben bedeutet, zumindest glaubt er, es zu wissen.

Am folgenden Tag kommt Valli zu Besuch. Trotz ihres Streits ist sie besorgt und froh, ihn munter zu anzutreffen. Milena ist im Buchladen, und Eddie erzählt, was sich im Kaufladen zugetragen hat. „Und du hast keine Idee, was deinen Kollaps ausgelöst hat?", fragt Valli.

„Doch", entgegnet Eddie und schaut in ihr überraschtes Gesicht. „Das Kästchen ist weg!"

Er lässt seine Worte im Raum verklingen und ergänzt: „Als ich das Warenhaus betreten habe, war es noch in meiner linken Hosentasche, so wie immer. Als ich an der Kasse bezahlen wollte, war es nicht mehr da. In der Umkleidekabine war es auch nicht und da wurde mir das Ausmaß der Katastrophe bewusst und mein Körper reagierte entsprechend."

Valli braucht einen Moment, seine Worte zu verstehen. „Du hast es verloren?", fragt sie dann.

Eddie schüttelt den Kopf. „Das glaube ich nicht. Und auch nicht, dass es mir gestohlen wurde. Offenbar hat es mich einfach verlassen."

Da Valli offenbar nicht vorhat, das zu kommentieren, redet er einfach weiter. „Und nun bin ich ganz auf mich allein gestellt und muss mit meinem Leben klarkommen und ich weiß nicht, wie das ohne das Kästchen gehen soll", lamentiert er.

Valli zögert einen Moment. „Wahrscheinlich ist es das Beste, was dir passieren konnte!"

Eddie versteht nicht und zeigt ein fragendes Gesicht.

„Möglicherweise ist das deine letzte Chance, dein Leben wieder selbst in den Griff zu bekommen und das ganz ohne Zauberei", erklärt sie ihm.

„Ich hatte mein Leben im Griff! Zumindest bis gestern", entgegnet er. „Ich muss es einfach wiederfinden, dann wird alles wieder gut!"

„Ich fürchte, du hast nichts von dem verstanden, was ich dir letztens gesagt habe. Aber das ist jetzt vielleicht auch egal."

„Wieso?", fragt Eddie.

„Weil ich nicht glaube, dass du das Kästchen wiederfinden wirst. Deshalb betrachte es einfach als eine interessante, wenn auch sehr surreale Erfahrung. So ähnlich wie ein krasser Trip. Aber der ist jetzt vorbei. Jetzt heißt es wieder, selber leben und einfach schauen, *what life brings*."

Valli beugt sich ein Stück vor und haucht Eddie einen Kuss auf die Stirn. „Mein lieber Eddie, glaub mir: Du kamst vorher mit deinem Leben klar und das wirst du nun auch wieder schaffen. Mit allen Problemen, Herausforderungen und Hürden, über die du stolpern oder die du überwinden wirst!"

KAPITEL 18

Steiler Aufstieg

Adventszeit

Mit einer Grazilität, die man sonst nur von einem Ballett-
tänzer erwarten würde, gleitet die behandschuhte Hand
in den kleinen Spalt in der Seitenwand der Glasvitrine,
den Joe gerade eben hineingefräst hat. Blitzschnell greift
die Hand nach dem, mit sieben glänzenden Diamanten be-
setzten Collier und den feinen Perlenohringen. Mit dem
zweiten Griff nimmt er noch das passende, Klunkerarm-
band sowie die goldene Damenuhr aus der Vitrine.

Mit ernster Miene beobachtet Don John, der eigentlich
Johannes heißt, die präzisen Handgriffe und nickt kurz
mit dem Kopf, als die Vitrine leergeräumt ist. Es fällt ihm
sichtlich schwer, die Unzufriedenheit mit seiner Rolle zu
verbergen. Seit Joe der neue Chef ihrer Einsatztruppe ist,
obliegt es ihm, die Taschenlampe zu halten und für das
richtige Licht zu sorgen, wie es ein Beleuchter im Theater
tut. Dogberry steht an der Tür, beobachtet die Straße und
hält nach nächtlichen Passanten oder der Polizei Ausschau.

Alles andere macht Joe allein: Mit seinen feinmechani-
schen Werkzeugen durchtrennt er präzise die richtigen

der winzigen Kabel der Sicherungen, fräßt kleine Öffnungen in die Vitrinen und räumt sie dann vollständig leer. Dabei hilft es ihm sehr, dass seine Hände, für einen Mann seiner Statur und Körpergröße, verhältnismäßig klein und zart sind.

Noch mehr jedoch hilft ihm das Kästchen in seiner linken Hosentasche, dessen Knopf er bei jedem Alarm, den er auslöst, betätigt, um dann einen neuen Versuch zu starten. Auch heute musste er diese Art magischer Unterstützung bereits mehr als ein Dutzend Mal bemühen. Die anderen beiden bekommen nichts von den Alarmen mit. Für sie wirkt es so, als würde er immer genau wissen, welches Kabel er in welcher Weise durchtrennen muss. So kann er ihnen glauben machen, er wäre ein ausgewiesener Experte darin, mit besonderen Kenntnissen. In Wirklichkeit ist es nichts anderes als Versuch und Irrtum – und das mit sehr vielen Irrtümern.

Als Joe sich der nächsten Vitrine zuwendet, ertönt erneut ein Alarm. Diesmal jedoch handelt es sich nicht um die Sicherung der Vitrine, sondern um den Hauptalarm, der mit dem nächsten Polizeirevier verbunden ist. Joe drückt erneut den Knopf und der Alarm verstummt. Statt zur nächsten Vitrine wendet er sich an seine beiden Kollegen und flüstert: „Genug für heute, wir brechen ab! Schnell raus, bevor es hier gleich von Bullen nur so wimmelt."

Don John öffnet den Mund, aber Joe scheucht ihn mit hektischen Handbewegungen aus dem Juwelierladen hinaus in die Dunkelheit, wo der Fluchtwagen auf sie wartet und der Alarm erneut ertönt.

Bis vor kurzer Zeit waren sie bei ihren Überfällen deutlich anders vorgegangen. Meist waren sie mit brachialem Werkzeug bei den Juwelieren eingebrochen, hatten mit Eisenstangen die Vitrinen zertrümmert und dann so viel Schmuck, Uhren und sonst was zusammengerafft, wie es ihnen in den zwölf Minuten, bis die Polizei oder ein Wachdienst vor Ort waren, möglich war.

Das war natürlich nicht sehr effizient, denn in der Kürze der Zeit gelang es ihnen oft nicht einmal einen Bruchteil der möglichen Beute einzusammeln. Das meiste musste zurückbleiben. Hinzu kam, dass die zwölf Minuten nur ein grober Schätzwert sind. Manchmal kam es vor, dass die Bullen schon viel früher vor Ort eintrafen, und dann war die Gefahr groß, dass sie geschnappt wurden, wie neulich eben.

Es hatte Joe viel Überredungskunst gekostet, den Boss von einem grundlegend anderen Vorgehen zu überzeugen. Er hatte ihm erklärt, dass wenn man umsichtig und unauffällig vorging und es schaffte, sich Zutritt zu dem Laden zu verschaffen, ohne den Hauptalarm auszulösen, mehr Zeit zum Plündern bliebe. Und mit ein bisschen Glück schaffte man es vielleicht, vom Tatort zu verschwinden, bevor überhaupt irgendjemand etwas von der Sache mitbekommen hatte.

Irgendwann hatte der Boss zögernd zugestimmt, und Joe hatte seine Chance bekommen. Und da sie bereits beim ersten Versuch den gesamten Laden vollständig ausräumen und sich danach entspannt davonmachen konnten, hatte der Boss Joe die Leitung einer Einsatztruppe übertragen.

Und seitdem ist es Joes Team, das die fetteste Beute macht, ohne jemals einen Alarm auszulösen, was ihm in kurzer Zeit einen fast legendären Ruf sowie regelmäßige Einnahmen eingebracht hat. Joe ist stolz auf seine steile Karriere und er geht ganz in seiner neuen Rolle auf. Obwohl er weiß, dass er auch auf weniger gefährliche Weise sein Geld verdienen könnte.

Erst neulich war er in einer Spielbank gewesen und hatte es so wie dieser Eddie gemacht. Anfangs war das zwar cool, aber schnell wurde es ihm langweilig, immer zu gewinnen. Und irgendwie schien es ihm auch unfair den anderen Spielern gegenüber.

Er liebt den Nervenkitzel und er braucht das Adrenalin, das seinen Körper durchströmt, sobald er sich Zugang zu einem Juwelierladen verschafft und die erste Vitrine ausgeräumt hat. Und mit dem Kästchen fühlt er sich sicher und überlegen. Er weiß, dass damit die Gefahr erwischt zu werden zwar noch immer vorhanden, aber deutlich geringer ist als früher ohne derartige Unterstützung. Fern wirken die Zeiten, als er noch Schmiere stehen musste oder hin und wieder den Fluchtwagen lenken durfte.

Nachdem er das Ding diesem Eddie stibitzt hatte, brauchte es nicht lange, bis er die Funktion verstanden hatte. Und auch die vielfältigen Einsatzmöglichkeiten waren ihm sofort klar gewesen. Sicherlich hatte man das Kästchen genau dafür entwickelt, Alarme jeder Art zu umgehen. Und das ist geradezu perfekt in seinem Gewerbe. Manchmal fragt er sich, ob das Ganze nicht gegen irgendwelche Naturgesetze verstößt, aber irgendwie ist das auch egal. Hin und wieder wundert er sich, was dieser

Eddie eigentlich mit dem Kästchen gemacht hat. Außer in Spielbanken zu betrügen, fällt Joe nicht allzu viel ein, was ein Dramaturg an einem Theater damit anfangen könnte. Sicher vermisst dieser Eddie das Ding gar nicht und hat es vielleicht schon fast vergessen.

Innerhalb weniger Wochen hat Joe sich eine völlig neue Reputation in seinen Kreisen erarbeitet. Manche Kumpels nennen ihn respektvoll *Das Phantom*. Lediglich Don John, der bis vor kurzem der Chef der *Panzerknacker* war, wie sie sich selbst nennen, ist immer noch sauer, weil Joe ihm den Rang abgelaufen hat, und er nun nicht viel mehr als der Laufbursche und Taschenlampenhalter ist. Don John ist auch eher ein Typ der härteren Sorte und es fällt ihm schwer, sich ruhig zu verhalten. Stattdessen fuchtelt er gern mit seiner Knarre herum und macht auf harten Kerl.

Wichtiger als die Reputation ist Joe jedoch die Kohle, die er in den letzten Wochen verdient hat und die inzwischen zu einem hübschen Sümmchen angewachsen ist. Dafür war er aber auch fleißig. In der Gegend gibt es fast keine lukrativen Ziele mehr, so dass sie damit angefangen haben, sich in anderen Städten umzuschauen. So ist Joe nun häufiger auf Dienstreise, um neue Ziele auszukundschaften. Dabei genießt er es, in den besten Hotels abzusteigen und es sich gut gehen zu lassen.

Gerne würde er sein Glück und seinen neuen Lebensstil mit jemanden teilen. Leider ist sein Liebesleben wirr und unstet und seine letzte längere Beziehung schon einige Jahre her.

Familie hat er schon lange nicht mehr und auch echte Freunde hat er nicht vorzuweisen. Bleiben noch seine

Kumpels, auf die er sich im Einsatz hundertprozentig verlassen kann. Privat jedoch haben sie sich wenig zu sagen und noch weniger miteinander zu tun. Von regelmäßigen Sauftouren durch die Stadt einmal abgesehen.

An Heiligabend verüben er und seine Truppe einen spektakulären Raubüberfall in der Landeshauptstadt. Es geht alles glatt, die Beute ist üppig und der Boss überaus zufrieden. Über die Feiertage macht Joe frei und am zweiten Weihnachtstag lädt er Vanessa in ein bekanntes Sterne-Restaurant in der Nachbarstadt ein.

Die letzten Tage des Jahres lässt Joe einfach geschehen und genießt die entspannte Gelassenheit wie auch die tiefempfundene Selbstsicherheit, die bei ihm eingezogen sind, seit das Kästchen in sein Leben gekommen ist.

Am Tag vor Silvester erhält Joe einen lang erwarteten Anruf auf sein Handy. Sogleich greift er nach Helm und Lederjacke und macht sich auf den Weg zum besten, weil einzigen Motorradhändlers der Stadt. Im Hof sieht er sie bereits stehen: SIE, von der er schon so lange geträumt hat, die *Harley-Davidson Dyna Low Rider S*.

Der langhaarige Typ in dem öligen Blaumann kommt auf Joe zu, reicht ihm seine schmutzige Hand und deutet auf die *Dyna*. „Probefahrt?", spuckt er aus.

Joe schüttelt den Kopf. „Ich nehme sie gleich mit."

Die Formalitäten sind schnell geklärt und so steigt auf seine neue Maschine und fährt davon. Die Jungfernfahrt führt ihn in die Nachbarstadt zu einem beliebten Motorradtreff an einem hübschen See. Dort trifft er ein paar alte Kumpels, denen er stolz seine neue Liebe vorführt. Nach prüfenden Blicken und anerkennenden Kommentaren zu seinem Prachtstück, lädt er alle auf eine Currywurst, Pommes, Mayo und einer Flasche Bier ein.

Danach setzt er sich auf eine Bank am See, auf dessen Oberfläche die Nebelschwaden einen bizarren Tanz aufführen. Er öffnet ein zweites Bier, lehnt sich entspannt zurück.

‚Genauso kann es einfach immer weitergehen‘, denkt Joe und ist ganz und gar bei sich.

KAPITEL 19

Gelebte Tristesse & ein Fest

Die Tage bis Weihnachten

Auf Eddie hingegen trifft dies so gar nicht zu. Er selbst nimmt sich auf bizarre Weise von sich selbst entfremdet wahr, seit sein Leben im Treibsand des Schicksals zu versinken droht.

Und dies betrifft alle Facetten, die seinen Alltag ausmachen. Im Theater fällt es ihm zunehmend schwer, den komplexen Anforderungen seines Jobs gerecht zu werden. Zudem gelingt es ihm nicht mehr, es allen recht zu machen, was bislang die Basis seines Erfolgs war. Aber gerade das Theatervolk, angefangen von der Verwaltung und Leitung bis hin zu den Schauspielenden, die in ihren Exaltiertheiten eigene Maßstäbe setzen, machen es ihm schwer. Und nun kann Eddie nicht mehr so lange herumprobieren, bis er den richtigen Zugang zu seinem jeweiligen Gesprächspartner gefunden hat.

Neulich hatte der Intendant ihn bei Seite genommen und ihn ermahnt, sich mehr Mühe in allem zu geben. Den Verweis auf Eddies noch laufende Probezeit hatte er nicht vorgebracht, aber Eddie wusste auch so, worauf das

Ganze hinauslief. Und da seine anderen finanziellen Quellen ad-hoc versiegt sind, würde ohne seinen Job letztlich alles in die Grütze gehen.

Auch im Kreis seiner Freunde trifft er oft nicht den richtigen Ton, von seinen katastrophalen Leistungen beim Flippern ganz zu Schweigen. Und zu Valli hat er aktuell auch keinen wirklichen Zugang, da sie nach wie vor sauer auf ihn ist, weil er sie mit dem Kästchen krass hintergangen hat, wie sie neulich noch einmal klipp und klar festgestellte.

„Wir könnten doch einfach von vorne anfangen, als wäre nichts geschehen", hatte er vorgeschlagen. „Jetzt, wo das Kästchen verloren ist."

Aber Valli hatte nur genervt mit den Augen gerollt. „Was du getan hast, das kann man nicht ungeschehen machen, egal ob mit oder ohne Kästchen. Ganz offensichtlich hast du rein gar nichts verstanden und willst immer noch irgendetwas ungeschehen machen", erklärte Valli ihm.

Am schlimmsten jedoch ist es mit Milena. Von Anfang an war es nicht leicht mit ihr gewesen, aber mit Hilfe des Kästchens war es ihm oft gelungen, auf sie einzugehen, den richtigen Ton zu treffen und ihr ein verständnisvoller Partner zu sein. Auch hatte er es häufig geschafft, ihre Wünsche herauszufinden und sie immer wieder zu überraschen.

Das ist nun alles vorbei, weil er jetzt stets im ersten Versuch richtig liegen muss, und Milena es nicht gewohnt ist, dass er sie ganz und gar falsch versteht. Bei einem Streit, der sich kürzlich aus einer Kleinigkeit heraus aufgebauscht hatte, hatte sie ihm vorgeworfen, er hätte all seine

Empathie verloren und behandle sie mit einer Rücksichtslosigkeit, die sie sich nicht länger bieten lassen würde.

Gerade eben so hatte er die Situation irgendwie retten können, denn ihr Vorwurf traf natürlich nicht zu. Er hatte nicht seine Empathie verloren, sondern nur seine Treffsicherheit.

In den letzten Tagen vor Weihnachten war es verhältnismäßig friedlich zwischen ihnen beiden, was jedoch eher daran liegt, dass Milena in der Buchhandlung sehr viel zu tun hat, und sie sich daher nur wenig sehen. Und so ist Milena auch jetzt, am Morgen des Heiligabends, im Laden, um die Menschen mit den letzten Weihnachtsgeschenken zu versorgen.

Eddie hingegen hatte noch einige Besorgungen zu erledigen und wartet nun in Milenas Wohnung auf sie. Um sich nützlich zu machen, spült er noch schnell die Kaffeetassen und Gläser. Gleich um eins wird Milena den Laden schließen, und dann werden sie sich gemeinsam auf den Weg nach Frankfurt machen, um Heiligabend bei und mit ihren Eltern zu verbringen.

Kurz nach eins erscheint eine erschöpfte, jedoch gut gelaunte Milena. „Heute hatte ich den größten Umsatz seit ich die Buchhandlung übernommen habe", erklärt sie begeistert. „Nun will ich fix unter die Dusche und dann müssen wir los."

Bevor Eddie etwas erwidern kann, ist sie auch schon im Bad verschwunden. Eddie ist es recht und er ist froh über ihre gute Stimmung. Vor dem Besuch bei ihren Eltern, die er noch nicht kennt, graust ihm ein wenig, da er nicht einschätzen kann, wie sie ihn aufnehmen werden. Mit dem

Kästchen wäre das alles kein Problem, damit würde er Vater und Mutter Pollak schon um den Finger wickeln, aber heute ist er auf sich allein gestellt. Und dann haben sich auch noch Milenas ältere Schwester, mit Mann und den Zwillingen angekündigt.

In seine Gedanken hinein steht Milena plötzlich vor ihm. In ihren himmelblauen Satinbademantel gehüllt, rubbelt sie sich mit einem Handtuch durchs Haar. Wie so oft ist Eddie angetan von der feinen Eleganz, die sie ausstrahlt, selbst wenn sie gerade nass aus der Dusche kommt. Daher hört er ihre Frage zunächst nicht.

„Ich fragte, wo du mein Kleid hingelegt hast", wiederholt sie. „Ich muss es noch einpacken."

Eddie zuckt mit den Schultern und bemerkt sogleich, wie alles Blut sein Gesicht verlässt. ‚Verdammt, das Kleid', denkt er noch, bevor er wahrnimmt, wie Milenas Mundwinkel sich synchron steil nach unten bewegen.

„Das grün-blau changierende, das du aus der Reinigung abgeholt hast", erklärt sie. „Hast du doch, oder?"

Eddie öffnet den Mund und lässt die Worte sehr langsam herauskommen: „Entschuldige, ich fürchte, das habe ich vergessen."

Zu seiner Überraschung reagiert Milena zunächst eher hilflos als wütend. „Und was …"

Sie verstummt, schnappt nach Luft, bevor sie stammelt: „Was soll ich jetzt anziehen?"

In gewisser Weise findet er die Frage süß und es erleichtert ihn sehr, dass Milena nicht gleich losschimpft.

„Nimm halt ein anderes, an Kleidern herrscht ja kein Mangel in deinem Kleiderschrank", äußert er und versucht, es möglichst lapidar klingen zu lassen.

Mit einer geringen Wahrscheinlichkeit und auch nur vielleicht, hätte ihm Milena sein Versäumnis mit dem Kleid und der Reinigung verziehen, aber der letzte Halbsatz ändert alles.

In einer Art, wie nur Milena es kann, stemmt sie beide Hände in die Hüften, lässt ihren linken Fuß ein Stück nach vorne gleiten und begibt sich damit in eine Art Kampfstellung.

„Du solltest wissen, wie wichtig das heute für mich ist. Meine Eltern, meine Vorzeige-Schwester und mittendrin DU."

Sie holt tief Luft. „Ich habe lange darüber nachgedacht, welches Kleid ich heute anziehen will. Und dein Job bestand lediglich darin, es von der Reinigung nebenan abzuholen, die jetzt zu hat!"

„Milena, jetzt entspann dich doch bitte einmal. Du hast mindestens drei Dutzend für dich maßgeschneiderte Haute-Couture-Kleider in deinem Schrank. Es ist doch völlig egal, welches davon du anziehst, du siehst immer bezaubernd aus", versucht Eddie, ihr den Wind aus den Segeln zu nehmen.

Leider gelingt ihm das nicht ansatzweise. Im Gegenteil, denn nun ist Milena richtig wütend. „Sag mal, kennst du mich überhaupt ein bisschen? Für mich sind das nicht irgendwelche Kleider, in denen ich hübsch aussehe. Für mich ist ein Kleid wie eine Rüstung, die mein Inneres vor den wertenden Blicken der anderen schützt. Und für heute ist genau dieses Kleid das einzig Richtige", erklärt sie in einem harschen Tonfall.

„Okay, das verstehe ich, aber jetzt ist nicht die Zeit für solch eine krude Diskussionen, wir müssen los", erklärt Eddie und versucht, sie mit einer Handbewegung ins Schlafzimmer zu scheuchen.

„Du verstehst überhaupt nichts, und *wir* müssen gar nicht los!", sagt Milena in einem plötzlich seltsam entspannten Ton.

Eddie versteht nicht und zuckt mit den Schultern.

„Für dich hat sich das jetzt erledigt!", erklärt sie in einer Ruhe, die Eddie sehr irritiert. „Ich fahre allein! Und dann ist es tatsächlich auch fast egal, was ich anziehe."

„Sag mal, bist du jetzt völlig übergeschnappt?", entgegnet Eddie und folgt ihr ins Schlafzimmer. „Was soll ich denn jetzt hier, an Weihnachten, ohne dich?"

„Das ist mir egal! Und übrigens nicht nur an Weihnachten!"

„Was soll das heißen? Willst Du mit mir Schluss machen?"

Milena schaut ihn direkt an und zeigt ein ernstes Gesicht. Dann zieht sie beide Augenbrauen nach oben, und es wirkt so, als hätte er sie auf eine Idee gebracht. „Jetzt wo du es sagst, ja, ganz genau, ich mache hier und jetzt mit dir Schluss! Das wars mit uns beiden, ich wünsche dir alles Gute für deine Zukunft, die jedoch ohne mich stattfinden wird!"

Eddie hat Schwierigkeiten, ihre Worte zu verstehen und in den Kontext einzuordnen. Ein wenig hilflos, wie ihm sofort klar wird, erwidert er: „Du machst mit mir Schluss, weil ich vergessen habe, dein Kleid aus der Reinigung zu holen?"

„Nein, ich beende das hier, weil du, wie so oft in letzter Zeit, rein gar nichts verstanden hast", poltert sie los. „Und jetzt verlass bitte meine Wohnung!"

Eddie steht wie angewurzelt vor ihr. Tief in seinem Inneren hofft er, dass sie gleich anfängt zu lachen und irgendetwas von einem Scherz sagt. Stattdessen scheucht nun sie, ihn mit den Händen vor sich her bis hin zu ihrer Wohnungstür.

Nachdem diese hinter ihm ins Schloss gefallen ist, steht Eddie vollumfänglich konsterniert im Hausflur. Er versucht, seine Gedanken zu sammeln, was ihm jedoch nicht im Ansatz gelingt. Eddie ist nicht gläubig, aber ausgerechnet am Fest der Liebe verlassen zu werden setzt ihm ordentlich zu. Ihm ist sonnenklar, dass er nun am Tiefpunkt seines Lebens angekommen ist. Er bemerkt, wie der Boden unter ihm zu schwanken beginnt und eine Panikattacke in seinem Inneren einen Weg durch sein Nervensystem sucht.

Bevor er vollends die Kontrolle verliert, greift er in seine linke Hosentasche, wo er nicht das Kästchen vorfindet, wie er insgeheim gehofft hatte, aber immerhin sein Handy. Einen Knopfdruck später hat er Valli in knappen Worten erklärt, was passiert ist.

„Bleib, wo du bist, bewege dich nirgendwo hin, gehe nicht über Los, ich bin in zehn Minuten bei dir!"

Nicht viel später sitzt Eddie auf dem Sofa in Ellis Wohnzimmer mit einer Tasse Tee in der Hand. Um ihn herum Elli und Valli, die besorgte Gesichter machen.

„Und sie hat so richtig mit dir Schluss gemacht? Endgültig?", fragt Elli.

Eddie nickt und bemerkt den Kloß in seinem Hals.

„Ausgerechnet heute? Was ist passiert?", fragt Valli.

Eddie seufzt. „Wir haben ja schon länger Probleme und viel Streit. Heute ging es darum, dass ich vergessen hatte, ihr Kleid von der Reinigung abzuholen."

Valli und Elli zeigen synchron fragende Gesichter.

„Na ja, es war das, was sie heute anziehen wollte, und sie war nicht davon abzubringen, dass es genau dieses sein müsse und sie ohne es nicht mit mir zu ihren Eltern fahren könnte."

„Wie doof ist das denn?", entfährt es Valli, aber Elli widerspricht sogleich: „Das kann ich sehr gut verstehen und ich wäre auch sauer gewesen."

Eddie möchte diese Diskussion nicht noch einmal führen. Zudem hat er noch ein anderes Problem. Vorsichtig formuliert er seine Worte. „Es ist mir sehr unangenehm, gerade an Heiligabend eure Zweisamkeit zu stören, aber könnte ich vielleicht heute bei euch bleiben?"

Valli scheint gerührt. Bevor sie jedoch antworten kann, erklärt ihre Freundin: „Aber sicher doch. Du bist uns herzlich willkommen und musst auf keinen Fall, diesen doppelt schlimmen Tag allein verbringen."

„Und unsere Zweisamkeit kannst du gar nicht stören, denn wir feiern in großer Runde im Jugendheim", ergänzt Valli.

Eddie versteht nicht, und Elli erklärt ihm, dass sie heute Abend das Jugendheim öffnet und alle, die nirgendwo anders hin können oder wollen, herzlich eingeladen sind, gemeinsam Kartoffelsalat und vegetarische Würstchen miteinander zu essen und einfach Spaß zu haben.

„Und das richtet sich gleichermaßen an die Obdachlosen in unserem Stadtteil, wie an die Jugendlichen, die heute nicht zu Hause sein wollen, sei es, weil sie von Weihnachten angenervt sind oder es gar nicht bei ihnen gefeiert wird."

„Du wirst sehen, das wird lustig, zumindest sehr viel lustiger, als mit Milena bei ihren Eltern zu sitzen und eine traurige Weihnachtsgans zu verspeisen", meint Valli.

Und Elli ergänzt: „Nur in diesem vornehmen Aufzug kannst du dort nicht auftreten. Ich schlage vor, du ziehst dir was Ordentliches an und wir treffen uns nachher im Jugendheim. Wir haben sowieso noch etwas zu erledigen."

„Wir fahren die Bäckereien im Stadtteil ab und sammeln die Backwaren ein, die sonst weggeworfen würden. Und die packen wir dann in Tüten, damit unsere Gäste auch über die Feiertage etwas zu essen haben", erklärt Valli.

Als Eddie später in die Straße zum Jugendheim einbiegt, sieht er es schon von weitem hell erleuchtet. Dort angekommen staunt er über die Mühe, die sich Elli und Valli gemacht haben. Im großen Saal gibt es drei lange Tischreihen, die mit weißen Tischdecken und bunt zusammengewürfeltem Geschirr gedeckt sind. An den Fenstern hängen ein paar Strohsterne und in einer Ecke des Raumes befindet sich eine Leinwand, auf die ein festlich geschmückter Weihnachtsbaum projiziert wird.

Während er ein wenig unschlüssig im Raum steht, erscheinen Valli und Elli im Saal. Sie schieben einen Teewagen herein, auf dem sich ein paar Dutzend Gläser befinden.

„Du kannst dich nützlich machen und die Gläser verteilen", gibt Elli eine Anweisung und verschwindet wieder. Valli zeigt ihm ein Grinsen und gemeinsam machen sie sich an die Arbeit. Danach verteilen sie noch die Servietten und dann trudeln auch schon die ersten Gäste ein.

Elli begrüßt alle sehr freundlich, nimmt ihnen die Mäntel ab und bald quillt die Garderobe über. Nach und nach füllt sich der Saal und bald schon müssen weitere Tische dazu gestellt und neue Stühle herein getragen werden.

Eddie staunt über die bunte Gruppe an Menschen, die sich hier versammelt. Ältere Menschen, meist Frauen, daneben Männer jeden Alters, die offensichtlich schon länger auf der Straße leben und zudem zahlreiche Jugendliche, einige davon aus Eddies Theatergruppe. Und auch Holly und Mustafa sind dabei, die kürzlich die Hauptrollen in *Viel Lärm um nichts* gespielt haben und sich offensichtlich auch privat nähergekommen sind.

Inzwischen ist der Saal proppenvoll, die Stimmung fröhlich und immer noch kommen neue Besucher hinzu. Irgendwann betritt Elli die Bühne, deutet eine Verbeugung an und begrüßt die Anwesenden. Dann betont sie, dass hier alle, ausnahmslos alle, herzlich willkommen sind, egal ob jung oder alt, gläubig oder nicht, mitteilsam oder schüchtern oder was auch immer.

„Lasst uns die Vielfalt, das Menschsein und die Liebe feiern!", schließt sie ihre Rede, die in lautem Applaus mündet.

Angeführt von Valli erscheinen einige Jugendliche, die drei Teewagen in den Saal schieben. Darauf jeweils ein großer Topf mit einer dampfenden Lauchcremesuppe. Als alle Teller gefüllt sind, beginnt das Fest.

Später gibt es noch Kartoffelsalat und Würstchen sowie bunte Getränke aller Art. Irgendwann wird dann doch noch ein Weihnachtslied angestimmt, was gut zu dem kurzen Sketch passt, den einige Jugendliche auf der Bühne aufführen. Dabei geht es um Konsum und Weihnachten und wie Jesus wohl reagieren würde, wenn er sich auf einen Weihnachtsmarkt verliefe. Vielleicht würde er wütend randalieren, so wie damals, als er den Tempel in Jerusalem besucht hat.

Eddie bewegt sich durch den Abend, wie durch Watte oder dichte Wolken, die ihm die Orientierung in seiner Gefühlswelt verschleiern. Er spürt, wie der Katzenjammer dabei ist, von ihm Besitz zu ergreifen. Die Ereignisse des Vormittags wirken so fern und unwirklich, was seinen Schmerz jedoch nicht lindert. Zugleich fühlt er sich hier auf eigentümliche Weise geborgen und mit den Menschen um sich herum verbunden.

Vor Mitternacht verabschieden sich die ersten Gäste. Elli hat sogar einen Fahrservice zu den Obdachlosenheimen der Stadt organisiert. Elli und Valli verabschieden sich von jedem einzelnen und drücken einigen eine Tüte mit Backwaren und anderen Lebensmitteln in die Hand.

Nach und nach leert sich der Saal bis nur noch eine Handvoll Jugendlicher da sind. Während die einen in der Küche die Gastronomiespülmaschine befüllen, schieben andere Tische und Stühle im Saal an die Seite.

Dann finden sich die verbliebenen Gäste wieder im Saal ein, der nun als Tanzfläche dient. Mustafa gibt den DJ und begrüßt den neuen Tag mit einem sehr alten Weihnachtslied, das außer ihm jedoch niemand kennt. Kurzerhand begibt sich Holly zu ihm, schubst ihn sanft bei Seite und übernimmt das Kommando über die Musik. Als käme es aus einem alten Kofferradio, ertönt ein schlichtes und oft wiederholtes *doo-doo*, das alle begeistert mitsingen, bevor JIDs magische Stimme in den Chor einstimmt und sie es gemeinsam zu Ende bringen.

Den Rest der Nacht über wird getanzt und ausgelassen gefeiert und erst im Morgengrauen verlassen die letzten Gäste das Jugendheim. Nassgeschwitzt und sichtbar erschöpft, sitzen Valli und Eddie auf zwei Stühlen in der Küche. Nur Elli wirkt wach und scheint noch nicht genug zu haben.

„Wie wär's nun mit einem schönen Frühstück?", fragt Elli in die Runde. Valli muss gähnen und zieht dann eine Augenbraue nach oben.

„Der Kühlschrank ist gut gefüllt. Deckt ihr schon mal den Tisch und ich backe ein paar von den Brötchen auf, die noch über sind."

Kurz darauf sitzen die drei an dem kleinen gedeckten Tisch, den sie mitten in den großen Saal gestellt haben. Eddie staunt, was Elli noch so alles irgendwoher gezaubert hat.

Während sie schweigend kauen, erscheint auf Vallis Gesicht ein Lächeln, das sogleich auf Ellis Gesicht überspringt.

Eddie bemerkt es und weiß, dass es Zeit ist, etwas Wichtiges mitzuteilen. „Vielen Dank dafür, dass ich bei diesem fulminanten Fest dabei sein durfte! Ich weiß nicht, wie ich den Tag sonst ohne euch beide überstanden hätte."

Die beiden Frauen nicken synchron, Valli nimmt seine Hand, und Eddie kann ein Gähnen nicht mehr unterdrücken und will es auch nicht.

KAPITEL 20

Gründlich schiefgegangen
Karneval in Hamburg

Ein Schuss, gefolgt von einem Gepolter dicht neben ihm, reißt Joe aus einem dämmerigen Halbschlaf. Noch bevor er die Augen öffnet, zerreißt ein weiterer Schuss die stickige Luft in dem Zimmer. In dem Moment der folgenden Stille erkennt er die junge blonde Frau neben sich und das Blut, das zwischen ihren Fingern einen Weg aus ihrem Körper sucht.

Er kennt sie erst seit gestern Abend, als er sie an der Bar aufgegabelt und mit hochgenommen hat, in die Suite, in der er seit gestern wohnt. Sie hatten ein paar Linien gezogen und danach keinen überragenden, aber ordentlichen Sex miteinander gehabt. Danach war er neben ihr eingeduselt.

Sie bedeutet ihm nichts, aber dass sie hier und jetzt in seiner Suite sterben könnte, das kann er nicht zulassen. Zumal die sehr große, dunkle Gestalt, die ihre Waffe nun auf ihn richtet, etwas von *ihm* will, womit die Frau nichts zu tun hat. Trotz oder vielleicht auch gerade wegen des Koks in seinem Kopf, ist er sehr klar und fokussiert. Es ist bereits hell draußen und ihm ist klar, dass er so schnell wie möglich hier verschwinden muss.

Vorsichtig tastet er mit der linken Hand unter das Kopfkissen. Blitzschnell greift er nach dem Kästchen, drückt den Knopf, stürzt sich auf den Mann und verpasst ihm einen Kinnhaken, der leider nicht viel ausrichtet. Das irre Entsetzen, das sich in den Augen des Angreifers spiegelt, lässt ihn jedoch taumeln. Er stammelt und versucht, Worte zu bilden, dann deutet er mit der Hand auf die Frau, bevor ein Tritt in den Magen den Kerl in die Knie zwingt. Joe entwindet ihm die Pistole und wirft sie durch die Fensterscheibe, die mit einem hohen Klirren in tausend Stücke zerfällt.

Dann blickt er sich zu der Frau um und stellt erleichtert fest, dass sie völlig unversehrt auf seinem Bett sitzt. Während er eilig in seine Hose schlüpft, Hemd und Sakko überstreift und seine Schuhe sucht, wirft er ihr einen freundlichen Blick zu.

„Mach, dass du verschwindest, er ist sicher nicht allein gekommen", ruft er ihr zu, die ihn entsetzt anstarrt. Während er schnell in seine Schuhe schlüpft, spricht er weiter. „Nur gut, dass dir nichts passiert ist."

Im selben Augenblick sind schwere Schritte aus dem Flur vor dem Zimmer zu hören. Zugleich beginnt der Angreifer, sich unkoordiniert zu bewegen und langsam aufzurappeln.

‚Vielleicht war es doch keine so gute Idee, die Waffe aus dem Fenster zu werfen', denkt er noch, als er den Balkon erreicht und sich in die Tiefe stürzt.

Die ist zum Glück nicht ganz so tief, da sich die Suite im ersten Stockwerk des Luxushotels befindet, und er auf der Pergola vor dem Eingangsportal landet.

Während er von dieser sicher und unverletzt auf den Gehweg gleitet, sieht er noch, wie zwei Gestalten die Köpfe aus dem Fenster seiner Suite recken und ihn auch sogleich entdecken. Da sie sicher sofort die Verfolgung aufnehmen werden, und er keine weiteren Schüsse hört, ist er zuversichtlich, dass das Mädel nicht mehr in Gefahr ist.

Joe jedoch umso mehr, zumal gerade zwei weitere finstere Gestalten, den gegenüber geparkten Wagen verlassen und sich zielgerichtet auf ihn zu bewegen. Da nun auch die anderen beiden das Hotel durch das Hauptportal verlassen, bleibt ihm nur eine Richtung, in die er fliehen kann. Als er die kurze schmale Gasse neben dem Hotel durchquert, begegnet er einigen seltsam verkleideten Menschen, über die er sich wundert. Zwar weiß er, dass gerade Karneval ist, er hatte jedoch nicht gedacht, dass es auch hoch im Norden diese Verrückten gibt. Er läuft direkt auf den Fluss zu, der eine Barriere bildet, zumal zwei weitere Verfolger dort auf ihn warten.

‚Don John scheint es diesmal wirklich ernst zu meinen, wenn er solch einen Aufwand betreibt‘, denkt er, als er kurzerhand einen Haken schlägt, nach links ausweicht und am Ufer entlang Richtung Süden läuft.

Ihm ist bewusst, dass sie nicht schießen, sondern versuchen werden, ihn unversehrt einzufangen. Sie wollen keinen Krieg, sondern nur etwas sehr Kleines, das ihm wichtig ist. Und er muss es schnell irgendwie loswerden.

Auch Wochen danach ärgert er sich immer noch schwarz über seine eigene Dummheit, durch die er sich das alles eingebrockt hat. Dabei war alles fantastisch gelaufen. Zwischen den Jahren hatten sie noch drei Juweliere in der Nachbarstadt überfallen und dann hatte der Boss zur großen Sylvester-Sause eingeladen. In einen piekfeinen Schuppen.

Dort hatten sie fein gegessen, gut getrunken und euphorisch das neue Jahr begrüßt. Danach wurde getanzt, gefeiert und gesoffen, als gäbe es kein Morgen. Als der dann doch bereits graute, waren sie nur noch ein harter Kern von einem halben Dutzend Kumpels, die alle kaum mehr aus ihren Augen gucken, geschweige denn noch stehen konnten.

Don John war auch mit dabei und hatte sich offenbar etwas zurückgehalten, wie Joe aber erst viel später verstanden hatte. In seiner bekannten leicht aggressiven Art begann er irgendwann damit, Joe zu provozieren. Lautstark bezweifelte er Joes Fähigkeiten und behauptete, dass dieser einfach nur Glück hätte, und überhaupt sei Joe ein Blender, der dem Boss in den Arsch kriechen würde.

Obwohl er sich alle Mühe gab, nicht hinzuhören wurde Joe mehr und mehr wütend. Wegen seines benebelten Kopfes fiel es ihm schwer, dagegen zu halten, was Don John eher noch anstachelte.

Und tatsächlich ließ sich Joe von ihm so weit provozieren, dass er irgendwann das Kästchen aus seiner Hosentasche nahm und es Don John reichte. Dann warf er ein Bierglas zu Boden, das in tausend Scherben zersprang. Er forderte Don John auf, den Knopf zu drücken, was dieser sogleich tat.

Seitdem kannte Don John sein Geheimnis und hatte unterdes allerlei versucht, um an das Kästchen zu kommen. Zu spät hatte Joe verstanden, dass Don John das alles geplant hatte und deshalb als Einziger halbwegs nüchtern gewesen war. Zu Joes Glück war Don John jedoch dermaßen perplex gewesen, als das Bierglas gänzlich unversehrt wieder vor ihm stand, dass er Joe das Kästchen ohne Zögern zurückgegeben hatte, anstatt es einfach zu behalten.

Inzwischen hat Joe keine Idee mehr, wo er sich hier befindet und wohin er laufen soll. Nicht weit entfernt entdeckt er einen, von Geschäften umgebenen Platz und dahinter den Eingang zu einem kleinen Park. Bevor er diesen betritt, streckt er beide Arme in die Höhe, dreht sich einmal um sich selbst und winkt in alle Richtungen.

Kurz darauf ist die Verfolgungsjagd dann schon vorbei. Gerade als er den winzigen Spielplatz, auf dem er gerade kurz verharrt und Luft geholt hat, verlässt, kommen sie von drei Seiten auf ihn zu.

Er keucht und hebt die Arme. Schnell haben sie ihn erreicht und zu Boden geworfen. Vier grobe Hände zerren an ihm und durchsuchen ihn fachmännisch.

„Nichts", zischt einer der beiden frustriert.

„Wir nehmen ihn mit", antwortet einer der anderen.

So hat er sich seinen Ausflug nach Hamburg nicht vorgestellt und ihm ist klar, dass nun eine harte Zeit für ihn beginnt.

KAPITEL 21

Das Wesen der Kunst

Das beginnende Jahr bis Karneval

Das neue Jahr beginnt in derselben Tristesse, wie das alte Jahr endete. Die große Silvesterparty in Georgs Reifenwerkstatt hatte Eddie um zehn nach zwölf verlassen und sich dann in sein Bett verkrochen. Dann zog die große Kältewelle über das Land und schließlich streikten wieder einmal die Lokführer und legten den Verkehr für eine Woche lahm.

Eddie stört das nicht, da er sowieso nicht vorhat, zu verreisen. Eigentlich möchte er nie wieder verreisen und sich stattdessen lieber zu Hause einigeln und sich seiner Betrübnis hingeben.

Nachdem Milena ihn an Heiligabend verlassen hatte, war er in einer tiefen Schwermut versunken. Nach einiger Zeit wurde diese abgelöst von einer manischen Besessenheit, das Kästchen wieder zu bekommen. Tief in seinem Inneren war er davon überzeugt, dass alles wieder gut würde, sobald er es wiedergefunden hätte. Jedoch hatte er nicht den geringsten Anhaltspunkt für seine Suche. So wusste er noch nicht einmal, ob ihm das Kästchen gestohlen worden war oder er es einfach nur verloren hatte. Beides schien ihm gleichermaßen unwahrscheinlich, dennoch gab es wohl keine andere Möglichkeit.

In dieser Zeit kümmerten sich Valli und Elli liebevoll um ihn. Sie nahmen ihn mit zu Partys, ins Kino, ins Museum und in die Oper, was ihn jedoch alles nur langweilte. Einmal stellte Valli ihm sogar zwei Frauen aus ihrer Lerngruppe an der Uni vor, die Eddie unter normalen Umständen, sofort gedatet hätte, aber leider waren die Umstände keineswegs normal.

Irgendwann wurde es Valli zu viel und ihr platzte der Kragen. „Jetzt habe ich aber endgültig den Kaffee auf", schimpfte sie mit ihm, nachdem sie gemeinsam einen angesagten Film im Kino geschaut, und Eddie in einem fort gegähnt hatte. „Du verhältst dich, wie ein Junkie auf kaltem Entzug!"

So ähnlich empfand Eddie tatsächlich. „Gerade jetzt fühle ich mich wie eine Flipperkugel, die zwischen zwei Slingshots immerfort hin und her geschleudert wird, ohne eine Chance, dem sinnlosen Spiel zu entrinnen!", jammerte er.

„Unfug!", platzte es aus ihr heraus. „Du bist kein Opfer; höchstens eines deiner eigenen kognitiven Einschränkungen."

Eddie zuckte mit den Schultern und zeigte ein missmutiges Gesicht und wollte etwas erwidern, aber Valli kam ihm zuvor.

„Du allein entscheidest über dein Leben und darüber, wer oder was Macht über dich hat. Und auch wenn du dir einbildest, ohne das Kästchen nicht leben zu können, so ist es einzig und allein deine Entscheidung, dem Ding irgendeine Macht zuzuschreiben", erklärte Valli streng.

In gewisser Weise klingt das plausibel. Vielleicht hat Valli ja recht und es ist wirklich nicht mehr als eine Entscheidung, das Kästchen einfach gehen zu lassen. Rückblickend betrachtet war dies der Wendepunkt. Tatsächlich gelang es ihm nach und nach, sein Koordinatensystem neu auszurichten und sich in einem Leben ohne das Kästchen einzurichten.

Zu seinem Glück übersteht er die Probezeit am Theater. Er stürzt sich in die Arbeit, trifft seine Freunde wieder regelmäßig, trainiert am Flipper, liest in neuen Büchern, hört Musik und findet fast wieder in sein altes Leben zurück.

Nur das Loft kann er ohne seine Sondereinnahmen nicht mehr länger finanzieren. Allerdings ist es gänzlich unmöglich, in der Stadt eine bezahlbare Wohnung zu finden. Aber auch dafür zeichnet sich eine Lösung ab, denn Valli plant, demnächst zu Elli zu ziehen, und dann könnte Eddie im Sommer ihr WG-Zimmer übernehmen.

Von Milena hat er nicht wieder gehört. Einmal war er noch am Buchladen vorbeigekommen, hatte kurz gezögert und war dann weitergegangen. Anfang des Jahres hatte er ein Paket von ihr erhalten. Darin befanden ein paar seiner Sachen, die noch in ihrer Wohnung gewesen waren. Sonst fand sich nix in dem Karton, nicht einmal eine Karte oder irgendwas sonst.

Gerade ist Eddie auf dem Weg zum *Gontscharow*, wo er mit seinen Kumpels verabredet ist. Obwohl erst Februar ist die Luft bereits angenehm lau und es liegt ein Hauch von Frühling in der Luft. Auf dem Weg wundert Eddie sich über ein paar versprengte Jecken in komischen Kostümen, bis ihm einfällt, dass gestern Weiberfastnacht war, was hier in der Gegend jedoch weitgehend ignoriert wird, was Eddie wiederum sehr recht ist.

Nachdem er die steile Stiege hinaufgeklettert ist, tritt er durch die Tür in die angesagte Studentenkneipe, in der er seit seiner Jugend regelmäßig seine Freunde trifft. Der schlauchartige Raum mit der langen Fensterfront ist gut gefüllt, und *Lou Reed* begrüßt ihn mit der Aufforderung, mal wieder einen Spaziergang auf der wilden Seite von was auch immer zu machen. Eddie nimmt sich vor, dem bald nachzukommen, aber jetzt ist er erstmal hier in seinem zweiten Wohnzimmer.

Valli hatte hier mal für kurze Zeit gekellnert, es aber schnell wieder aufgegeben, weil der Wirt darauf bestanden hatte, dass seine Kellnerinnen stets einen Pferdeschwanz und einen kurzen bunten Rock bei der Arbeit trugen. ,Das gehöre zur *Corporate Identity* des *Gontscharow*, wie er ihr erklärte, ,genauso wie die Musik, die ausnahmslos aus den Siebzigern sein müsse.' Beides hatte Valli nicht überzeugt.

In der hinteren Ecke auf einer Bank entdeckt Eddie seine Leute, die ihm lässig zuwinken und alle eins weiter rücken, um Platz für ihn zu machen. Georg und Kalle sitzen, wie immer, nebeneinander und sind auch gerade eben erst angekommen, wie Kalle erklärt. Max sitzt auf dem Stuhl gegenüber, scheint bester Dinge und winkt die Kellnerin herbei, um vier Bier zu ordern.

„Und? Alles im Lack?", fragt Max in die Runde, als die junge Frau wieder verschwunden ist.

Vollkommen synchron, als hätten sie das lange geübt, schütteln sie ihre Köpfe. „Im Lack schon, aber der Glanz fehlt!"

„Was ist los Männer?", hakt Max nach.

Eddie öffnet den Mund, aber Max kommt ihm zuvor: „Ist schon klar, Eddie, ist wegen Milena und so, wissen wir."

Dann schaut er zu Georg. „Ich bin völlig frustriert! Seit der Vernissage im Sommer habe ich genau 0, in Worten null, Bilder oder Plastiken verkauft. Alle finden alles immer ganz toll und tun interessiert, aber wenn es dann ans Kaufen geht …"

„Schade, aber wenigstens die Reifensache läuft doch gut, oder?", unterbricht Max ihn.

„Zu gut! Die Leute rennen mir die Bude ein und ich verdiene einen Haufen Kohle. Aber es ist auch echt viel zu tun, so dass ich zu nichts anderem mehr komme", lamentiert Georg weiter vor sich hin. „Und wegen dieses krassen Missverhältnisses kann ich die Frage nicht weiter ignorieren, ob sich das mit der Kunst überhaupt noch irgendwie lohnt."

„Kunst muss sich nicht lohnen, in keiner Weise", erklärt Kalle. „Das ist dieser Effizienz-Optimierungs-Unfug, den uns die Betriebswirte dieser Welt einreden wollen. Für die muss alles in ein Preis-Leistungsverhältnis gesetzt werden. Bei uns im Krankenhaus haben die längst die Macht übernommen!"

Eddie hebt die Hand, als wolle er sich zu Wort melden. „*Steven Wilson* meinte kürzlich in einem Interview, es braucht keine neuen Songs. Es gibt bereits hinreichend viele davon, und die Welt wartet nicht auf dein neues Lied."

„Das klingt ein wenig traurig", unterbricht.

„Nein, denn er erklärte weiter, sinngemäß: Das ist aber auch egal, denn dein Song steht ganz für sich, braucht keinen *Wert*, ist ganz deiner, will einfach aus dir heraus", führt Eddie aus.

„Das gilt übrigens ganz genauso für den Roman, in dem wir hier mitspielen", sagt irgendwer.

„Und ebenso für Georgs Kunst", ergänzt Kalle.

„Kunst gibt es schon sehr viel länger als die Jünger der Betriebswirtschaftsleere. Die Menschen, die damals in den Höhlen die Wände bemalt haben, fragten nicht danach, ob sich das verkaufen lässt oder den Wert der Höhle steigert", beendet Eddie seine Argumentation, denn gerade bringt die Kellnerin mit dem Pferdeschwanz und dem kurzen roten Rock unter der Schürze, vier Biere vorbei.

Nachdem alle miteinander angestoßen haben, fragt Max: „Und was ist mit dir, Kalle? Wo fehlt es?"

Kalle zuckt mit den Schultern, bevor er antwortet: „Zu viel Stress auf der Arbeit, ständiger Bereitschaftsdienst, dazu die Doktorarbeit, mit der ich nicht vorankomme. Und darüber verpasse ich mein Leben, allem voran mein Liebesleben."

„Aber du hast doch Zugang zu all den jungen hübschen Krankenschwestern, die den Herrn Arzt in einem fort anhimmeln", entgegnet Max.

„Klar, so das Klischee. Stimmt aber nicht, denn die arbeiten sich alle ebenfalls fast zu Tode. Für Flirtereien wie in der Schwarzwaldklinik, oder wie die Arztserien heute so heißen, bleibt uns schlicht keine Zeit", widerspricht Kalle.

„Oh, mein Guter, das klingt nicht gut", resümiert Max.

„Where have all the good times gone?", murmelt Eddie.

„Fragt wer?", entgegnet Max mit einem Grinsen.

„Na ich! Und *Ray Davies*", antwortet Eddie.

„Ray wer?", fragt Georg, aber Eddie zuckt nur mit den Schultern. „Ist auch egal!"

„Na, so weit weg können die guten Zeiten nicht sein. Denn neulich waren sie noch da", behauptet Max.

Die anderen schauen ihn fragend an, woraufhin Max sein Handy hervorholt, kurz darauf herumtippt und es den anderen vor die Nase hält. „Das war letzten Herbst, also kein halbes Jahr her."

Das Foto zeigt sie alle und auch die Frauen bei der Feier nach einem der letzten Flipperturniere, dass sie souverän gewonnen hatten. Die Stimmung war entsprechend ausgelassen, was auf dem Foto deutlich zum Ausdruck kommt.

Eddie nimmt das Handy und schaut sich das Bild genauer an. Als er Milena darauf entdeckt, wird ihm ein Stück weit wehmütig zu Mute. Aber nur kurz, denn plötzlich fällt ihm etwas auf, das seine ganze Aufmerksamkeit auf sich zieht.

Im Hintergrund sind noch weitere Personen zu sehen, die allesamt mit dem Turnier zu tun haben. Aber eines der Gesichter gehört nicht hier hin, ist Eddie sich sicher. Es ist sehr klein und kaum erkennbar, aber irgendwie kommt es ihm bekannt vor. Ihm fällt nur nicht ein, woher.

Plötzlich ist er ganz aufgeregt und fragt, ob Max noch weitere Fotos von diesem Tag hat. Dieser nickt und deutet auf das Handy. „Schau mal selbst, es müssten einige sein."

Während Eddie durch die Bildergalerie scrollt, schauen die anderen ihn besorgt an, denn sie haben längst bemerkt, dass in Eddie etwas vor sich geht. Max schaut ihm über die Schulter, scheint aber nicht zu verstehen, was vor sich geht, denn er blickt zu den anderen und zieht die Schultern nach oben.

Eddie hingegen ist nun ganz fokussiert auf der Suche nach dem Gesicht, das er tatsächlich auf einem weiteren Foto entdeckt. Einer Intuition folgend scrollt er durch die anderen Galerien von späteren Ereignissen. Plötzlich hält er inne und bemerkt, wie sein Herz schneller zu schlagen und der Boden unter ihm zu schwanken beginnt. Tatsächlich entdeckt er das Gesicht auf zwei weiteren Fotos bei einem anderen Anlass.

Er schaut auf und sieht die besorgten Gesichter seiner Freunde. Dann hält er ihnen das Handy hin und fragt: „Kennt jemand diesen Mann?"

Nachdem sich die anderen dieses und noch weitere Fotos angeschaut haben, schütteln sie synchron die Köpfe.

„Der Typ war zweimal dabei und irgendwo im Hintergrund zu sehen", erklärt Eddie. „Das kann kein Zufall sein."

Kurzerhand holen Georg und Kalle ebenfalls ihre Handys hervor und schauen nach Fotos aus jener Zeit. Wenig später ruft Kalle: „Ich hab' ihn auch hier".

Eddie starrt auf das Foto und plötzlich macht es Klick in seinem Kopf und er glaubt, zu wissen, woher er das Gesicht kennt. „Ich glaube, das ist der Typ..., der den Fluchtwagen ... gefahren hat ..., damals bei der Schießerei in Georgs Hinterhof", stottert er vor sich hin.

Max schüttelt den Kopf. „Warum sollte der uns verfolgen?"

„Vielleicht planen sie einen Raubüberfall auf Georgs Werkstatt", spekuliert Kalle.

Das glaubt Eddie eher nicht, denn er ist überzeugt, dass der Typ es auf ihn, und nur auf ihn, abgesehen hat. Er weiß nicht, wie das alles zusammenhängt, aber er hegt einen diffusen Verdacht, den er noch nicht in Worte fassen kann. Eddie bittet die anderen, ihm alle Fotos zu schicken, die sie auf ihren Handys haben, zumindest jene seit dem Überfall. Die anderen verstehen nicht recht, versprechen es aber.

Eddie ist zu aufgeregt, um weiter mit den anderen zu plaudern, daher erhebt er sich von der Bank. „Sorry Leute, ich muss los und der Sache auf den Grund gehen", erklärt er und verabschiedet sich.

KAPITEL 22

Auf der Spur

Fastenzeit

Nach einer unruhigen Nacht, in der er sich in einem fort hin und her gewälzt hat, sitzt Eddie vor seinem Computer und durchsucht die Fotos, die er gesammelt hat. Am Abend hatte er noch Valli, Elli und auch Elsa kontaktiert und sie gebeten, ihm ihre Fotos zu schicken. Nur Valli hatte er in kurzen Worten von seiner Entdeckung berichtet. Sie hatte etwas reserviert reagiert, war seiner Bitte aber dennoch nachgekommen, wie die anderen auch.

Nun arbeitet er sich durch fast eintausend Fotos aus der Zeit seit dem Raubüberfall. Inzwischen nicht mehr überrascht, findet er schnell zwölf weitere Fotos von dem Typen. Hatte er gestern noch Zweifel, so ist er sich inzwischen sicher, dass dies der Gauner aus der Gasse ist und dieser ihn über Wochen systematisch beschattet hat. Interessanterweise taucht sein Gesicht ab einem bestimmten Datum nicht wieder auf.

Das letzte Foto mit ihm datiert drei Tage vor dem Tag, an dem Eddie das Kästchen abhandengekommen ist. Zwar versteht er den Zusammenhang nicht, aber dennoch ist er überzeugt davon, dass der Gangster etwas mit dem Verschwinden des Kästchens zu tun hat.

Jetzt muss er ihn nur noch finden und … na ja, und was dann? Eddie könnte das Kästchen zurückfordern, denn schließlich gehört es ihm, er hat es ja gekauft. Allerdings ist es offenbar naiv, zu glauben, der Kleinkriminelle würde es ihm einfach so zurückgeben und sich vielleicht noch entschuldigen. Aber darüber kann Eddie sich Gedanken machen, wenn er ihn ausfindig gemacht hat.

Aber wie soll das gehen? Bislang hat er nur ein paar Fotos, von denen er gerade drei vergrößert und ausgedruckt hat.

Eddie bemerkt, wie sein Magen knurrt, und die Uhr bestätigt, dass es bereits Mittag ist. Also beschließt er, die Dinge erst einmal ruhen zu lassen und ein spätes Frühstück zu sich zu nehmen. Danach muss er sowieso ins Theater.

Am Abend sitzt er in der Technik-Loge des kleinen Theatersaals und beobachtet die Aufführung, bei der er die Assistenz der Regie übernommen hat. Genau genommen gehört das nicht zu seinem Aufgabengebiet, aber als der zuständige Kollege kurzfristig erkrankte, hatte Eddie die Chance ergriffen.

Eigentlich müsste er sich Notizen machen und die kleinen Fehler der Schauspielenden dokumentieren, aber gerade bemerkt er, dass der Zettel vor ihm, noch gänzlich leer ist. Offenkundig ist er nicht ganz bei der Sache, kreisen seine Gedanken doch um die Spur, die sich ihm gestern offenbart hat.

Er ruft sich innerlich zur Ordnung und macht doch noch ein paar unmotivierte Notizen. Zudem versucht er, sich besser auf das Stück zu konzentrieren. Das gelingt ihm dann auch, zumindest bis zu dem Moment, als ein Polizist in einer seltsamen Uniform die Bühne betritt. Das ist nicht ungewöhnlich und durchaus so geplant, für Eddie jedoch, ist es der Impuls, der ihn auf eine Idee bringt.

Am übernächsten Morgen macht er sich schon früh auf den Weg zum hiesigen Polizeipräsidium. Tags zuvor hatte er diverse Anrufe getätigt, bis er die richtige Person ausfindig gemacht hatte. In dem Augenblick, als der gespielte Polizist auf der Bühne erschienen war, wurde spontan eine verschüttete Erinnerung in den Untiefen von Eddies Gehirn freigelegt.

Es war die Erinnerung an seinen alten Schulkollegen Polly, mit dem er damals lose befreundet gewesen war, den er jedoch irgendwann aus den Augen verloren hatte. Er hieß eigentlich Dirk, wurde aber, wegen seines Faibles für die Polizei, von allen nur Polly genannt. Und tatsächlich war er nach dem Abitur zur Kripo gegangen.

Als sie gestern zum ersten Mal seit vielen Jahren miteinander sprachen, reagierte Polly etwas reserviert. Dennoch erklärte er sich bereit, Eddie zu treffen.

Und nun sitzen sie sich in Pollys Büro gegenüber und Eddie erklärt sein Anliegen. Polly runzelt die Stirn. „Und du meinst, der Typ auf dem Foto hat etwas mit dem Raubüberfall auf den Juwelier zu tun, bei dem es diese Schießerei gab?"

Eddie nickt. „Ich bin mir sicher, dass er der Fahrer des Fluchtwagens ist."

„Und was interessiert *dich* an der Sache?", hakt Polly nach.

„Na, immerhin bin ich damals schwer verletzt worden und fast wäre ich daran gestorben", lügt Eddie.

Polly nickt, greift nach den Fotos und schaut sie genau an.

„In der Datei, die ich dir geschickt habe, gibt es noch weitere davon", erklärt Eddie.

Polly wendet sich dem großen, etwas altertümlichen Bildschirm auf seinem Schreibtisch zu. Kurz darauf nickt er und verkündet: „Wir haben einen Treffer!"

Er dreht den Bildschirm nach vorn, so dass Eddie ihn auch sehen kann. „Dein Kollege ist Josef K., Jahrgang 74 und wegen kleinerer Delikte zur Fahndung ausgeschrieben und flüchtig, wie es im Polizei-Deutsch heißt. Dass er den Fluchtwagen gefahren haben soll, passt ins Profil", erklärt Polly.

„Prima, dann könnt ihr ihn jetzt verhaften", freut sich Eddie.

Polly schüttelt den Kopf. „Wir wissen nicht, wo er sich aufhält. Zudem handelt es sich bei ihm um einen kleinen Fisch, und die Fahndung wird nicht gerade mit Nachdruck betrieben, wenn du verstehst, was ich meine."

Das tut Eddie nicht. Offenbar ist ihm die Enttäuschung deutlich anzusehen, denn Polly erklärt ihm: „Personalmangel! Wir können uns eben nicht um alles kümmern."

„Soll das heißen, er läuft weiter da draußen rum, bis ... na ja bis was eigentlich?", fragt Eddie genervt.

„Zum Beispiel bis wir neue Hinweise auf weitere Verbrechen oder seinen Aufenthaltsort bekommen", erläutert Polly.

Eddie sieht ein, dass das hier nichts bringt. Er bedankt und verabschiedet sich. Bereits an der Tür kommt ihm eine Idee.

„Hast du irgendwelche Informationen über ihn?"

„Hier in den Akten habe ich lediglich eine alte Adresse, bei der er aber nicht mehr gemeldet ist", verrät Polly. „Die darf ich natürlich nicht herausgeben."

Dann zeigt er ein Grinsen. „Ich weiß zwar nicht, was da wirklich läuft, zwischen euch beiden, aber ich sehe, dass es dir wichtig ist. Deshalb gehe ich jetzt mal eine rauchen und wenn ich wiederkomme, dann bist du hier verschwunden, okay?"

Dann haut er ihm auf die Schulter und lässt Eddie in seinem Büro zurück.

Als Eddie kurz darauf das Polizeipräsidium verlässt, hat er einen Namen und eine Adresse, die nicht mehr stimmt. Das ist nicht viel, aber deutlich mehr, als was er noch vor zwei Tagen wusste. Er geht ein paar Schritte in Richtung Innenstadt, dann holt er sein Handy hervor, gibt die Adresse ein und weiß nun, wo er hin muss. An der Haltestelle angekommen, fährt gerade die Straßenbahn vor.

Eine halbe Stunde später steht er vor dem, etwas heruntergekommenen vierstöckigen Haus aus der Gründerzeit. Die Wand ist beschmiert, und ein marodes Holztor führt in eine Einfahrt, in der sich der Hauseingang befindet. Eddie prüft die Klingelschilder, auf denen natürlich kein Josef K. zu finden ist.

Gerade als er eine beliebige Klingel drücken möchte, öffnet sich die Tür von innen und ein älterer Mann, in einer abgewetzten Jogginghose und einer Mülltüte in der Hand, stolpert direkt auf ihn zu. Bevor der Typ zu schimpfen beginnt, was er zweifelsfrei vorhat, entschuldigt Eddie sich in aller Form und zeigt ein einnehmendes Lächeln. Der Mann mustert ihn von oben bis unten, schüttelt den Kopf und murmelt etwas Despektierliches, was Eddie überhört.

Stattdessen erklärt er ihm sein Anliegen. Er erzählt, dass er ein Cousin von Josef K. ist, lange im Ausland gelebt hat und nun auf der Suche nach seinem einzigen Verwandten in Deutschland ist.

Der verhinderte Sportler gibt nicht zu erkennen, ob er Eddie die Story glaubt, und er scheint nicht gewillt zu helfen, denn er schüttelt wortlos den Kopf und trägt den Müllbeutel zu den Mülltonnen im Hof.

Als er zurückschlurft steht Eddie immer noch vor der Tür.

„Kennen Sie ihn?", fragt er, ohne den Weg freizumachen.

Der Typ nickt. „Klar, hat vor Jahren hier gewohnt, aber dann hat er sich was Besseres gesucht. War ihm alles zu prollig hier, wie er mal sagte, der feine Herr."

„Und Sie haben keine Idee, wo ich ihn finden kann?", hakt Eddie höflich nach.

„Seine neue Adresse hat er nicht hinterlassen, so dicke waren wir beide nicht miteinander."

Eddie macht den Weg frei und der Typ stößt die Tür auf. Als er fast dahinter verschwunden ist, dreht er sich noch einmal um. „Samstags hing er früher oft bei den barmherzigen Schwestern in Stahlhausen rum. Es würde mich wundern, wenn er seine Gewohnheiten geändert hätte", erklärt der freundliche Ex-Nachbar mit einem schmutzigen Grinsen.

Es braucht einen Moment, bis Eddie versteht, dass er nicht die Nonnen des St. Antonius Stifts gemeint hat. Nun hat er einen Namen und einen Einblick in das Freizeitverhalten des Gauners. Das ist immer noch nicht viel, aber immerhin ein Ansatz, auf dem sich aufbauen lässt.

Der Rest der Woche bis zum Wochenende zieht sich gefühlt in die Länge. Eddie ist ungeduldig, seine Suche endlich fortzusetzen, aber außer dem Tipp des Nachbarn hat er keine weiteren Anhaltspunkte gefunden.

Endlich ist es soweit und Eddie macht sich am Samstagnachmittag auf den kurzen Weg zur Gussstahlstraße, dem St. Pauli der Provinz, wie manche sagen. Um nicht allzu sehr aufzufallen, hat er sich unauffällig gekleidet, einen Trenchcoat übergezogen und den Kragen hochgeklappt.

Nachdem er dreimal die kurze Straße mit den Schaufenstern entlang gelaufen ist, fällt er den Damen auf, die ihm sogleich freundlich ihre Angebote unterbreiten.

Eddie winkt ab, woraufhin sie ihm unfreundliche Beschimpfungen hinterherrufen. Um nicht noch mehr Aufsehen zu erregen, kauft er eine Flasche Bier an der Bude und stellt sich in einen Hauseingang, von wo er die Straße gut im Blick hat.

Aber er hat Pech. Auch am späten Abend, als er seine Füße vor Kälte fast nicht mehr spürt, ist dieser Josef immer noch nicht aufgetaucht, und Eddie gibt die Sache frustriert auf. Dennoch wiederholt er das Prozedere am folgenden Tag erneut, aber auch am Sonntag hat Eddie kein Glück. Er überlegt, ob er das Foto einigen der Damen zeigen und nach dem Typen fragen sollte. Aber wenn es stimmt, dass Josef hier seit Jahren Stammgast ist, dann wüsste dieser wohl eher von Eddie als umgekehrt.

Am folgenden Samstag macht er sich erneut auf den Weg. Mit dicken Socken und einer Thermoskanne in seinem Rucksack, bezieht er wieder Position in dem Hauseingang.

Und diesmal ist ihm das Glück hold. Zwar wartet er volle drei Stunden und überlegt gerade, die Aktion abzubrechen, aber dann passiert es. Schon von weitem erkennt er den breitschultrigen großen Mann, der eher wie ein Boxer wirkt und gerade die Gasse entlang schlendert. Dabei grüßt er freundlich in alle Richtungen und hält auch mal einen kurzen Plausch mit einer der Ladys. Schließlich verschwindet er in einem der Häuser, das er nach einer dreiviertel Stunde wieder verlässt.

Eddie setzt sich in Bewegung und folgt ihm möglichst unauffällig. Leider hat er überhaupt keine Erfahrung mit solcher Art klandestiner Verfolgungen. So weiß er nicht, wie viel Abstand wohl optimal ist, um nicht entdeckt zu werden, den Verfolgten jedoch auch nicht aus den Augen zu verlieren. Aber auch das ist nicht wirklich ein Problem, denn dieser Josef verschwindet einfach in einer Kneipe namens *Siechen Bräu* am Ende der Gasse.

Und wieder heißt es warten. Zum Glück ist noch etwas Tee in der Thermoskanne und heute auch nicht so kalt wie am letzten Wochenende. Nach gut einer Stunde verlässt

Josef die Kneipe und schlendert Richtung Norden. Eddie folgt ihm und nach zwanzig Minuten Fußweg scheint er endlich am Ziel.

Josef verschwindet in einem Hauseingang, und kurz darauf werden die Fenster auf der rechten Seite im vierten Stock des modernen Mietshauses erleuchtet.

Beschwingt und ein klein wenig euphorisch macht sich Eddie auf den Heimweg. Nun hat er einen Namen und eine aktuelle Adresse. Das ist immer noch nicht viel, aber immerhin deutlich mehr als zu Beginn dieses Kapitels.

Und zum ersten Mal, seit er das Kästchen verloren hat, schöpft Eddie einen Hauch von Zuversicht, es vielleicht zurück und sein Leben wieder in den Griff zu bekommen.

KAPITEL 23

Hoffnungserwachen

Die Zeit nach Ostern

In den folgenden Tagen beschattet Eddie diesen Josef und bekommt langsam einen Eindruck von dessen Tagesabläufen. Am Theater hat er sich krankgemeldet, um Zeit für die Observation zu haben.

Am Montag verlässt Josef seine Wohnung nicht und Eddie bricht die Observation am frühen Abend ab. Dienstag beobachtet er Josef, wie er am späten Vormittag mit einem Koffer in der Hand zum Hauptbahnhof fährt. Erst am Freitag taucht er wieder auf.

Am Abend lässt Josef es richtig krachen und es beginnt eine Odyssee durch das Nachtleben der Stadt. Josef verschwindet in diversen Kneipen, trifft Leute und torkelt schließlich ziemlich angeschossen nach Hause. Eddie hat den Eindruck, dass es diesem Josef nicht gut geht. Er wirkt ziellos, bedrückt und in gewisser Weise verloren. Auf seltsame Weise erinnert er ihn an sich selbst und seine aktuelle Situation.

Eddie fällt zudem auf, dass nichts darauf hindeutet, dass er das Kästchen im Alltag bei sich hat. Fast nie tastet er in eine seiner Hosentaschen oder macht sonst irgendwelche seltsamen Verrenkungen. Auch beobachtet Eddie immer wieder Situationen, wo er an Josefs Stelle das Kästchen einsetzen würde, etwa als ein vorbeifahrendes Auto durch eine Pfütze fährt und Josefs Mantel danach von braunen Schmutzflecken übersäht ist. Oder als er in Streit mit einem seiner Kumpels gerät, der fast in eine Schlägerei mündet.

Mitunter befällt ihn der Verdacht, dass Josef das Kästchen vielleicht gar nicht hat. Oder er hat die Wirkungsweise nicht verstanden, und es liegt unbeachtet irgendwo in seiner Wohnung. Oder Eddie ist völlig auf dem Holzweg und der Kleinkriminelle hat gar nichts mit dem Verschwinden des Kästchens zu tun. Falls doch, hat Eddie noch immer keine Idee, wie er konkret an das Kästchen herankommen könnte.

Am Samstag verlässt Josef am späteren Abend seine Wohnung und schlendert wieder Richtung Innenstadt, passiert diese jedoch und biegt in Richtung Rotlichtviertel ab. Eddie beendet die Verfolgung und macht sich schnellen Schrittes auf den Weg zurück zu Josefs Haus.

Er drückt auf die oberste Klingel und kurz darauf erklingt ein Surren, die Tür lässt sich öffnen und das Flurlicht geht an. Er wartet ein paar Minuten und schleicht dann die Treppen hinauf zu Josefs Wohnung im vierten Stock. Draußen ist es dunkel, das Flurlicht bereits wieder erloschen und aus der Nachbarwohnung dringen weder Licht noch Geräusche.

Somit ist Eddie ungestört und sollte es für die nächste Zeit auch bleiben, solange Josef sich im Bordell und danach, wie üblich, in der Kneipe rumtreibt. Leider nützt ihm das nicht wirklich etwas, denn zwischen der Wohnung und ihm gibt es noch die Tür. Die sieht zwar nicht sehr stabil aus und würde einem Sondereinsatzkommando sicher nur kurz standhalten, aber ein solches hat er gerade nicht zur Verfügung, von dem Lärm, den die machen würden, einmal abgesehen.

Kurzerhand zieht Eddie seine Kreditkarte aus der Tasche und versucht, sie durch den Türschlitz zu ziehen. Die ersten Versuche scheitern, und die nächsten auch. In den Filmen klappt das eigentlich immer, aber Eddie ist einfach von jedem Anflug von Glück verlassen, glaubt er zumindest. Er wird wütend und bemerkt, wie ihm das Blut ins Gesicht steigt, als die Karte in zwei Teile zerbricht. Er stößt einen leisen Fluch aus und setzt sich frustriert auf den Treppenabsatz.

Als er sich ein wenig beruhigt hat, kommt ihm eine Erinnerung in den Sinn. Als Einzelkind mit arbeitenden Eltern hatte er schon sehr früh einen eigenen Wohnungsschlüssel. Da er aber auch in jungen Jahren schon schusselig war, verlor er diesen immer wieder einmal. Irgendwann hatte seine Mutter einen Workaround für solche Notfälle entwickelt.

Eddie springt auf, beugt sich herunter zu der dicken Fußmatte vor der Wohnung, dreht diese um und entdeckt auf der Unterseite einen kleinen festgeklebten Schlüssel. Damit läuft er leise die Treppen hinunter zu Josefs Briefkasten, öffnet diesen, entnimmt die Werbung und entdeckt unterhalb eines schmalen Filzstreifens am Boden des Kastens einen Schlüssel, der tatsächlich in das Schloss der Wohnungstür passt.

Leise schließt er die Wohnungstür hinter sich, macht Licht und schaut sich um. Für einen Kriminellen ist sie sehr hübsch und gemütlich eingerichtet. Schnell durchschreitet er Wohnzimmer, Küche, Bad und schließlich das Schlafzimmer, das er extra gründlich durchsucht; leider vergeblich. Bleibt noch eine Tür, hinter der sich eine Art Arbeitszimmer befindet. Als Eddie dieses betritt und das Licht anmacht, stockt ihm der Atem.

An der Wand gegenüber befindet sich eine sehr große Pinnwand mit allerlei Fotos, Zetteln und Dokumenten, die auf scheinbar wirre Weise durch rote Wollfäden miteinander verbunden sind. Auf der linken Seite entdeckt Eddie Fotos von sich und Milena aus besseren Zeiten. Dazu ein Zeitungsartikel über ein gewonnenes Flipperturnier, ein Auszug aus dem aktuellen Theaterprogramm sowie einen Ausschnitt eines Stadtplans, in dem die Lage seiner Wohnung rot markiert ist.

Auf der rechten Seite befinden sich ähnliche Dinge, die jedoch von einer anderen Person handeln. Eddie entdeckt grobkörnige Schwarz-Weiß-Fotos, die eine Frau mittleren Alters mit einem kleinen Kind, irgendwo draußen, vielleicht in einem Park, zeigen. Offenbar stammen die Bilder von einer Überwachungskamera, denn die Personen sind nur vage zu erkennen.

Ein weiteres Foto zeigt ein modernes Wohngebäude. Ein roter Faden führt zu einer markierten Stelle in einem Stadtplan. Daneben ein Name und eine Adresse in Hamburg, sowie ein Farbfoto, auf dem die Frau deutlich zu erkennen ist.

Eddie hat zunächst keine Idee, was es mit der unbekannten Frau auf sich haben könnte, aber langsam diffundiert eine, noch undeutliche Ahnung in sein Gehirn.

Neben einem Sofa befindet sich noch ein antiker Schreibtisch neben dem Erkerfenster. Auf diesem befinden sich lediglich ein goldfarbenes *MacBook Air* sowie ein Papierstapel. Obenauf liegt eine ICE-Fahrkarte nach Hamburg für übermorgen. Eddie wundert sich, dass dieser Josef die Fahrkarte auf Papier ausgedruckt und nicht in der Bahn-App gespeichert hat.

Aber das ist sein Glück, denn jetzt kommt ihm eine Idee. Möglicherweise hat Josef das Kästchen ebenfalls verloren. Das würde auch erklären, warum er in letzter Zeit nicht mehr so gut drauf und irgendwie angeschossen wirkt. Bei seiner Recherche nach dem Kästchen muss er auf diese Dora aus Hamburg gestoßen sein und offenbar glaubt er, das Kästchen oder einen Hinweis über seinen Verbleib, bei ihr zu finden. Und nun plant er, am Montag selbst nach Hamburg zu reisen und das zu klären.

Eddie ist sofort klar, dass er die Reise verhindern und stattdessen selbst so schnell wie möglich nach Hamburg fahren und diese Frau treffen muss. Mit dem Handy macht er noch Fotos von der Pinnwand und den wichtigsten Details.

Als alles erledigt ist bemerkt Eddie, wie ein lang vermisstes Gefühl sich in seiner Seele ausbreitet und sie bis in die letzte Ecke mit Hoffnung ausfüllt.

Wieder zu Hause packt Eddie ein paar Sachen in seinen Rucksack. Dann bucht er ein Onlineticket für den ersten ICE, der morgen nach Hamburg fährt. Er schreibt eine

Mail und zur Sicherheit noch eine SMS, an seinen Kumpel Polly, mit Josefs neuer Adresse und noch einigen weiteren Informationen.

Zwar wird die Fahndung nach ihm bislang nicht sonderlich engagiert betrieben, aber mit der Adresse sollte die Polizei nun schnell seine Verhaftung betreiben. Und das könnte Eddie den notwendigen Vorsprung verschaffen, das Kästchen vor ihm zurückzubekommen.

KAPITEL 24

Eine folgenreiche Begegnung

Tags darauf – Sonntag

Sehr früh am Morgen, für Eddie deutlich zu früh, verlässt der ICE den Hauptbahnhof und macht sich auf den Weg Richtung Norden und dann immer geradeaus. Der Zug ist verhältnismäßig leer und die wenigen Menschen in Eddies Wagen dösen vor sich hin. Eddie tut es ihnen nach.

Erst als der Zug in Hamm mit einem anderen verkuppelt wird, ist Eddie richtig wach und genießt fortan die an ihm vorüberziehende Landschaft. Gerade in diesen modernen ICEs mit den Fenstern, die sich nicht öffnen lassen und die wie Computerbildschirme aussehen, vertraut er dem, was er sieht, nicht so ganz. Durchaus ernsthaft fragt er sich, ob es das, was er zu sehen glaubt, wirklich da draußen gibt oder ob es eine Art Film oder eine Projektion ist, die dazu dienen soll, die Reisenden bei Laune zu halten.

Aber ihm gefällt der Film, den sie heute für ihn ausgewählt haben. Die Dämmerung wabert durch die gefällige westfälische Landschaft und emittiert eine Ruhe und Zuversicht, die Eddie seltsam vorkommt. Auch um einen Kontrapunkt zu setzen, kramt er das kleine Kästchen mit den Ohrstöpseln aus seinem Rucksack, die Valli ihm zu

Weihnachten geschenkt hat. Er startet Spotify und sogleich erklingt eine wohlvertraute Stimme in seinen Ohren. Wenig später wird das fulminante „Feeling Myself" von einem Hinweiston unterbrochen, der den Eingang einer SMS ankündigt. Sie stammt von Polly: Josef wurde festgenommen! Obwohl Sonntag ist, wird der diensthabende Haftrichter noch im Laufe des Tages über die Untersuchungshaft entscheiden.

Eddie hat freie Bahn und beglückwünscht sich selbst zu seinem ausgefuchsten Plan. Das leicht stolze Gefühl währt jedoch nur kurz, denn nach wie vor ist ihm nicht klar, was er tun soll, sobald er diese Dora gefunden hat.

Vielleicht kann er ihr das Kästchen einfach stehlen. Das scheint ihm allerdings nicht ganz fair, und zudem gehört Taschendiebstahl nicht unbedingt zu seinen Kernkompetenzen. Wahrscheinlich ist es besser, ihr seine Situation zu schildern und sie davon zu überzeugen, dass das Kästchen rechtmäßig ihm gehört und er es wirklich braucht. Aber möglicherweise sieht sie das anders und beansprucht es für sich. Oder sie hat es gar nicht, und er ist auf einer falschen Fährte.

Mit nur einer halben Stunde Verspätung erreicht der ICE den Hamburger Hauptbahnhof. Eddie verlässt die Halle durch den hinteren Ausgang, der direkt in den Stadtteil St. Georg führt, der immer wieder mal Kulisse für einen schrägen Fernsehfilm und in echt noch scheußlicher ist.

Mit Siris Hilfe findet er den Weg und nach einer viertel Stunde erreicht er das kleine Hotel, in dem er gestern noch online ein Zimmer gebucht hat. Dies ist jedoch noch nicht fertig, so dass er einen Kaffee im Speiseraum spendiert bekommt. Nach einer Weile erscheint die freundliche Frau von der Rezeption und überreicht ihm den Schlüssel.

Nach einer Dusche und in frischen Klamotten macht er sich wieder auf den Weg und findet schnell das Haus von dem Foto in Josefs Büro, in dem diese Dora wohnen soll. Es ist ein Altbau, der fünf Stockwerke in den Himmel ragt. Auf einem der Klingelschilder findet er den gesuchten Namen: *Dora Diamant*.

Eddie überlegt, ob er einfach klingeln soll, wie er es sich im Zug vorgenommen hat. Aber irgendwie verlässt ihn gerade eben sein Mut. Er schaut sich um, scannt die Gegend, entdeckt eine Bäckerei, in der er sich ein Puddingteilchen kauft.

Vor der Tür des Ladens schaut er sich erneut um und erkennt einen Spielplatz, der von Kindern, Müttern und wenigen Vätern belebt ist, die es sich auf den Bänken rund um den Sandkasten gemütlich gemacht haben. Inzwischen steht die Sonne hoch am Himmel und verbreitet eine wohltuende Frühlingswärme. Vergeblich hält er Ausschau nach einer freien Bank, auf der er das Gebäck verspeisen und über sein weiteres Vorgehen nachdenken kann.

Stattdessen entdeckt er eine Frau, die dieser Dora von weitem sehr ähnlich sieht. Sie sitzt auf einer der Bänke und ist in ein Buch vertieft. Eddie nähert sich vorsichtig und beobachtet sie unauffällig. Inzwischen ist er sich sicher, dass es sich wirklich um Dora handelt.

Sie trägt eine verwaschene Jeans und eine abgetragene braune Lederjacke über einem hellblauen Wollpullover.

Das kastanienbraune Haar fällt über ihre Schultern und umrahmt ihr klassisches Gesicht, das sicher einmal hübsch gewesen ist, aber nun etwas verhärmt und vom Leben gezeichnet wirkt.

Hin und wieder blickt sie von ihrem Buch auf und schaut zum Sandkasten herüber, wo der kleine Junge von dem Foto in den Bau einer Sandburg vertieft ist. Dann zeigt sie ein Schmunzeln und vertieft sich wieder in ihre Lektüre.

Eddie weiß, dass er nicht viel Zeit fürs warming up hat. Zwar ist Josef verhaftet, aber wer weiß, wie lange er in U-Haft bleiben wird. Daher muss Eddie jetzt handeln. Kurzerhand kramt er seinen ganzen Mut zusammen, geht direkt auf sie zu, fragt, ob der Platz neben ihr noch frei ist und setzt sich, ohne eine Antwort abzuwarten.

„Jetzt nicht mehr", antwortet sie mit einem Kichern in der Stimme, was auf Eddie sympathisch wirkt.

Eine Weile sitzen sie schweigend nebeneinander, während Eddie sein Teilchen verspeist. Sicher hat sie längst bemerkt, wie er sie aus den Augenwinkeln beobachtet. Schließlich wirft er die Brötchentüte in den Papierkorb neben der Bank. Dann wendet er sich ihr zu, räuspert sich, schaut in ihr Gesicht und kommt gleich zur Sache.

„Ich bin Eddie und Sie kennen mich nicht, ich weiß, aber ich muss etwas Wichtiges mit Ihnen besprechen", bringt er möglichst energisch hervor.

„Eddy mit y oder mit ie?", fragt sie unvermittelt, als wäre das wichtig und zeigt dabei ein schelmisches Grinsen.

Eddie zeigt ein verwirrtes Gesicht. „Wie jetzt?"

„Na, Eddy mit y, wie Eddy Baker, der Rapper, Kumpel von Bones? Oder mit ie, wie Eddie Vedder von Pearl Jam, du weißt schon, *Black* und so?", geht sie nicht auf sein Drängen ein.

Offenbar glaubt sie, er wolle sie angraben. Dennoch wirkt sie nicht abweisend, duzt ihn einfach und lässt sich auf das seltsame Gespräch ein. Mit dem Kästchen hätte er eine solche Situation mühelos gemeistert, aber ohne es, ganz auf sich selbst gestellt, fühlt er sich tapsig und unbeholfen, also antwortet er erst einmal auf ihre Frage. „Mit ie, aber eher wie Eddie Cochran."

Dora zeigt ihm ein zugewandtes Lächeln. „Somethin' Else", zitiert sie besagten Eddie. „Schön dich kennenzulernen, ich bin Dora."

„Ich weiß", erwidert Eddie. „Es geht um das Kästchen und du bist in Gefahr", flüstert er.

Dora schaut ihn an, hält seinem Blick stand und beginnt plötzlich laut zu lachen. Währenddessen stößt sie stoßweise hervor: „Netter Versuch, aber ich habe keine Ahnung, wovon du sprichst."

Eddie ist verwirrt. Entweder lügt sie sehr überzeugend oder sie weiß wirklich nichts von dem Kästchen.

„Und gleich erzählst du mir, dass du der Einzige bist, der mich retten kann", plaudert Dora einfach weiter. „Aber keine Chance, der Letzte, der mich das glauben machen wollte, ließ mich mit einem dicken Bauch zurück."

Dabei deutet sie mit der Hand auf ihren kleinen Sohn, der gerade die Leiter der Rutsche hochgestiegen ist und ihr nun lachend zuwinkt.

„Nein, du verstehst nicht, ich will dich nicht anbaggern. Das Kästchen gehört eigentlich mir, aber es wurde mir gestohlen und dem Dieb ist es offenbar auch abhanden gekommen und jetzt sucht er es und will es um jeden Preis zurückbekommen", stammelt Eddie aufgeregt vor sich hin.

„Und was habe ich damit zu tun?", fragt Dora sachlich.

„Du musst es haben oder zumindest wissen, wo es sich befindet. Bitte glaub mir, der Typ ist gefährlich und entschlossen", erklärt Eddie. Dabei studiert er ihr Gesicht, was ihm jedoch keinen Hinweis gibt.

„Wo kommst du her?", wechselt Dora abrupt das Thema.

„Bochum", erwidert Eddie knapp.

„War ich schon, hat mich nicht so wirklich überzeugt."

Eddie zeigt ein fragendes Gesicht und Dora erklärt: „War ein Ausflug mit den Kollegen, haben dort *Starlight-Express* gesehen, fand ich aber auch eher nur halb gut. Die sollen da aber ein gutes Schauspielhaus haben."

Eddie nickt. „Das stimmt, ich arbeite dort. Wenn das Ganze hier für uns beide gut ausgeht, dann lade ich dich mal exklusiv zu einer Premiere ein."

„Okay Eddie mit ie, komme ich gern drauf zurück. War nett mit dir zu plaudern, aber jetzt muss ich wirklich los." Dora steht auf. „Malte, wir gehen", ruft sie.

Eddie erhebt sich ebenfalls und steht nun dicht vor ihr. Dabei nimmt er einen besonderen Duft an ihr wahr. „Bitte! Hör mir einfach nur zu, es ist wirklich wichtig", startet er einen letzten Versuch.

Einen Moment lang steht sie unschlüssig da. Sie schaut zu Eddie und dann zu Malte, der keinerlei Anstalten macht, den Sandkasten zu verlassen.

„Du bist echt hartnäckig, aber irgendwie auch süß. Also schieß los, aber mach's kurz", erklärt sie und setzt sich wieder.

Eddie tut es ihr nach und erzählt in kurzen Worten die ganze Geschichte. Wie er das Kästchen auf dem Flohmarkt gekauft und verstanden hat, wie es funktioniert, und es ihm Glück und Erfolg gebracht hat, wie es ihm irgendwann gestohlen wurde, von einem Kleinkriminellen namens Josef, der sie ausfindig gemacht hat und bereits auf dem Weg zu ihr war, jedoch von Eddie abgehängt wurde und nun in U-Haft sitzt, aber nicht klar ist, wie lange noch und Eddie deshalb sofort hierher gefahren ist, um sie zu warnen und ihr zu helfen, was aber nur geht, wenn sie ihm glaubt und vertraut, obwohl er ja ein Fremder für sie ist, das ist ihm schon klar, aber sie sind eben alle drei durch das Kästchen miteinander verbunden.

Dora hört aufmerksam zu, lässt jedoch mit keiner Mine erkennen, ob sie ihm irgendetwas davon glaubt. Stattdessen klimpert sie mit ihren langen schwarzen Wimpern, was unter anderen Umständen, wie Flirten wirken würde.

Als er seinen Bericht beendet hat, zuckt sie mit den Schultern. „Gut und schön deine Story, aber nochmal die Frage: Was hat das mit mir zu tun?"

„Versteh doch bitte, du bist in Gefahr. Mit diesem Typen ist nicht zu spaßen und er will das Kästchen unbedingt zurückhaben", erklärt Eddie mit einem flehenden Unterton.

„Was macht dich so sicher, dass ich die bin, die du suchst?"

„Ich bitte dich, ich erzähle dir hier eine völlig unglaubwürdige Geschichte, von Zeitsprüngen in die Vergangenheit und so. Und du zuckst nicht einmal mit der Wimper. Jede andere würde mich für verrückt erklären, aber für dich scheint das keine große Sache zu sein" ereifert er sich.

Dora zuckt erneut mit den Schultern. „Glaub mir, ich hatte schon mit einigen schrägen Vögeln zu tun, die mir wilde Storys erzählt haben, da reiht sich deine eher weiter hinten ein."

„Komm' schon! Ich bin mir sicher, dass du das Kästchen hast und bestimmt hast du es während unseres Gesprächs bereits ein Dutzend Mal eingesetzt", entgegnet er.

Das hat sie tatsächlich und Dora ist irritiert darüber, dass er das weiß. Und die Art und Weise, wie er von dem Kästchen spricht, lässt vermuten, dass er es wirklich mal hatte. Dieser Teil seiner Geschichte könnte also wahr sein.

Der Typ gefällt ihr, tat er bereits, als er sich neben sie gesetzt hat, nachdem er sie eine ganze Weile beobachtet hatte. Er riecht irgendwie exotisch, wirkt deutlich prätentiös und dabei cool zugleich, hat eine angenehme Stimme und eine elegante Art, sich zu bewegen.

Eigentlich deutlich zu jung für sie, passt er dennoch vortrefflich in ihr Beuteschema. Fast ist sie ein wenig enttäuscht, dass er offenbar mehr an dem Kästchen interessiert ist und weniger an ihr selbst.

Sie findet ihn mehr als sympathisch und würde ihn gern näher kennenlernen. Aber ein Rest Skepsis lässt sie zögern, denn die Nummer, er wolle sie beschützen, nimmt sie ihm nicht ab. In ihr keimt der Verdacht, er wäre vielleicht selbst hinter dem Kästchen her. Die Geschichte von diesem Josef, der angeblich auf dem Weg zu ihr ist, um ihr das Kästchen notfalls mit Gewalt abzunehmen, kommt ihr nicht sehr glaubwürdig vor.

Offenbar erwartet er eine Art Geständnis von ihr und dass sie ihm reumütig das Kästchen so einfach zurückgibt. Aber darauf kann er lange warten. Überhaupt wird ihr das hier gerade alles deutlich zu kompliziert.

Wortlos packt sie das Buch in die Tasche, murmelt etwas davon, dass es schon spät ist, winkt Malte zu und erhebt sich von der Bank. Tatsächlich packt Malte sein Sandspielzeug zusammen, wirft es in den Eimer und schlendert damit auf sie zu. Mit einem Seitenblick mustert er Eddie kurz und nimmt dann ihre Hand.

Dora wendet sich noch einmal um und blickt diesem Eddie in die Augen, die sehr hübsch sind, jedoch eine gewisse Enttäuschung spiegeln. „Mach's gut Eddie, ich wünsche Dir viel Erfolg und hoffe, du findest, wonach Du suchst!"

Eddies Mund klappt auf und zu, es kommen jedoch keine Worte heraus. Und so lässt sie ihn auf dem Spielplatz zurück.

Zu Hause angekommen stellt sie Malte unter die Dusche und zieht ihm danach die neuen hübschen Sachen an, die sie kürzlich für ihn gekauft hat. Ihre Mutter legt Wert auf solche Äußerlichkeiten, und Dora hat heute keine Lust auf zickige Bemerkungen ihrer Eltern.

Dann packt sie ein paar Anziehsachen in den kleinen Koffer. Malte packt noch ein Bilderbuch und Plötze, den kleinen Eisbär dazu. Als er den Koffer zur Wohnungstür getragen hat, klingelt es auch schon. Kurz darauf stehen ihre Eltern im Flur. Während der Vater seinen Enkel fest in die Arme nimmt, mustert die Mutter sie von oben bis unten.

„So kannst du da aber nicht hinfahren", erklärt sie schroff.

„Mama, ich fahre erst morgen! Dazwischen schlafe ich noch einmal, daher wäre es gänzlich unnötig, sich jetzt bereits dafür anzuziehen", erklärt Dora genervt.

Die Mutter verzieht ihr Gesicht, aber der Vater schenkt ihr ein freundliches Lächeln. „Und was hast du heute noch so vor?", fragt er.

„Heute Abend treffe ich meine alte Freundin Penny, du weißt schon, die Journalistin. Sie ist für ein paar Tage in der Stadt. Wir gehen essen und danach vielleicht noch zum Tanzen. Mein Zug fährt erst morgen Mittag, so dass ich ausschlafen kann."

Die Mutter verdreht die Augen und mustert sie erneut, verkneift sich aber weitere Bemerkungen.

Dora geht in die Hocke, drückt ihren Sohn fest an sich. „Hab' viel Spaß bei Oma und Opa und lass es richtig krachen. Alle Mama-Regeln sind aufgehoben. Und am Mittwoch hole ich Dich ab und dann machen wir uns einen tollen Abend."

Als sie die Wohnungstür geschlossen hat, atmet sie laut aus, verharrt für einen Moment und wischt sich eine Träne aus dem Auge. Dann geht sie in die Küche, setzt Wasser auf und nimmt ihre liebste Porzellankanne aus dem

Schrank, die blaue mit dem schlanken Giraffenhals als Henkel.

Später sitzt sie mit Tee und Keksen vor dem Fernseher und schaut ihre aktuelle Lieblingsserie *The Witcher*. Die kann sie nur schauen, wenn Malte nicht da ist, daher genießt sie die seltene Gelegenheit.

Nach fast zwei Folgen, verabschiedet sie sich von *Gerald* und *Yennefer* und ihren Abenteuern, geht in ihr Zimmer und kramt im Kleiderschrank herum. Kurz überlegt sie, ob das himmelblaue oder doch lieber das schwarze Kleid, und vor allem welche Schuhe dazu passen. Im Bad schminkt sie sich hübsch, was sie selten tut, aber heute ist sie für einen Abend wieder jung. Und mit Penny erlebt man immer aufregende Sachen. Während sie den erdbeerroten Lippenstift aufträgt, kommt ihr der Typ vom Spielplatz in den Sinn. Fast ein bisschen schade, dass sie ihn einfach so stehen gelassen hat.

Bis sie Penny in der Trattoria trifft, ist noch ein wenig Zeit, deshalb legt sie ihre neue Lieblingsplatte auf ihren Plattenspieler, schließt ihre Augen und tanzt barfuß zu *Aquamarine* durch das Wohnzimmer. Nun ist sie in der richtigen Stimmung für den Abend.

Als sie in die schwarzen *Mary-Jane* Lackschuhe mit den flachen Absätzen schlüpft, summt ihr Handy. Auf dem Display erscheint eine Nachricht. Ein Bild zeigt einen positiven Coronatest. Deutlich sind die zwei Streifen zu erkennen und darunter der kurze Text: ‚Sorry Süße, nun hat es mich schon wieder erwischt. Schade um unseren Mädelsabend. Ich hoffe, Du vergnügst Dich auch ohne mich. Küsschen, Penny.'

Dora stößt einen Fluch aus. Ausgerechnet heute, an einem der sehr seltenen Abende, wo sie keine Mama ist. Kurz überlegt sie, ob sie sich einfach wieder auf das Sofa fläzen und noch ein oder zwei Folgen mit *Gerald* verbringen sollte. Andererseits scheint ihr das jedoch auch irgendwie spröde, wo sie sich nun schon so schön aufgebrezelt hat.

Kurzerhand entschließt sie sich, dann eben allein in die Trattoria nebenan zu gehen, wo der Tisch bereits reserviert ist. Ob sie danach noch zum Tanzen geht, kann sie dann ja nach dem Essen entscheiden.

Als die Haustür hinter ihr ins Schloss fällt, schlägt ihr die angenehm warme Frühlingsluft entgegen, die ihr ein angedeutetes Lächeln auf ihr Gesicht zaubert. Dieses verwandelt sich zu einem strahlenden Lachen, als sie die Gestalt erkennt, die geradewegs auf sie zukommt.

KAPITEL 25

Wein und Wahrheit

Eine Stunde zuvor

Eddie liegt auf seinem Bett in dem schäbigen Hotelzimmer und starrt an die altertümliche stuckverzierte Decke. Nachdem Dora ihn auf dem Spielplatz einfach hat stehen lassen, hat ihn sein Schwung verlassen. Als sie und Malte im Hauseingang verschwunden waren, hatte er sich endlich aus seiner Erstarrung gelöst und war zu seinem Hotel zurück getrottet.

Seit er hier liegt, drehen sich seine Gedanken im Kreis, aus dem es kein Entrinnen gibt. Dora hat deutlich gemacht, dass sie ihm kein Wort glaubt und nicht weiter von ihm belästigt werden möchte.

Tatsächlich ist er nicht mehr sicher, dass sie etwas über das Kästchen weiß. Vielleicht hat dieser Josef sich geirrt und jagt der Falschen nach. Vollumfänglich frustriert überlegt er, die Sache aufzugeben und einfach heimzufahren.

Andererseits hat diese Frau etwas in ihm ausgelöst, das er noch nicht versteht. Vor allem jedoch ist sie seine einzige Spur zu dem Kästchen. Wenn sie es wirklich nicht hat, wie sie behauptet, dann kann es irgendwo oder überall sein und ist wohl für immer für ihn verloren. Also muss er es noch einmal versuchen. Aber wie?

In seine Gedanken hinein erhält er eine Nachricht von Polly. Der Haftrichter hat die Untersuchungshaft abgelehnt, weil angeblich keine Fluchtgefahr besteht. Josef wird zwar angeklagt, wurde aber erst einmal freigelassen.

Eddie muss zweimal lesen, bevor er die Tragweite erfasst. Er ist sicher, dass Josef, wie geplant, morgen früh den Zug hierhin nehmen und dann schnurstracks zu Dora gehen wird. Eddie muss sie warnen, auch wenn sie ihm sicher wieder nicht glauben wird. Aber Josef ist nicht zimperlich und Dora auf sich gestellt. Neben den ritterlichen Gedanken entdeckt Eddie ganz tief in dem dunkleren Teil seiner Seele, eine Art Frohlocken, dass durch Josefs Erscheinen, die Suche nach dem Kästchen eine Wendung nehmen könnte.

Mit einem Mal von frischer Energie durchdrungen, springt er vom Bett auf, läuft ins Bad, macht sich kurz frisch. Dann zieht er sich um, als wäre er für den Abend verabredet und verlässt bald darauf das Hotel.

Schnellen Schrittes macht er sich auf den Weg zu ihrem Haus. An der Haustür angekommen bemerkt er, wie diese von innen geöffnet wird, und Dora auf die Straße tritt. Einen Augenblick später wäre er mit ihr zusammengestoßen. So steht sie nun vor ihm, zeigt ein überraschtes Lachen und zieht eine Augenbraue nach oben.

Er tritt einen Schritt zurück, und so stehen sie sich für eine Weile schweigend gegenüber. Eddie mustert sie von oben bis unten und ist für einen Augenblick verblüfft über ihre Verwandlung. Dann besinnt er sich wieder auf seine Mission, öffnet den Mund, aber Dora kommt ihm zuvor.

„Lass mich raten: Der böse Bube ist aus dem Gefängnis ausgebrochen und nun auf dem Weg zu mir, um mir etwas zu stehlen, was ich gar nicht habe und von dem ich erhebliche Zweifel habe, dass es überhaupt existiert."

„Fast, aber er musste gar nicht ausbrechen, der Haftrichter hat ihn laufen lassen", stammelt Eddie, der sichtlich um Fassung ringt.

„Das scheint plausibel, da die angebliche Tat ja noch gar nicht stattgefunden hat", entgegnet Dora. „Aber du bist fest entschlossen, mich zu beschützen."

Eddie nickt, schweigt und sucht nach den passenden Worten. Wieder kommt Dora ihm zuvor.

„Mach dir keine Sorgen, ich kann gut auf mich selbst aufpassen und benötige keinen Ritter oder was immer du meinst zu sein."

„Willst du irgendwo hin, bist du verabredet?", fragt Eddie nach dem Offensichtlichen.

„Ja, ich gehe in die Trattoria *Fine Seccolo* nebenan und nein, ich bin nicht verabredet. Bis eben war ich es noch, aber dann wurde ich versetzt", erklärt Dora.

Sie wiegt den Kopf hin und her, und Eddie bildet sich ein, ihr beim Denken zuhören zu können.

Nach einem langen Zögern fragt sie: „Magst du mich vielleicht begleiten? Dann würden wir zwei Fliegen mit einer Klappe, du weißt schon ... ich wäre wieder verabredet und du könntest mich beschützen."

Wieder verkanten sich die Worte in seinem Hals und er bringt nur ein Nicken zu Stande, gepaart mit einem prätentiösen Lächeln im Gesicht.

Mit einer Handbewegung deutet sie auf die Trattoria ein paar Häuser weiter. Dort angekommen hält er ihr die Tür auf, hilft ihr aus der Jacke und schaut sich in dem Lokal um, das von innen beträchtlich vornehmer daherkommt, als es von außen den Anschein hat. Sofort erscheint ein freundlicher Herr, offensichtlich der Chef. Er zeigt ein Strahlen und umarmt Dora freundschaftlich.

„Dora, schön dich zu sehen!", ruft er fröhlich aus und deutet mit der Hand auf einen Tisch in einer Nische, ohne Eddie weiter zu beachten. „Deine Freundin kommt später?"

Dora wendet sich um und zeigt auf Eddie: „Er ist heute meine Freundin, Penny hat Corona und mir gerade abgesagt."

Der Wirt mustert Eddie von oben bis unten, schenkt ihm ein Grinsen und geleitet sie zu dem Tisch, der festlich eingedeckt ist. Als sie beide sitzen, verbeugt sich der Wirt und wendet sich an Eddie. „Wünscht der Herr die Karte?"

Eddie nickt, aber Dora schüttelt den Kopf. „Wie nehmen das, was du uns heute empfiehlst und deinen besten Wein."

Als sie allein sind, erklärt Dora: „Vertrau mir, Giovanni weiß besser als wir, was wir uns wünschen."

Eddie nickt erneut. „Gediegener Laden, bis du oft hier?"

„Regelmäßig, sofern es mein Geldbeutel zulässt, aber heute bin ich ja eingeladen", antwortet sie lachend.

Als ein anderer Kellner eine Flasche Rotwein gebracht, ihnen beiden eingeschenkt und sich wieder entfernt hat, stoßen sie miteinander an.

„Auf eine unverhoffte Begegnung", ruft Dora aus. „Ich wünsche uns einen schönen Abend!"

Und das wird er tatsächlich. Zunächst versucht Eddie erneut, über Josef und das Kästchen zu sprechen, aber Dora zeigt sich stur und will nichts davon wissen. Stattdessen möchte sie ihn gern näher kennenlernen, erklärt sie und fragt, was er so macht, wenn er nicht gerade den Ritter spielt.

Eddie berichtet von seinem Studium, seiner Kindertheatergruppe und seinem Job am Theater. Dora hört ihm interessiert zu und nickt immer wieder.

„Schauspielhaus Bochum, dann kennst du sicher Laura Dumont", stellt sie mehr fest, als dass sie fragt.

„Klar, wer kennt Laura nicht? Sie ist Tatort-Kommissarin. Zudem ist sie die Beste und spielt in drei Stücken mit, für die ich verantwortlich bin", erklärt Eddie mit unverstelltem Stolz in der Stimme. „Bist du ein Fan?"

„Sicher das auch, aber ich kenne sie ebenfalls persönlich. Sie ist die Halbschwester meiner Freundin Penny, die mich heute versetzt hat, weil ihr Corona-Test positiv war."

„Du meinst die Journalistin, die vor ein paar Jahren diesen Versicherungsskandal aufgedeckt hat?", fragt Eddie.

Dora nickt und wechselt das Thema. „Und du hast es echt geschafft, den Job als Dramaturg zu bekommen?", fragt sie ungläubig. „Da bewerben sich doch hundert Leute."

Eddie nickt. „Klar, aber mit Hilfe des Kästchens ist es mir gelungen, den Intendanten für mich einzunehmen."

Dora rollt mit den Augen. „Mitunter habe ich den Eindruck, du glaubst das alles wirklich, was du da von diesem Ding erzählst", erklärt sie kopfschüttelnd.

Bevor Eddie etwas erwidern kann, bringen zwei Kellner den italienischen Vorspeisensalat mit den rosa gebratenen Scheiben von der Entenbrust.

Während sie den Salat schweigend genießen, rattert es in Eddies Kopf. Was ist, wenn sie wirklich nichts von dem Kästchen weiß? Dann macht er sich wohl ziemlich lächerlich. Denn ihm ist klar, dass er hier gerade ein schicksalhaftes Date mit einer attraktiven Frau hat. Zwar ist sie nicht wirklich sein Typ, deutlich älter und dann noch mit einem Kind. Andererseits fühlt er sich seltsam wohl und vertraut mit ihr. Er mag ihre Stimme, die großen braunen Augen und ihre Zugewandtheit. Und er ist neugierig geworden.

„Und was machst du so tagsüber?", fragt er, nachdem sie beide ihre Gabeln bei Seite gelegt haben.

Dora zeigt ein breites Grinsen. „Surprise, surprise, ich habe ebenfalls Germanistik studiert und nach dem Master versucht, als Dramaturgin am Theater unterzukommen. Hat aber leider nicht geklappt und so arbeite ich jetzt als Lektorin in einem kleinen Verlag hier in Hamburg."

Damit hatte Eddie nicht gerechnet, er zieht die Augenbrauen hoch und dreht den Kopf ein Stück zur Seite.

„Ist aber vielleicht besser so, denn da kann ich viel von zu Hause aus machen und mich besser um Malte kümmern", ergänzt sie.

„Kann gut sein, denn Theater ist ein Rund-um-die-Uhr-Job mit langen Abenden", erklärt Eddie ein wenig altklug.

„Und deshalb stromerst du hier in Hamburg herum und vertreibst dir die langen Abende mit älteren Frauen", entgegnet sie lachend. „Wusste gar nicht, dass die in Bochum gerade Theaterferien haben."

Eddie macht eine abwehrende Handbewegung und murmelt: „Bin krankgeschrieben. Mein Freund Kalle ist Arzt."

Nachdem der Kellner zwei große Teller mit der Pasta gebracht hat, wechselt Eddie das Thema, indem er sie nach ihrer Masterarbeit und ihren literarischen Vorlieben fragt. Und so entspannt sich ein angeregter Diskurs über die Dramatiker der Geschichte und Gegenwart.

Eddie ist mehr und mehr beeindruckt von dieser Frau, gleichermaßen kenntnisreich wie eloquent in ihrer Sprache, überrascht sie ihn mit tollkühnen Thesen. Zwar stimmt er ihr nicht in allem zu und vor allem bei *Bertolt Brecht* kommen sie nicht zueinander. Dennoch kann er sich nicht erinnern, mit irgendjemanden ein solch inspirierendes Gespräch über Literatur geführt zu haben.

Das Dessert unterbricht ihren Diskurs und danach finden sie den Faden nicht wieder, daher fragt Eddie nach Malte.

Doras Augen beginnen zu leuchten. „Da gibt es nicht viel zu erzählen. Sein biologischer Vater hat mich noch vor der Geburt sitzengelassen, da er Kinder grundsätzlich ablehnt, wie er mir erklärte, als es zu spät war. Seitdem bin ich alleinerziehend. Das ist anstrengend und weder karriereförderlich noch attraktiv, aber gleichzeitig ist es wunderschön und genau so, wie es sein soll. Malte ist das Beste und Wichtigste, was mir in meinem Leben passiert ist!"

„Und wo ist er jetzt gerade?"

„Bei meinen Eltern. Sie nehmen ihn manchmal, wenn ich eine Auszeit brauche oder irgendwo hin muss", erklärt sie und ergänzt: „Morgen fahre ich zu einem Stille-Seminar."

Eddie zeigt ein fragendes Gesicht.

„Da meditieren und schweigen wir drei Tage lang und das ist wundersam erholsam", erläutert Dora.

„Du meinst, du sagst drei Tage lang kein Wort? Das kann ich mir bei dir echt nicht vorstellen."

„Ich glaube, es gibt da so einiges, das du dir bei mir nicht vorstellen kannst", erklärt sie lächelnd.

Der wirklich gute Wein hat ihn inzwischen leicht beduselt, und er bemerkt, wie seine Gedanken zu schwimmen beginnen. Eddie ist sich sicher, dass sie jetzt, hier mit ihm, das Kästchen benutzt, und es fühlt sich komisch für ihn an, es zu wissen, aber nichts davon mitzubekommen. Wahrscheinlich hat er ihr schon allerlei verraten, von dem er nichts weiß.

In gewisser Weise findet er das ungerecht, muss aber sogleich erkennen, dass er selbst nie Hemmungen hatte, als er es noch hatte und etwa mit Milena und anderen umfänglich eingesetzt hat.

„Magst du mir verraten, wie oft du heute Abend das Kästchen bemüht hast?", fragt er frei heraus.

Dora zeigt ihm ein leicht verschleiertes Lächeln, zögert zwei Sekunden und winkt dann mit der Hand ab. „Oh, ich hab' nicht mitgezählt, aber ein paar Dutzend Male wird es wohl gewesen sein."

„Und habe ich viel verraten?", fragt er und bemerkt, wie komisch die Frage ist.

„Yep, es war nicht ganz leicht, die Wahrheit aus dir heraus zu bekommen, aber nach mehreren Anläufen bist du etwas aufgetaut. Den Rest erledigte der Wein. Nun weiß ich dich einzuschätzen", erklärt sie, ohne das weiter zu erläutern.

Dann gähnt sie ungeniert. „Jetzt muss ich aber dringend in mein Bett, denn zumindest für mich war es ein sehr langer Abend mit dir."

Auf ihr Zeichen hin, bringt der Kellner noch zwei Espressi und die Rechnung, die Eddie übernimmt.

Vor dem Restaurant nimmt sie seine Hand, und gemeinsam schlendern sie schweigend das kurze Stück zu ihrem Haus durch die kühle Abendluft.

Plötzlich beginnt sie zu schwanken und droht hinzufallen. Kurzerhand greift Eddie unter ihre Arme und hält sie ganz fest. Besorgt schaut er in ihre Augen.

Kurz darauf schenkt sie ihm ein verlegenes Lächeln. „Keine Sorge, geht schon wieder. Ist nur der Wein und mein niedriger Blutdruck."

An ihrer Haustür angekommen, legt sie ihre Arme um seinen Hals und bewegt ihre Lippen an sein Ohr. „Danke für den schönen Abend, Eddie mit ie!"

Dann haucht sie ihm einen Kuss auf die Wange, dreht sich von ihm weg und öffnet die Haustür. Bevor sie dahinter verschwindet, wendet sie sich noch einmal um, winkt und zeigt ihm ein sibyllinisches Lächeln.

KAPITEL 26

Eine mysteriöse Zusammenkunft

Tags darauf

Am folgenden Tag, gegen neun Uhr, steht Eddie erneut dort, vor der Haustür und zögert einen Moment, bevor er sich in Bewegung setzt. Gerade als er den Klingelknopf drücken will, bemerkt er, dass die Haustür nur angelehnt ist, und man sie einfach aufstoßen kann. Offenbar gibt es einen Defekt am Schließmechanismus. Schnellen Schrittes läuft er die Treppen hinauf und klopft an ihre Wohnungstür.

Dora ist sichtlich überrascht, als er plötzlich in der Tür steht, mit einem Blumenstrauß in der einen und einer Brötchentüte in der anderen Hand. Stumm überreicht er ihr beides und möchte gerade zu einer kurzen Rede ansetzen, aber Dora deutet mit einer Handbewegung an, er solle hereinkommen.

Er folgt ihr durch die erste Tür links, die in die Küche führt. Dora stellt die Blumen in eine Vase und diese auf den Tisch, der mit einem Gedeck, offenbar für ein knappes Frühstück gedeckt ist. Kurzerhand stellt Dora einen Teller dazu und nimmt eine Tasse aus dem Schrank. Dann spricht sie zum ersten Mal an diesem Morgen. „Ich hatte mich schon gefragt, wann wir uns wieder sehen. Aber dass es so schnell sein würde, damit hatte ich nicht gerechnet", erklärt sie sachlich.

„Ich dachte, bevor du die nächsten drei Tage schweigen wirst, möchtest du dich noch einmal gediegen und inspirierend unterhalten", antwortet er selbstbewusster, als er sich gerade fühlt.

Dora zeigt ein Grinsen. „Kaffee oder Tee? Rührei oder gekochtes Ei? Orangensaft oder Sekt?"

„Jeweils das erste", antwortet Eddie. Während sie in der Küche hantiert, sieht er sich in der kleinen Altbauwohnung um. Durch eine doppelte Schiebetür von der Küche getrennt, befindet sich das Wohnzimmer mit dem Erkerfenster.

Auf einem antiken Beistelltisch in einer Ecke entdeckt Eddie einen High-End-Plattenspieler. Jetzt fallen ihm auch die vier beeindruckenden Boxen in jeder Ecke des Zimmers auf.

„Du hast einen Plattenspieler?", fragt er sichtlich beeindruckt nach dem Offensichtlichen.

„Müsste das einzige von Wert in dieser Wohnung sein", erklärt Dora mit einer Nuance von Stolz in der Stimme. „Digitale Musik lehne ich grundsätzlich ab und *Spotify* oder so kommt mir nicht ins Haus", erklärt sie kategorisch.

„Wie viele Platten sind das?", fragt er und deutet auf das deckenhohe Ikea-Regal, vollgestopft mit Schallplatten.

„Müssten ungefähr elfhundert sein. Die meisten noch von meinem Vater, aber ein paar Hundert neue sind auch dabei. Such dir gern was aus."

Das lässt sich Eddie nicht zweimal sagen. Er scannt kurz das Angebot und entscheidet sich für das neue Album von *Sampha*, das er kürzlich auf Spotify entdeckt hat.

Die Schiebetür zur Küche lässt er offen und setzt sich an den gedeckten Tisch. Dora hat Rührei mit feinem Speck gebraten, Orangen ausgepresst und einen frischen Kaffee aufgebrüht.

Kurz darauf sitzen sie beim Frühstück und geraten schnell in angeregte Gespräche über dies und das. Eddie fühlt sich wohl und darüber vergisst er fast, warum er wirklich hier ist.

Aber die Realität holt ihn schnell ein, als es an der Tür klingelt. Eddie reagiert nicht schnell genug, denn Dora ist bereits an der Wohnungstür und öffnet diese in der Erwartung, es würde jemand die Treppe heraufkommen. Stattdessen steht der breitschultrige Mann bereits vor ihr und stellt seinen Fuß zwischen Tür und Rahmen.

Dora bietet all ihre Kraft auf, kann jedoch nicht verhindern, dass der unbekannte Mann die Tür mühelos aufschiebt und sich Zugang zur Wohnung verschafft.

„Keine Sorge Schätzchen, ich bin gleich wieder weg, sobald ich habe, was ich will", ruft er und läuft, an Dora vorbei, durch den Flur und dann durch die erste offene Tür, die ihn in die Küche führt.

Zu seiner großen Überraschung trifft er dort auf Eddie, der sich gerade von seinem Stuhl erhoben hat. Eine kurze Weile stehen sie einander schweigend gegenüber. Es braucht einen Moment, bis Joe sich gefasst hat.

„Ach, der Herr Dr. Lüdemann ist auch schon da. Mit dir hätte ich jetzt nicht unbedingt gerechnet. Obwohl, wenn ich es recht überlege, lag es irgendwie nahe, dich ausgerechnet hier zu treffen", murmelt Joe.

„Ihr kennt Euch?", fragt Dora, die Joe gefolgt ist und nun im Türrahmen steht und die Szene beobachtet.

„Nicht wirklich", antworte Eddie. „Obwohl wir ziemlich viel voneinander wissen."

Joe schüttelt den Kopf, zeigt ein ironisches Grinsen und deutet eine Verbeugung an.

„Irgendwie freut es mich tatsächlich, dich endlich einmal persönlich kennenzulernen."

„Die Freude bleibt ganz deinerseits. Wie hast du es so schnell aus dem Knast geschafft?", entgegnet Eddie, so böse, wie er es vermag.

Bevor Joe etwas antworten kann, schaltet Dora sich ein. „Vielleicht sucht ihr beiden euch einen anderen Ort für euer erstes Date!"

Dann wendet sie sich Eddie zu. „Punkt für dich, hätte nicht geglaubt, dass es diesen Josef wirklich gibt."

„Joe, wenn ich bitten darf", erwidert Joe.

Dora legt ihre Stirn in Falten und ihre Miene verfinstert sich. Dann stemmt sie die Hände in die Hüften und verkündet mit lauter Stimme: „Okay Joe, genug geplaudert. Sofort raus aus meiner Wohnung! Aber dalli!"

Joe tritt einen Schritt auf Dora zu, baut sich vor ihr auf und zeigt eine spöttische Miene. Dabei überragt er die Frau um mehr als einen Kopf.

Dora hält seinem Blick stand und deutet mit der Hand zur Tür. Eddie nimmt die Spannung wahr, die schwer über der Kulisse liegt und überlegt, was er tun soll. Dann hört er Joes tiefe Stimme, die sehr langsam spricht.

„Okay Sugar, ich bin sofort weg, sobald ich das Kästchen habe. Ich bin sicher, du hast es in einer deiner Hosentaschen?"

Noch während er spricht, macht er einen weiteren Schritt auf Dora zu und legt seine Hand langsam auf ihre Hüfte, knapp oberhalb der linken Hosentasche.

Eddie hält den Atem an, Dora erstarrt und Joe zeigt ein schmutziges Grinsen. Eine Nanosekunde lang verharren die drei so in ihren Positionen.

Blitzschnell reißt Dora einen Arm nach oben, umfasst Joes Schulter, macht einen Ausfallschritt und verkantet ihr Bein um sein linkes Knie. Im selben Augenblick wirbelt sie den Koloss herum, so dass sich dieser sogleich auf dem Küchenboden wiederfindet. Joe gibt einen spitzen Schrei von sich und versucht, sich aufzurappeln, was ihm sichtbar schwerfällt.

Eddie beginnt wieder zu atmen und Dora ist nun richtig wütend. „Niemand fasst mich unaufgefordert an, Arschloch!"

Dann schaut sie zu Eddie. „Ruf die Polizei, ich halte den Spinner so lange in Schach!"

Eddie zögert, holt dann jedoch sein Handy hervor. Unterdessen ist Joe mühsam vom Boden aufgestanden und bewegt sich ein Stück von Dora weg. Sein Gesicht zeigt eine Mischung aus Schmerz und Wut. Er hält sich die Schulter und kramt mit der anderen Hand in seiner Hosentasche. Plötzlich zieht er eine Pistole hervor und richtet sie auf Dora.

Eddie reißt die Augen auf und lässt das Handy zurück in seine Hosentasche gleiten. Und auch Dora ist für einen Moment lang sichtbar konsterniert.

„So, Schluss mit dem Vorspiel. Du gibst mir jetzt sofort das Kästchen! Aber dalli! Danach verschwinde ich, wir vergessen die Sache und ihr beiden könnt in Ruhe weiter frühstücken", erklärt Joe unfreundlich und fuchtelt mit der Knarre herum.

Dora steht erstarrt da, hat die linke Hand in der Hosentasche, den Blick auf die Pistole gerichtet und ist nun etwas blass um die Nase. Eddie hingegen bewegt sich vorsichtig ein Stück auf Joe zu, der ganz auf die Frau konzentriert ist und offenbar erwartet, dass sie nun endlich das vielfach begehrte Kästchen hervorholt.

Eddie vermutet, dass sie immer wieder den Knopf drückt und auf diese Weise die Zeit in einem Zehn-Sekunden-Korridor gefangen hält. Aber er weiß, dass dies die Situation nicht auflösen wird. Deshalb kommt es nun auf ihn an. Joe beachtet ihn nicht, sondern ist ganz auf Dora fokussiert.

„Wird's bald?", poltert er in ihre Richtung und wackelt dabei mit dem Zeigefinger, der am Abzug des Revolvers liegt.

Eddie hält den Moment für günstig. Er macht einen Hechtsprung auf Joe zu und versucht, ihm die Pistole zu entwinden, was ihm jedoch nicht gelingt. Ein Schuss fällt!

Der Knall dröhnt in Eddies Ohren und um sie herum wabern Rauchschwaden. Einen Augenblick lang herrscht völlige Stille. Dann bricht Panik aus. Eddie stürzt zu Dora, die am Boden liegt. Joe durchsucht derweil ihre Taschen, offenbar auf der Suche nach dem Kästchen. Eddie kniet auf dem Boden und beschimpft ihn. „Was bist du für ein Idiot?"

Mit einem Mal beendet Joe die Suche, zuckt mit den Schultern und erhebt sich vom Boden.

„Wir brauchen das Ding, und zwar schnell, sonst bleibt sie tot!", krächzt Eddie panisch.

Joe hingegen wirkt sehr ruhig und abgeklärt. „Zu spät, die zehn Sekunden sind gerade rum", erklärt er sachlich.

Eddie verdreht die Augen und bemerkt ein Zittern, das seinen Körper überschwemmt gefolgt von einer Panikreaktion, die ihm rote Flecken ins Gesicht treibt. Dann sackt er zusammen und findet sich auf dem Boden wieder.

Joe tritt auf ihn zu. „Mann Alter, nun mach hier nicht auch noch schlapp. Wo bin ich hier nur hingeraten?", ruft er ein wenig theatralisch aus.

Dann träufelt er etwas Wasser aus einem Glas, das gerade noch auf dem Frühstückstisch stand, in Eddies halboffenen Mund. Offenbar nützt das nicht wirklich, denn Eddie dämmert gerade weg. Kurzerhand verpasst Joe ihm eine kräftige Ohrfeige, die Eddie zurück ins Leben holt.

Er schüttelt sich und reißt die Augen weit auf. Dann deutet er mit dem Zeigefinger auf die am Boden liegende Dora und ruft panisch aus: „Du hast sie umgebracht!"

Joe schüttelt seinen Kopf, macht einen Schritt auf die am Boden liegende Dora zu und schüttet den Inhalt des Wasserglases in ihr Gesicht. Eddie beobachtet, wie Dora sich bewegt, die Augen ein Stück weit öffnet und verwirrt in die Runde schaut.

„Wie seid ihr denn drauf? Denkt ihr wirklich, ich wäre im Stande jemanden umzubringen. Oh Mann, ich bin ein Kleinkrimineller und kein Schwerverbrecher", ruft er empört aus. „Die Knarre war Fake und mit Platzpatronen gefüllt!"

Als Dora wieder bei sich ist, erhebt sie sich vom Boden, schwankt sichtbar, hält sich kurz am Tisch fest und verlässt die Küche. Eddie rappelt sich auf, setzt sich auf den Stuhl und starrt apathisch in die Leere vor sich.

„Ich mach mal Kaffee", verkündet Joe, füllt den altmodischen Wasserkessel mit Wasser und stellt ihn auf die Herdplatte. Dann öffnet er das Fenster, damit der Qualm abziehen kann. Kurz darauf stellt er drei Becher mit Kaffee auf den Tisch, nimmt sich einen Teller aus dem Schrank und setzt sich an den Tisch.

Dann wendet er sich Eddie zu, zeigt ein verschmitztes Grinsen. „Dachtest du echt, sie wäre tot? Hast Du nicht mitbekommen, dass sie die ganze Zeit geatmet hat, als ich in ihren Taschen nach dem Kästchen gesucht habe? Sie war einfach nur ein bisschen ohnmächtig, wahrscheinlich der Schock und niedriger Blutdruck."

Bevor Eddie antworten kann, steht Dora wieder in der Küche. Sie hat einen trockenen Pullover angezogen und ihr nasses Haar zu einem Pferdeschwanz gebunden. So steht sie da, die Hände in die Hüften gestemmt, mit einem grimmigen Gesichtsausdruck.

Für einen Moment ist es still im Raum, dann hebt Joe zu einer Erklärung an. „Entschuldigt Leute, ich fürchte, das war jetzt kein guter Start für uns. Tut mir wirklich leid, euch beide so aus der Fassung gebracht zu haben."

Er greift nach seinem Kaffeebecher und trinkt einen Schluck. Dann schaut er Dora an. „Mein Plan war eigentlich, dich zu überrumpeln, das Kästchen zu nehmen und zu verschwinden, bevor dir überhaupt klar ist, was passiert."

Eddie verzieht das Gesicht und öffnet den Mund, aber Joe kommt ihm zuvor. „Aber dann war plötzlich unser Goldjunge da und brachte alles durcheinander."

Erneut öffnet Eddie den Mund, aber diesmal kommt Dora ihm zuvor, die ihre Wut offenbar nicht mehr zähmen kann. Mit der flachen Hand haut sie auf den Tisch, so dass die Tassen wackeln.

„Bist du vollkommen meschugge? Du platzt hier rein, bedrohst mich mit einer Waffe, willst mich ausrauben, richtest das vollendete Chaos an und nun sitzt du seelenruhig an meinem Tisch, trinkst meinen Kaffee und lamentierst vor dich hin, dass dein Plan nicht funktioniert hat. Und dabei kenne ich dich überhaupt nicht."

Eddie wundert sich über ihr energisches Auftreten. Offensichtlich hat sie keine Angst vor diesem Typen. Stattdessen zuckt dieser Josef zusammen und scheint wirklich ein klein wenig eingeschüchtert.

Aber Dora ist noch nicht fertig. „So mir reicht's jetzt mit euch beiden! Als ich gestern Morgen aufgewacht bin, war mein Leben in bester Ordnung, und dann taucht ihr hier auf, quatscht in einem fort von einem ominösen Zauberkästchen, das ich angeblich haben soll und bringt alles durcheinander."

Eddie wundert sich und würde gern darauf hinweisen, dass sie gestern bereits zugegeben hat, dass sie es hat.

Aber vielleicht ist das ja ein Trick von ihr, deshalb schweigt er dazu.

„Ihr beiden verlasst jetzt sofort meine Wohnung und lasst euch hier nie wieder blicken!", schreit sie und deutet mit der Hand in Richtung Wohnungstür.

Während Joe sie nur verblüfft anschaut, hebt Eddie eine Hand in die Höhe und schüttelt den Kopf: „Was hab' *ich* denn damit zu tun? Ich wollte dich beschützen!"

Dora schüttelt energisch den Kopf. „Na, das hat ja super geklappt! Außerdem glaube ich dir kein Wort. Du bist doch auch nur hinter dem Kästchen her, scharwenzelst hier rum, machst mir schöne Augen, aber letztlich bist du nicht besser als unser Kleinkrimineller."

Dora holt tief Luft. „Wahrscheinlich steckt ihr beiden sowieso unter einer Decke. Also raus jetzt!"

Eddie möchte weiterprotestieren, erhebt sich jedoch stattdessen und geht zur Tür. Zu seiner Überraschung folgt Joe ihm und so stehen sie kurz darauf im Hausflur. Schweigend trotten sie die Treppe herunter und verlassen gemeinsam das Haus. Davor stehen sie einander gegenüber und funkeln sich böse an.

„Na, das hat ja super geklappt!", tadelt Joe sein Gegenüber. „Ich hatte einen Plan und wenn du nicht dazwischen gegangen wärest, hätte ich jetzt das Kästchen."

„Träum weiter, du kamst ja nicht mal in ihre Nähe und spürst deine Schulter sicher immer noch", erwidert Eddie.

„Ja, aber nur weil die Zicke das Kästchen benutzt hat. Ohne das hätte sie mich gewiss nicht auf die Bretter geschickt."

„Glaubst du das wirklich? Für mich sah es eher so aus, als hätte sie einen schwarzen Gürtel", erklärt Eddie. „Ich hingegen hatte sie fast so weit, mir zu vertrauen und wenn du nicht aufgetaucht wärest, hätte *ich* jetzt das Kästchen."

Joe schüttelt den Kopf. Eddie tut es ihm nach und so stehen sie eine Weile schweigend voreinander, bis sie beide, einem Impuls folgend, zur Seite schauen und Dora entdecken, die gerade schnellen Schrittes das Haus verlässt, mit ihrem Rucksack auf dem Rücken.

Als sie die beiden entdeckt, formt sie mit der Hand eine Pistole, die sie auf sie richtet, zweimal abdrückt und dabei ein grimmiges Gesicht zeigt. Kurz darauf ist sie verschwunden.

„Was hat sie vor?", stammelt Joe.

„Sie fährt für ein paar Tage weg, zu einem Stille-Seminar. Keine Ahnung, wo das stattfindet", antwortet Eddie.

„Na, dann ist unser Job hier wohl erledigt", erklärt Joe frustriert. „Ich wünsche dir noch ein schönes Leben!", ruft er, während er sich in Bewegung setzt und Eddie ratlos zurücklässt.

INTERMEZZO

Reflexionen

Am folgenden Dienstag – um die Mittagszeit

Bereits am Dienstag geht Dora das ewige Schweigen und die inneren Reflexionen gehörig auf die Nerven. Dabei hat ihre Freundin Penny ihr seit langem davon vorgeschwärmt, wie entspannend es ist, mal drei Tage nicht zu sprechen und nicht zuhören zu müssen, sondern sich einfach nur der Stille hinzugeben. Okay, die ersten anderthalb Tage empfand sie es tatsächlich ganz wohltuend. Die Leute sind freundlich und zuvorkommend, das Essen ist okay und die ganze Atmosphäre in dem Kloster sehr spirituell.

Aber jetzt, am Dienstag beim Mittagessen in dem alten Refektorium, hält sie es nicht mehr gut aus. Kurzerhand verlässt sie den Saal, läuft in den Klostergarten und setzt sich auf die Bank gegenüber dem Kräuterfeld, dessen Melange aus herrlichen Düften vom Wind zu ihr herübergetragen wird.

Sie vermisst Malte und kann es kaum erwarten, ihn morgen wieder zu sehen. Und dann gehen ihr die Ereignisse des Wochenendes nicht aus dem Kopf.

Als sie das Kästchen im Sandkasten gefunden und bald darauf verstanden hatte, wofür es gut ist, da hatte sie nicht daran gedacht, dass es jemanden geben könnte, der danach suchen würde. Und dann standen gleich zwei Typen vor ihrer Tür und wollten es zurückhaben. Aber da sind sie bei ihr an der falschen Adresse, was sie den beiden hoffentlich deutlich gemacht hat.

Obwohl sie leise Zweifel beschleichen, ob es richtig war, auch Eddie einfach so hinauszuwerfen, denn inzwischen ist sie sich nicht mehr so sicher, dass die beiden tatsächlich unter einer Decke stecken.

Überhaupt geht ihr dieser Eddie nicht aus dem Kopf. Klar, auch er wollte das Kästchen, aber irgendwie hat sie das Gefühl, da wäre noch etwas Anderes, nach dem er sucht. Andererseits hat sie erhebliche Zweifel, ob das ausgerechnet eine deutlich ältere Frau mit einem Kind ist. Dennoch denkt sie seit gestern darüber nach, ob sie ihn kontaktieren sollte. Über das Theater wäre es leicht möglich, seine Adresse herauszufinden.

Überhaupt fragt sie sich, ob es fair ist, wenn sie das Kästchen einfach für sich behält. Immerhin hatten die beiden es auch einmal, und sie hat es nur gefunden. Demnach haben sie vielleicht alle drei ein Recht auf das Ding. Möglicherweise könnten sie einen Kompromiss finden oder es gemeinsam nutzen. Obwohl dieser Joe nicht so wirkte, als würde er sich auf so etwas einlassen. Aber vielleicht könnte sie sich zumindest mit Eddie auf irgend so etwas einigen.

Sogleich verdreht sie die Augen und schüttelt den Kopf, obwohl sie allein ist und dies niemand sehen kann. Offensichtlich haben diese Reflexionen, denen sie sich hier fortwährend hingeben sollen, sie bereits ganz weich im Kopf gemacht. Es gibt überhaupt keinen Anlass für irgendwelche Kompromisse. Sie hat das Kästchen ganz für sich allein und so kann es auch bleiben.

Etwa zur selben Zeit, weit entfernt an einem anderen Ort, erwacht Joe aus unruhigen Träumen. Es braucht einen Moment, bis er realisiert, dass er in seinem Bett und damit an einem sicheren Ort ist. Der Einbruch heute Nacht war gründlich schiefgegangen. Unbemerkt hatte Joe einen stillen Alarm ausgelöst und kurz darauf waren die Bullen aufgetaucht. Sie hatten es gerade eben so geschafft, zu fliehen, hatten die Beute jedoch zurücklassen müssen.

Joe streckt und rekelt sich noch eine Weile in seinem Bett, bevor er es verlässt, um sich ein schmales Frühstück zu bereiten. Während der Kaffee durch die Maschine läuft, springt er kurz unter die Dusche.

Nach der zweiten Tasse Kaffee sieht er klarer. So kann es nicht weitergehen. Ohne das Kästchen wird ihm das immer wieder passieren und das wird auf Dauer nicht gutgehen. Ihm war immer klar gewesen, dass er eigentlich nicht zum Einbrecher taugt, er dafür keine Begabung hat. Den Fluchtwagen zu fahren, das war okay, das konnte er ziemlich gut. Aber auf die Idee, einen auf Einbrecherkönig zu machen, wäre er ohne das Zauberding niemals gekommen.

Joe scheut sich, den Gedanken zu denken, aber wie er es auch wendet, es lässt sich nicht leugnen: Er muss aufhören mit den krummen Sachen und sich etwas Seriöses suchen. Leider hat er, außer zwei abgebrochenen Ausbildungen, nix vorzuweisen, was ihn auf dem Arbeitsmarkt attraktiv erscheinen lassen könnte. Generell hält sich seine Lust an regelmäßiger umfänglicher Arbeit in engen Grenzen.

In Sachen Arbeitszeiten gibt es tatsächlich kaum etwas Besseres, als den Job als Kleinkrimineller, wo man nur unregelmäßig und dann auch nur recht wenig zu tun hat. Zu seinem Glück hat er in der kurzen Zeit seiner Karriere als Meisterdieb, lukrativ verdient und dabei etwas Geld gespart. Eine Weile sollte das reichen, aber ausgesorgt hat er damit nicht.

Oder reflektiert er hier gerade in die völlig falsche Richtung? Sollte er das Kästchen tatsächlich so leicht aufgeben? Und hat er wirklich schon alles versucht?

Vielleicht hatte er auch den falschen Ansatz. Der Goldjunge hatte offenbar geplant, Doras Vertrauen zu gewinnen und ihr das Kästchen dann abzunehmen. Vielleicht war das die bessere Strategie und möglicherweise hätte er es sogar geschafft, wenn Joe ihm nicht dazwischen gekommen wäre.

Joe bemerkt, wie in ihm eine Erkenntnis an die Oberfläche seines Bewusstseins geschwemmt wird: Es gibt überhaupt keinen Anlass das Zauberding einfach so aufzugeben. Er hat es verloren und sie hat es einfach nur gefunden und jetzt hat sie es, aber so kann es nicht bleiben.

Etwa zur selben Zeit, nicht allzu weit entfernt, sitzen Eddie und Valli auf dem roten Plüschsofa im *Café Ferdinand* und genießen das große Genießer-Frühstück für zwei. Nachdem sie mit dem Prosecco angestoßen haben, öffnet

Eddie endlich den Mund. Zunächst bedankt er sich, dass Valli ihn spontan treffen konnte und dann erzählt er ihr die ganze Geschichte, seit er Joe auf die Spur gekommen ist.

Valli hört aufmerksam zu, versäumt dabei jedoch nicht, den Lachs, das Rührei und die frischen Brötchen zu genießen.

„Und dieser Joe hat dich die ganze Zeit über beobachtet? Und dann hast du den Spieß umgedreht und ihn beschattet?", fragt Valli zwischendurch, als Eddie kurz Luft holt.

Eddie antwortet nicht darauf, sondern erzählt weiter.

Er muss sich das alles von der Seele reden, denn seit dem Wochenende blickt er überhaupt nicht mehr durch.

„Eine echt krasse Geschichte, klingt eher wie ein aus dem Ruder gelaufener Trip. Aber was macht dich jetzt so fertig daran?", fragt Valli, nachdem Eddie seinen Bericht beendet hat.

Eddie zuckt mit den Schultern. „Eigentlich alles! Ich war so kurz davor, das Kästchen wieder zu bekommen und dann taucht dieser Idiot auf und macht alles kaputt."

Valli verzieht das Gesicht und tunkt ihr Croissant in die frische Erdbeermarmelade. „Habe ich etwas nicht mitbekommen? Wie genau wolltest du Dora das Kästchen abnehmen?"

Eddie zieht die Schultern hoch und zeigt ein müdes Gesicht. Dann schweigen sie eine Weile, bis Eddie sich entschließt, Valli die Wahrheit zu sagen. „Wenn ich ehrlich bin, geht es mir gar nicht mehr so sehr um das Kästchen."

Er holt tief Luft. „Viel mehr macht es mich fertig, dass Dora denkt, ich hätte es nur auf das Kästchen abgesehen und würde mit diesem Schwerverbrecher unter einer Decke stecken."

Valli grinst ihn an. „Das hatte ich mir schon gedacht. Was ist das mit ihr? Wie ist sie so?"

„Rein äußerlich ist sie eigentlich nicht mein Typ und mit ihren vierzig Jahren ist sie deutlich älter als ich. Und dann hat sie auch noch ein Kind", erklärt Eddie vehement.

„Und dennoch hat sie etwas in mir ausgelöst, das ich nicht verstehe. Und wenn ich daran denke, sie nie wieder zu sehen, dann wird mir ganz schlecht!", erklärt er mit einem leicht debilen Lächeln im Gesicht.

„Ups, dich hat es aber ganz schön erwischt", erklärt Valli mit einem fürsorglichen Blick.

„Ach ich weiß nicht, eigentlich kenne ich sie überhaupt nicht. Vielleicht bilde ich mir da auch nur etwas ein", wehrt Eddie ab und wechselt schnell das Thema, indem er sie fragt, was sie aktuell so treibt.

Den Rest des Frühstücks plaudern sie über dies und das. Schließlich muss Valli los, weil sie noch etwas für die Uni machen muss, wie sie sagt. Vor der Tür drückt Valli ihn fest an sich und haucht ihm einen Kuss auf die Wange. Dann verschwindet sie in Richtung Kortumpark.

Während Eddie ihr nachschaut, bemerkt er das Vibrieren in seiner Jackentasche, das eine SMS ankündigt. Sie stammt ausgerechnet von Joe.

Er schreibt kurz und knapp: ‚Ich denke, wir sollten noch einen Versuch starten, Joe'.

KAPITEL 27

Keine Kompromisse

Freitag

Heute ist es wieder passiert: Als sie am Regenbogen-Kindergarten ankamen, war die Tür geschlossen. Dabei war es erst eine Minute nach neun. Nachdem Dora viermal geklingelt hatte, war eine sichtlich genervte Kindergarten-Leiterin an der Tür erschienen und hatte ihr zum x-ten Mal erklärt, dass die Kinder nur in der Zeit von halb acht bis neun abgegeben werden können. Dora versprach, dass sie sich nie wieder verspäten würden, und Malte durfte dann doch noch reinkommen.

Auf dem Rückweg flucht Dora vor sich hin. Weniger ärgert sie die demütigende Szene als die Tatsache, dass ihr tolles Kästchen sie nur zehn Sekunden in der Zeit zurückversetzen kann. Danach ist es für zehn Sekunden blockiert, so dass ein Zeitsprung um eine Minute grundsätzlich nicht möglich ist.

Wieder zu Hause kocht sie eine große Kanne Tee und begibt sich damit in ihr Zimmer, welches gleichermaßen ihr Schlaf- wie ihr Arbeitszimmer ist. Sogleich beginnt sie die Arbeiten an dem Manuskript einer jungen Autorin des Verlags.

Am frühen Nachmittag macht sie eine Pause und wärmt den Rest von der Quiche auf, die sie gestern gebacken hat. Gerade als sie das erste Stück in ihren Mund schiebt, klingelt es an der Tür. Sie legt die neue Sicherungskette in die Schiene und öffnet die Tür einen Spalt breit. Das Bild, das sich ihr bietet, lässt sie innerlich schmunzeln.

Eddie hat einen üppigen Blumenstrauß in der Hand und zeigt einen verlegenen Gesichtsausdruck. Als sie die Kette löst und die Tür ein Stück öffnet, entdeckt sie Joe, der sich schräg hinter Eddie gestellt hat. Dora verzieht ihr Gesicht, schließt die Tür jedoch nicht gleich wieder. Das gibt den beiden die Gelegenheit, ihre gelernten Sprüche aufzusagen.

„Wir möchten uns bei dir entschuldigen", erklärt Eddie und legt seinen ganzen Charme in seine Worte.

„Vielleicht können wir ja noch einmal von vorn anfangen. Diesmal bin ich auch unbewaffnet", erklärt Joe grinsend und zeigt zur Bestätigung seine leeren Hände.

Dora kann ein Schmunzeln nicht verbergen, schüttelt dann, ein wenig theatralisch den Kopf und lässt die beiden doch herein. Kurz darauf sitzen Eddie und Joe in der Küche. Während Dora Kaffee für ihre Besucher kocht, liegt eine schwere Stille über der Szenerie.

Dora serviert den Kaffee und setzt sich dazu. Dann entschuldigen die beiden sich erneut bei ihr und bitten um ein Gespräch. Als Dora nur nickt und nichts weiter sagt, schildern sie nacheinander die Beweggründe für ihren erneuten Besuch bei ihr. Sie geben sich beide viel Mühe zu erklären, warum sie das Kästchen unbedingt zurückhaben müssen.

„Wir brauchen irgendeine Lösung oder einen Kompromiss", beendet Eddie seine Ausführungen.

Dora schüttelt den Kopf. „Wieso das? Ich habe das Kästchen und so kann es bleiben!"

„Nee Süße, so einfach ist das nicht. Eddie hat es gekauft, ich habe es rechtmäßig gestohlen und du es einfach nur gefunden", widerspricht Joe.

„Und damit sind die Eigentumsverhältnisse doch klar. Was man findet, gehört einem nicht, was man stiehlt, ebenso wenig, also gibt es nur *einen* rechtmäßigen Eigentümer des Kästchens", führt Eddie akademisch aus.

„Was dem Eigentümer herzlich wenig nützt, wenn der Besitzer ein anderer ist", widerspricht Dora. „Ich denke, es dürfte lustig werden, wenn du dein angebliches Recht geltend machen würdest."

„Was für eine vortreffliche Idee! Lass uns das Ganze vor Gericht klären, wenn ihr euch so sehr im Recht fühlt", erklärt Joe und ergänzt in einem hämischen Tonfall. „Herr Richter, der Kleinkriminelle hat mir ein Kästchen geklaut, mit dem ich die Zeit um zehn Sekunden zurückdrehen konnte, und seit ich es nicht mehr habe, geht mein Leben den Bach runter."

„Okay Leute, vielleicht sollten wir versuchen konstruktiv an die Sache heranzugehen. Wir könnten versuchen, einen Kompromiss zu finden", versucht Eddie die Wogen zu glätten.

„Kompromisse sind ganz schlecht. Hütet euch vor Kompromissen, damit wird niemand glücklich, sagt Jack Nasher, zumindest sinngemäß", blockt Joe ab.

„Wer ist dieser Jack? Ein Kumpel von dir?", fragt Dora.

„Nee, das ist *der* Verhandlungsguru schlechthin, von dem habe ich viel gelernt", erklärt Joe.

„Na dann lass mal hören. Was schlägst du vor, wie wir das hier verhandeln?", erwidert Eddie genervt.

„Zunächst einmal sollten wir klären, wozu jeder von uns das Kästchen genau benötigt und warum es ihm wichtig ist. Eddie, was hast du mit dem Kästchen gemacht?", fragt Joe.

Eddie denkt kurz darüber nach: „Zunächst einmal geht mir das Geld aus, seitdem ich nicht mehr mit dem Kästchen ins Spielcasino gehen kann."

Dora macht große Augen. „Spielcasino? Da muss man erstmal draufkommen. Das heißt, du nutzt es für Betrügereien, um billig an Geld zu kommen", stellt sie fest und wirkt tatsächlich empört.

„Dann brauche ich es im Job. Ich habe da mit schwierigen Leuten zu tun, Schauspieler, Regisseure und so, mit denen ich mich gut stellen muss. Das Kästchen hilft mir herauszufinden, was sie gerade bewegt, was sie brauchen. Manchmal ist es nur eine kleine Aufmunterung und alles ist gut", führt Eddie aus.

„Du meinst, du brauchst es, um den Leuten nach dem Mund zu reden und dich damit beliebt zu machen. Hast du es mal mit Haltung und einem eigenen Standpunkt versucht?", fragt Joe ernst.

„Oder vielleicht mit Empathie", wirft Dora ein. „Sozialer Umgang miteinander gelingt den meisten auch ohne Magie."

Eddie ist irritiert und wundert sich darüber, wie selbstverständlich die beiden seine Argumente einfach so wegbügeln. „Schließlich benötige ich es für meine große Leidenschaft."

Dora beugt sich ein Stück vor, als wäre sie gespannt, was nun kommt. Joe hingegen macht eine wegwerfende Handbewegung. „Ich weiß schon, du meinst das Flippern."

Eddie nickt. „Genau, mit dem Kästchen gewinne ich jedes Spiel und alle Turniere und habe mir damit in kurzer Zeit einen legendären Ruf erarbeitet."

Dora beginnt laut zu lachen und Joe fällt mit ein, während Eddie ernst daneben sitzt. Als sich die beiden wieder beruhigt haben, schüttelt Dora energisch den Kopf.

„Das ist so ziemlich das Dümmste, was ich mir hätte vorstellen können. Du bist wirklich stolz darauf, nur durch Betrug ein Flipperturnier zu gewinnen? Du machst das doch freiwillig und in deiner Freizeit. Aber wo bleibt denn der Spaß, wenn es nur mit Schummeleien funktioniert?"

Bevor Eddie etwas erwidern kann, sofern er wüsste, was, kommt Joe ihm zuvor. „Ich denke der Reiz liegt weniger in der Sache selbst, sondern in dem Respekt, den ihm seine Kumpels entgegenbringen, wenn er gewinnt. Offensichtlich mangelt es unserem Freund an Selbstbewusstsein, um sich auch ohne solchen Quatsch gewertschätzt zu fühlen."

Eddie ist entsetzt über Joes Analyse und möchte deutlich widersprechen. Dann bemerkt er, wie das Blut in sein Gesicht steigt und er rot anläuft, was ihm gegenüber Dora peinlich ist.

Sie schaut Joe an und dann zu Eddie. „Also, ich fasse zusammen. Du benötigst das Kästchen für Betrügereien, für Schmeicheleien und für Angebereien, weil es dir an Geld, Empathie und Wertschätzung fehlt", stellt sie fest. „Bist du dir sicher, dass wirklich das Kästchen die Lösung deiner Probleme ist?"

Bevor Eddie etwas erwidern kann, wendet sich Dora an Joe: „Und wofür benötigst du das Ding so dringend?"

Joe grinst sie an. „Das ist ganz einfach meine Liebe, ich setze es nur in meinem Job ein."

„Und was ist dein Job?", fragt sie, obwohl sie sich das gewiss denken kann.

„Raubüberfälle", ruft Eddie dazwischen.

„Genau, ich nehme den Reichen und gebe den Armen, also zunächst einmal mir selbst. Mit dem Kästchen gelingt es mir, jedweden Alarm, den ich auslöse, ungeschehen zu machen. Für alles andere benötige ich keine Zauberei."

Dora seufzt ein wenig theatralisch. „Das scheint mir eine ziemlich traurige Bilanz, findet ihr nicht? Ist euch wirklich nicht mehr eingefallen, was ihr Sinnvolles damit anfangen könntet?"

Joe zieht die Schultern hoch. „Was sollte man noch damit anfangen? Es sind nur zehn Sekunden, da kann man nicht viel machen. Wenn es zehn Minuten oder zehn Stunden wären, würde mir noch viel mehr einfallen", rechtfertigt Joe sich, wenig überzeugend, wie Eddie findet.

Dennoch steigt er darauf ein: „Vielleicht gibt es da draußen andere Kästchen mit längeren Zeitsprüngen und wir sind halt die Dummen, die das Zehn-Sekunden-Ding gefunden haben."

„Es müsste einen Mechanismus geben, mit dem man die Zeit einstellen kann", führt Joe den Gedanken weiter.

„Vielleicht gibt es so etwas", schlägt Dora vor.

Eddie schüttelt den Kopf. „Nein, ich habe es röntgen lassen: Das Kästchen ist einfach leer!"

„Schade, manchmal würde schon eine Minute reichen", beklagt Joe und macht ein enttäuschtes Gesicht.

Dora nickt und muss an die geschlossene Kindergartentür heute Morgen denken. Dann zeigt sie ein freundliches Lächeln und fragt: „Und, noch einen Kaffee, Jungs?"

Die beiden Männer schütteln synchron die Köpfe. Dann zieht Joe eine Augenbraue nach oben und fragt: „Wieso bist du eigentlich nicht mehr misstrauisch und stattdessen sehr freundlich zu uns?"

Dora zuckt mit den Schultern und zeigt ein Grinsen. „Trotz eures Auftritts letzte Woche macht ihr beiden einen durchaus sympathischen Eindruck. Eher wie zwei Komiker und irgendwie so gar nicht gefährlich", erklärt sie lachend.

„Wie jetzt?", zeigt Joe sich verdutzt.

Nun ist es Eddie, der zu lachen beginnt. „Sie veralbert dich und setzt die ganze Zeit das Kästchen ein. Wahrscheinlich haben wir ihr bereits alles verraten und können uns an nichts davon erinnern. Sie kann in uns lesen, wie in einem Buch."

Joe schüttelt seinen Kopf, muss dann aber auch grinsen. „Sugar, das ist ja ganz schön ausgefuchst. Ich denke, von dir kann ich noch was lernen."

Dora nickt, lächelt und deutet auf die Küchenuhr. „Ich denke, wir haben alles geklärt und nun muss ich echt los, bevor der Kindergarten schließt."

Gleichzeitig öffnen Eddie und Joe ihre Münder und möchten widersprechen, aber Dora kommt ihnen zuvor.

„Nee Leute, die verstehen echt keinen Spaß dort. Wenn ich ihn nicht pünktlich abhole, setzten die ihn einfach vor die Tür und das findet er gar nicht gut."

Das sehen die beiden ein. Also verabschieden sie sich freundlich von Dora und begleiten sie nach unten.

Nachdem Dora verschwunden ist, stehen sich Eddie und Joe unschlüssig gegenüber. „Wollen wir vielleicht noch auf einen Absacker?", fragt Joe unvermittelt und deutet auf die Trattoria nebenan.

Kurz darauf sitzen die beiden in der Trattoria *Fine Seccolo* in einer Ecke mit je einem bunten Cocktail und der mediterranen Meeresfrüchteplatte für zwei vor sich. Zunächst genießen sie schweigend das Essen, dann beginnen sie eine zaghafte Konversation, wobei zaghaft nur auf Eddie zutrifft.

„Ich weiß nicht, ob dein verdrehtes Hirn es schon bemerkt hat, aber die Kleine steht auf dich", erklärt Joe in freundlichem Ton, der nicht ganz zu seiner Wortwahl passt.

Eddie nickt. „Und was ist mit dir?", fragt er.

„Ich steh nicht auf dich, falls du das meinst", entgegnet Joe. „Ich bevorzuge echte Frauen, nicht Typen, die wie welche aussehen", ergänzt er lachend.

„Hörst du dir eigentlich manchmal selbst zu?"

„Nee, wozu sollte das gut sein. Ich weiß ja, was ich sage, noch bevor ich es ausspreche, da wäre es wohl Quatsch, mir das dann auch nochmal anzuhören", entgegnet Joe ohne eine Spur von Ironie in seiner Stimme.

„Also quatscht du einfach immer so drauf los", stellt Eddie fest, dem das Ganze hier gerade in die völlig falsche Richtung zu laufen scheint.

„Mitnichten mein Guter", antwortet Joe mit einem väterlichen Unterton. „Was ich hier mache, nennt man strukturierte und zielgerichtete Informationsbeschaffung."

Dann deutet er mit dem Finger auf Eddie und erklärt: „Wir reden erst seit fünf Minuten und schau mal, was ich über dich herausgefunden habe: Du bist in Dora verknallt, bist aber unsicher, ob sie auch auf dich steht oder eher auf so einen coolen Typen wie mich. Deshalb treibt es dich um, zu erfahren, ob auch ich Ambitionen habe und dir in die Quere kommen könnte. Aber da tappst du immer noch im Dunkeln, so wie du generell nicht schlau aus mir wirst."

Er hebt eine Hand in die Höhe, was seltsam aussieht, wie Eddie findet. „Einerseits hältst du mich für den schlimmsten Menschen, den du je getroffen hast, weil du dir einbildest, ich hätte dein Leben zerstört, als ich dir das Kästchen geklaut habe. Andererseits bist du überrascht und erleichtert, dass ich doch nicht die Inkarnation des Ultra-Bösen bin, sondern nur ein Kleinkrimineller mit einer Spielzeugpistole, der in einem anderen Leben ein guter Kumpel hätte sein können."

Er lässt seine Worte verklingen, macht eine theatralische Pause und ergänzt: „Und in dem finsteren Teil deiner

Seele reift schon länger die Idee, dich vielleicht mit mir zusammen zu tun, um Dora das Kästchen abzunehmen."

Joe zeigt ein triumphierendes Lächeln. Eddie hingegen fühlt sich elend, denn dies ist eine präzise Beschreibung der Lage.

„Bist du Psychologe, oder was?", fragt er in gewollt ruppigen Ton und versucht einen grimmigen Gesichtsausdruck.

Joe lacht und schüttelt den Kopf. „Ne, ich hab' nur nen Realschulabschluss. Aber ein bisschen Menschenkenntnis ist in meinem Gewerbe lebenswichtig. Du musst genau einschätzen, wen du übers Ohr hauen kannst und bei wem du das besser vermeidest."

„Und bei mir war dir schnell klar, dass du leichtes Spiel haben würdest, stimmt's?", erwidert Eddie müde und frustriert.

Joe nickt. „Klar, und hat ja auch funktioniert. Mit dem Realschulabschluss bin ich übrigens der Akademiker der Familie und musste als Kind viel Spott von Onkels und Cousins ertragen, die einen Schulabschluss für völlig versnobt und unnötig halten. Von wegen, der will hoch hinaus und so", erklärt Joe voller Ernst.

„Na, hat ja super geklappt!", entgegnet Eddie, ohne den Sarkasmus in seiner Stimme zu verbergen.

„Immerhin war ich für kurze Zeit ein *Kästchenträger*, was mich schon zu etwas Besonderem macht, vielleicht so ähnlich wie Bilbo und Frodo im *Herrn der Ringe* Ringträger waren", erklärt Joe.

„Wohl eher wie Gollum. Aber was ist nun? Stehst du auf sie oder nicht?", wechselt Eddie abrupt das Thema.

„Wie kommst du darauf?"

„Letzte Woche wolltest du sie noch ausrauben und abhauen und heute bist du freundlich und charmant und hast sogar Verständnis für ihre Sicht auf die Dinge", entgegnet Eddie.

„Nun ja, sie ist schon eine beeindruckende Frau und von der Bettkante schubsen würde ich sie sicher nicht, aber ich fürchte, ich habe den Start verpatzt. Immerhin denkt sie, ich wollte sie umbringen, was nun wirklich nicht meine Absicht war."

„Wie bist du eigentlich Dora auf die Spur gekommen?", wechselt Eddie das Thema.

Joe zeigt ein schelmisches Grinsen. „Das war gar nicht so einfach, aber ich hatte vorgesorgt. Während meiner Flucht vor Don Johns Leuten habe ich nach einem geeigneten Ort für das Kästchen Ausschau gehalten und dann habe ich einen Platz vor einem Park entdeckt. Rund um den Platz gibt es einige Geschäfte und auch einen Juwelier. Daher war mir klar, dass es auch Überwachungskameras geben würde."

Joe macht eine Kunstpause, Eddie zeigt ein fragendes Gesicht. „Zunächst habe ich das Kästchen natürlich im Sandkasten gesucht, aber vergeblich. Wieder zu Hause habe ich mir über Kontakte, die hier nix zur Sache tun, die Aufnahmen besorgt. Der Rest war ganz einfach, da ich selbst auf den Aufnahmen gut zu erkennen bin, denn ich hatte freundlich in aller Richtungen gewinkt. Und kurz nach mir hatten Dora und Malte den Park betreten und danach noch ein paar Narren und andere Geschäftsleute, aber die waren unverdächtig. Mit der Gesichtserkennungssoftware der Hamburger Polizei konnte ich Namen und Adresse ausfindig machen."

Eddie staunt und wundert sich. „Und wie kommt Dora in die Polizeidatenbank?"

Joe lacht. „Ja, das war natürlich ein Glücksfall für mich. Erst kürzlich war Dora erkennungsdienstlich erfasst worden. Sie hatte sich im Rahmen einer Klimaprotestaktion auf einer Straße festgeklebt. Und so ist sie dann im Polizeicomputer gelandet."

Joe seufzt theatralisch. „Und der Rest wäre ganz einfach gewesen, wenn du mir nicht in die Quere gekommen wärest."

Zum ersten Mal seit Beginn dieses Gesprächs muss auch mal Eddie grinsen.

„Wie bist du mir eigentlich auf die Spur gekommen?", schiebt Joe nach.

„Das war gar nicht so einfach, denn ich hatte nicht vorgesorgt. Aber auch ich hatte Glück, als ich dich irgendwann im Hintergrund auf einigen Fotos entdeckt und sofort als den Fahrer des Fluchtwagens erkannt hatte. Zwar verstand ich den Zusammenhang zwischen der Schießerei und dem Kästchen nicht, aber mir war sofort klar, dass du irgendetwas damit zu tun hast. Über Kontakte, die hier nix zur Sache tun, fand ich deinen Namen und eine alte Adresse heraus. Der Rest war reine Detektivarbeit, wobei mir die Polizei ebenfalls behilflich war."

„Dann warst du es, der mich an die Bullen verpfiffen hat, weswegen ich verhaftet wurde", stellt Joe anerkennend fest.

„Das brachte mir den Vorsprung ein, von dem ich dachte, er würde genügen, das Kästchen vor dir zu bekommen."

„Tja, mein Guter und jetzt stehen wir in einer Art Pattsituation. Keine Ahnung, was wir nun machen sollen."

Eddie kann ein Gähnen nicht unterdrücken. „Das sollten wir morgen besprechen, mit Dora. Wollen wir uns morgen Mittag wieder hier treffen?"

Joe nickt. „Meinst du, wir treffen sie an?"

„Da diesmal kein Rucksack im Flur stand, plant sie offenbar keine Reise. Und nachmittags ist sie oft mit Malte auf dem Spielplatz gegenüber. Vielleicht gegen zwei?"

„Okay, dann wünsche ich eine geruhsame Nacht. Wo bist du denn abgestiegen?"

„In einer schäbigen Pension am Ende der langen Reihe", antwortet Eddie. „Und Du?"

„Wie schon beim letzten Mal im *Atlantic*. Dachte, ich würde Udo Lindenberg beim Frühstück treffen, war aber wohl zu früh dran. Vielleicht klappt es ja morgen", erklärt Joe und winkt nach dem Kellner.

KAPITEL 28

Im Escape-Room

Tags darauf – Samstag

Wie verabredet treffen sie sich tags darauf wieder vor Doras Haus. Es nieselt, daher verlieren sich auf dem Spielplatz nur eine Handvoll Jugendliche. Die Haustür ist offen, daher klingeln sie direkt an der Wohnungstür. Dora scheint überrascht, jedoch nicht abweisend.

„Na, ihr beiden seid ja echt hartnäckig. War noch was?", fragt sie und deutet mit der Hand an, sie sollen reinkommen.

Malte sitzt am Küchentisch und ist gerade dabei, ein Bild zu malen. Eddie schaut ihm über die Schulter und erkennt einen fröhlichen Eisbär, der Arme und Beine von sich streckt und ein Stück weit über dem Boden schwebt.

In seinem Bauch befinden sich unzählige Kreise. Eddie versteht den Zusammenhang nicht, deshalb fragt er nach.

Malte schenkt ihm ein freundliches Lächeln. „Plötze hat so viele Seifenblasen verschluckt, dass er nun wegfliegt", erklärt er und vertieft sich wieder in sein Werk. Eddie ist beeindruckt und fragt sich, wie Seifenblasen wohl schmecken.

„Das sind Eddie und Joe, alte Freunde von mir", erklärt Dora. Die Erwähnten zeigen synchron überraschte Gesichter. Dora schiebt sie ins Wohnzimmer, platziert sie nebeneinander auf dem altertümlichen Sofa und setzt sich in den Sessel gegenüber. Dann zuckt sie mit den Schultern.

„Ich konnte ihm ja schlecht die Wahrheit sagen. Also Jungs, was kann ich für euch tun?"

„Na, wir haben da noch etwas zu klären", erklärt Joe ungewohnt unsicher.

„Ich habe nichts mit euch zu klären, das haben wir doch gestern schön herausgearbeitet", erklärt Dora ohne eine Regung.

„Vielleicht finden wir ja doch einen Kompromiss", entgegnet Joe und klingt dabei ein wenig verzweifelt.

„Ach, ich denke, du lehnst Kompromisse grundsätzlich ab", argumentiert Dora mit einem strengen Gesichtsausdruck.

Eddie und Joe machen einen ziemlich bedröppelten Eindruck, was Dora irgendwie süß findet.

„Eigentlich …", setzt Eddie an, aber Joe kommt ihm dazwischen. „Komm schon, Sweety, du weißt genau, dass du das Ding nicht einfach so allein für dich behalten kannst und …"

„… so schnell wirst du uns nicht wieder los", bringt Eddie den Satz zu Ende.

„Das will ich auch nicht unbedingt, aber jetzt habe ich echt keine Zeit für solche Sachen. Malte hat heute Geburtstag und feiert in einem Kinder-Escape-Room. Also wird gleich eine Horde Fünf- bis Sechsjähriger hier abgeworfen, die ich den Rest des Tages bespaßen darf."

In ihre Worte hinein klingelt es an der Tür und dann gleich nochmal. Kurz darauf durchzieht eine Geräuschkulisse aus hohen Kinderstimmen, gepaart mit Kreischen und Schreien, die Wohnung.

Eddie und Joe schauen einander an, Joe zuckt mit den Schultern und wirkt nicht mehr so souverän wie sonst.

„Wir waren so nah dran. Ich fahr' jetzt nicht wieder nach Hause", murmelt Eddie.

„Zumindest nicht ohne das Kästchen", erklärt Joe und lehnt sich zurück.

Im selben Moment steckt Dora den Kopf durch einen Türspalt und schenkt ihnen beiden ein schelmisches Grinsen.

„Habt ihr beiden heute noch was vor? Ich hätte da nämlich eine Idee?"

Eine halbe Stunde später stehen Eddie, Joe, Dora und ein Dutzend kreischender Kinder in einem kleinen Raum, dessen Tür gerade hinter ihnen geschlossen wird. Die Kammer ist sehr schmal und nicht viel länger und die Luft bereits jetzt stickig. Eddie war noch nie in einem Escape-Room und er fühlt sich deutlich unwohl. So ähnlich müssen sich die Griechen damals in dem *Trojanischen Pferd* gefühlt haben, als sie die halbe Nacht vor dem Stadttor darin ausharren mussten, kommt es ihm plötzlich in den Sinn.

Eine Stimme aus einem unsichtbaren Lautsprecher begrüßt sie und erklärt die erste Aufgabe, die sie hier drin zu lösen haben. Das klappt auch ganz gut, aber bereits bei der zweiten Aufgabe scheinen die Kinder etwas überfordert, so dass Dora ihnen ein paar Tipps geben muss.

Kurz darauf bekommt Eddie mit, wie ein Mädchen mit roten Zöpfen, Malte anstupst und mit dem Finger auf Eddie und Joe zeigt, die sich bislang im Hintergrund gehalten haben. Malte macht ein trauriges Gesicht, schüttelt den Kopf, lässt das Mädchen einfach stehen und läuft davon, was in dem kleinen Raum nicht gut geht. Während Malte in einer Ecke des Raumes steht und Mühe hat, die Tränen zurückzuhalten, konzentrieren sich die anderen Kinder auf die nächste Aufgabe.

Dora kramt in beiden Hosentaschen und holt ein Taschentuch hervor. Aus der anderen fischt sie das Kästchen und verbirgt es sogleich hinter ihrem Rücken. Auf dem kurzen Weg zu Malte kommt sie auf Eddie zu und drückt ihm das Kästchen in die Hand. „Kümmere dich bitte um die anderen und die Aufgabe", flüstert sie.

Eddie bemerkt, wie sein Herz schneller zu schlagen, und der Boden unter ihm zu schwanken beginnt. Verstohlen blickt er auf seine Hand, öffnet diese kurz und da ist es: Das Kästchen, sein Kästchen – er hat es wieder!

Schnell lässt er es in seine Hosentasche gleiten. Immer noch völlig konsterniert, ist sein Kopf plötzlich ganz leer. Dann bemerkt er einen vagen Gedanken, der sich vorsichtig in sein Bewusstsein schleicht: Wie wäre es, er würde jetzt den roten Not-Knopf drücken und dann durch die geöffnete Tür davonlaufen, weit weg, irgendwohin, wo ihn niemand findet?

Ein Blick zu Dora, die gerade dabei ist, Maltes Tränen einzusammeln und tröstend auf ihn einzuflüstern, bringt Eddie zurück in die Realität. Kurzerhand geht er zu den

Kindern, mischt sich in deren Diskussion über die Aufgabe ein. Gemeinsam lösen sie diese schnell. Zumindest wirkt es für die Kinder so, denn Eddie muss dafür das Kästchen gleich dreimal einsetzen.

Joe, der offenbar alles mitbekommen hat, nickt Eddie zu, was dieser nicht zu deuten weiß. Inzwischen ist Malte wieder zu den anderen Kindern gestoßen und Eddie wundert sich, wie schnell es Dora gelungen ist, ihn trösten. Diese kommt nun direkt auf ihn zu und hält die Hand auf. Ohne Zögern gibt Eddie ihr das Kästchen, worüber er sich selbst wundert.

Joe verdreht die Augen, gibt ihm dann aber einen freundschaftlichen Klaps auf die Schulter. Während Eddie versucht, seine Gedanken zu sortieren, haben die Kinder die letzte Aufgabe gelöst. Wie von Geisterhand öffnet sich die Tür, was alle mit einem großen Jubel begrüßen.

Auf dem Vorplatz steht ein Eiswagen, den Dora exklusiv hierher bestellt hat. Jedes Kind darf sich ein Eis aussuchen, wie auch Eddie und Joe, die sich beide für Stracciatella und Vanille entscheiden.

Am Abend gibt es Pizza für alle, die auf riesigen Blechen geliefert wird. Eddie und Joe wetzen hin und her, versorgen die Kinder mit Limo und Apfelsaft, verteilen die Teller und sind echt im Stress.

Dora beobachtet die beiden und staunt über deren Einsatz und ihre Ideen. Joe schneidet schelmische Grimassen und imitiert irgendwelche Prominente, die die Kinder raten sollen.

Eddie erzählt lustige Geschichten aus seiner Kindheit, die sicher erfunden sind, aber die Kinder hängen an seinen Lippen und sind plötzlich ganz still.

Mittendrin sitzt Malte und fühlt sich sichtbar wohl. Er hat eine Papierkrone auf dem Kopf, die Eddie für ihn gebastelt hat. Überhaupt zeigt er sich sehr zugewandt den beiden gegenüber und schenkt ihnen immer wieder ein dankbares Strahlen.

Nach und nach holen die Eltern ihre Kinder ab, die noch gar nicht gehen wollen, was sie lautstark kundtun. Irgendwann sind dann alle fort und es legt sich eine wohltuende Stille über die Szenerie der verwüsteten Küche.

Während Dora den völlig erschöpften, aber sehr glücklich wirkenden Malte zu Bett bringt, räumen Eddie und Joe das Geschirr in die Spülmaschine und dann gemeinsam die Küche auf. Dora staunt nicht schlecht, als sie die Küche blitzblank vorfindet.

Später sitzen sie alle drei wieder im Wohnzimmer und genießen die Ruhe. Dora räkelt sich in ihrem Sessel und streckt alle viere von sich.

„Püh, was für ein Tag." Dann schenkt sie den beiden ein Lächeln. „Ganz lieben Dank an euch beide, ich weiß nicht, wie ich das heute ohne euch geschafft hätte."

Die beiden nicken und schweigen.

„Ihr seid aber auch echte Profis, was Kinder angeht. Mal dran gedacht, dass beruflich zu machen?", fragt sie lachend.

Eddie erzählt kurz von seiner Kindertheatergruppe im Jugendheim. Joe hingegen erklärt den anderen, nur selten mit kleinen Leuten zu tun zu haben, wie er es nennt.

„Was war es eigentlich, was Malte im Escape-Room so aus der Fassung gebracht hat?", fragt Joe irgendwann, gleichermaßen neugierig wie besorgt.

Dora zeigt ein ernstes Gesicht. „Die kleine Asmik hat ihn gefragt, wer von euch beiden denn eigentlich sein Vater sei." Nach einem Zögern ergänzt sie: „Manchmal leidet er darunter, keinen Vater zu haben, zumindest keinen, der in seinem Leben eine Rolle spielt."

„Und sonst gibt es keinen Mann in deinem Leben?", fragt Eddie und bemerkt, wie er rot wird.

Dora bemerkt es auch und schüttelt ihren Kopf. Für eine Weile üben sie sich in einträchtigem Schweigen, bis Dora sich dazu entschließt, dieser Zusammenkunft ein Ende zu setzten.

„Sorry Jungs, jetzt konnten wir gar nicht mehr über euer so wichtiges Anliegen sprechen. Aber nun bin ich echt platt und muss dringend schlafen. Morgen feiern wir erneut Geburtstag, diesmal bei meinen Eltern, das wird sicher noch anstrengender. Und dann geht die Woche wieder los und es wartet viel Arbeit auf mich", erklärt sie. „Und ihr beide seht mir auch so aus, als müsstet ihr den Matratzenhorchdienst antreten."

„Welchen Dienst?", fragt Eddie, der den Witz nicht verstanden hat.

Joe hingegen erhebt sich. „Korrekt, ich denke, das war der anstrengendste Tag der letzten Jahre."

Dora begleitet die beiden zur Tür. „Ihr wart echt eine große Hilfe. Wie kann ich mich bei euch bedanken?", fragt sie.

Die beiden zucken synchron mit den Schultern und schauen sie fragend an.

„Wie wäre es, wenn wir uns am nächsten Samstag wieder hier treffen? Im Kindergarten ist Übernachtungsparty für die Großen und ich habe Mama-frei. Eddie könnte uns was Leckeres kochen, denn das kann er sehr gut, wie ich weiß. Ich spendiere Euch die Zutaten, die er braucht. Dann können wir in Ruhe unser Problem besprechen. Und du lieber Joe bringst uns einen schönen Wein mit. Zwei Flaschen, aber was Ordentliches bitte."

KAPITEL 29

Verwirrte Gefühle

Samstag

Im Laufe der Woche telefonieren Eddie und Dora täglich. Sonntagabend ruft Eddie an, um das Menü abzustimmen. Am Montag meldet er sich erneut, weil er eine andere, ganz neue Idee hat, die er Dora vorschlägt. Am Dienstag gibt er ihr die Zutaten durch, die sie besorgen soll. Dora will dafür sogar zum Altonaer Fischmarkt fahren. Am Mittwoch meldet er sich wieder, da er noch eine Idee für die Nachspeise hat. Dafür macht Dora extra einen Besuch bei *Läufers Feinkost* in der langen Reihe. Tags darauf ruft Eddie einfach so an und erkundigt sich, ob Dora alles bekommen hat. Am Freitag hört Dora nichts von ihm, was sie verwundert und irgendwie irritiert. Kurzerhand ruft sie ihn an, obwohl es eigentlich nichts zu klären gibt.

Endlich ist Samstag und Eddie macht sich schon wieder auf den Weg nach Hamburg. Im Theater hat er sich freinehmen können, da muss er erst am Montag wieder hin. Aber zum Flipperturnier am Sonntagabend möchte er wieder zurück sein, daher hat er die Rückfahrkarte für Sonntagmittag gebucht.

Am frühen Nachmittag kommt Eddie bei Dora an, die gerade Malte zum Kindergarten gebracht hat. Nachdem er die Zutaten gescannt und sich vergewissert hat, dass nichts fehlt, legt er los. Dora wirft ihm eine bunte Schürze zu und beginnt damit, den kleinen Tisch im Wohnzimmer festlich zu decken. Eddie staunt über das feine Silberbesteck und die weißen Teller mit dem feinen Goldrand.

„Erbstücke meiner Oma, die nur selten zum Einsatz kommen", erklärt Dora und holt drei silberne Fischmesser mit einer vergoldeten Schneide aus einer kleinen Schachtel.

Dann bindet sich Dora eine rosa-weiß-karierte Schürze um und übernimmt die einfachen Tätigkeiten. Beim Zwiebelschneiden laufen ihr die Tränen über das Gesicht, was Eddie mit gespielt besorgten Bemerkungen kommentiert. So necken sie sich durch den Nachmittag und kochen dabei ein fulminantes Fünf-Gänge-Menü.

Um Punkt sieben klingelt es und Joe steht vor der Tür. Unterm Arm trägt er eine ganze Kiste Wein mit je drei Flaschen Rot- und Weißwein, zum Fischgang, wie er erklärt.

Da Eddie noch die Vorspeistenteller garnieren, und Dora sich frisch machen muss, sieht sich Joe in der Wohnung um. Wie schon Eddie, zwei Wochen zuvor, zeigt er sich beeindruckt von der Plattensammlung.

„Such dir was aus, aber lass die Finger von dem Plattenspieler", hört er Doras Stimme in seinem Rücken.

Mit der gebotenen Vorsicht zieht Joe ein Album hervor und reicht es Dora. Diese rollt mit den Augen, legt die Platte aber dennoch auf. „Ist ein Erbstück von meinem Vater", erklärt sie, fast ein wenig entschuldigend.

Als kurz darauf *Marvin Gayes* charismatische Stimme den Raum erfüllt, stehen die antiken Teller mit der ersten Vorspeise bereits auf dem Tisch.

Dora verteilt den Wein und so kann das Gelage beginnen. Joe zeigt sich sichtlich beeindruckt von dem Menü und tut dies lautstark kund. Dora ist bester Laune und mit jedem Gang und jedem Glas Wein wird sie sichtlich ausgelassener.

Eddie fühlt sich sehr wohl, hier in Doras Wohnung und mit den beiden anderen, die ihm recht vertraut vorkommen, obwohl sie einander erst seit zwei Wochen kennen. Sie reden über dies und das und vermeiden das Thema, weswegen sie eigentlich hier sind.

Irgendwann beginnt Joe damit, die beiden anderen in seiner unverblümten Art aufzuziehen. „Na, ihr beiden Turteltäubchen", neckt er sie. „Wie weit seid ihr inzwischen in der Anbahnung?"

Simultan starren die beiden ihn an. Joe hebt abwehrend die Hände in die Höhe. „Na ziert euch mal nicht so. Das da was zwischen euch beiden läuft, sieht doch ein Blinder", ergänzt er lachend.

„Weiß nicht, was du meinst", murmelt Dora, was Eddie gleichermaßen irritiert, wie ein wenig enttäuscht.

Joe lässt es auf sich beruhen und öffnet die nächste Flasche Wein. Dora wechselt die Platte und Eddie holt die Teller mit der besonderen Nachspeise aus der Küche.

Während *Frank Ocean* die Farben besingt, genießen sie schweigend die Nachspeise. Dabei bemerkt Dora, wie Eddie sie aus den Augenwinkeln beobachtet und ihr verstohlene Blicke zuwirft.

Als auch der süße Dessertwein ausgetrunken ist, nestelt Joe an seiner Jackettasche und zieht ein Päckchen Zigaretten hervor. Dora deutet auf die Tür neben dem Erkerfenster und Joe begibt sich zum Rauchen auf den Balkon.

Unterdes räumen Eddie und Dora in der Küche die Spülmaschine ein. Dabei berühren sich immer wieder ihre Hände, wie heute Nachmittag schon, als sie gemeinsam gekocht hatten.

Irgendwann greift Dora nach seiner Hand, zieht ihn ein Stück zu sich und legt dann ihre Arme um seine Schultern.

„Irgendwie hat er nicht ganz Unrecht, oder?", flüstert Dora. Dann hebt sie ihren Kopf und schaut ihm in die Augen. Vorsichtig beugt er den Kopf ein Stück herunter. Ihre Münder sind nun ganz nah beieinander und als sie sich fast berühren, lässt er sie los und wendet den Kopf zur Seite.

„Entschuldige", stottert er. „Ich fürchte, ich kann das nicht."

Vorsichtig nimmt sie seine Hand und zeigt ihm ein engelhaftes Lächeln. „Ist es wegen des Kästchens?"

Eddie nickt, öffnet den Mund, aber es kommen keine Worte heraus. Ratlos schüttelt er den Kopf.

„Du hast Angst etwas falsch zu machen und es nicht ungeschehen machen zu können?", redet Dora leise auf ihn ein. „Und der Gedanke, dass ich es habe und es einsetzen könnte, fühlt sich komisch für dich an, nicht wahr?"

Endlich überwindet Eddie seine Schockstarre. „Manchmal hasse ich das Ding und dann denke ich, wir sollten es ihm einfach überlassen."

„Was wollt ihr mir überlassen? Das Zauberkästchen?",
poltert Joe, der gerade die Küche betritt. „Gute Idee",
schiebt er nach und zeigt ihnen ein breites Grinsen. Eddie
und Dora fühlen sich ertappt, gehen jedoch nicht auf Joe
ein und schieben ihn aus der Küche zurück ins Wohnzimmer, wo sie sich wieder an den Tisch setzen. Eddie füllt
die Weingläser nach, und Dora erzählt, was gerade in der
Küche geschehen ist. Eddie ist das nicht so ganz recht und
er wundert sich immer wieder über ihre offene Art.

Noch bevor Dora ihren Bericht beendet hat, fängt Joe an,
schallend zu lachen und will sich nicht wieder einkriegen.
Eddie schaut Dora irritiert an, die mit den Schultern zuckt
und ihm einen Schmollmund zeigt. Als Joe sich ein wenig
beruhigt hat, schaut er freundlich in die Runde.

„Entschuldigt bitte, ich möchte euch nicht verletzen,
aber ihr seid wirklich zu süß, ihr beiden. Ihr könnt nichts
miteinander anfangen, weil das Kästchen zwischen euch
steht. Denn da es nur eines davon gibt, kann es auch nur
einer von euch einsetzen und der andere hat dann Angst,
etwas falsch zu machen, das er ohne das Kästchen nicht
rückgängig machen kann", fasst Joe die Situation zusammen. „Oh Mann, da muss man erstmal draufkommen. Ihr
habt beide Abitur, stimmt's?"

Dora und Eddie nicken. „Ihr Intellektuellen habt echt
krasse Probleme. Und ihr habt das Kästchen tatsächlich
bei euren Dates eingesetzt?", fragt er ungläubig.

Wieder nicken die beiden anderen. „Immer" sagt Dora
leise.

„Ohne das Kästchen wäre ich niemals mit Milena zusammengekommen. Sie war so kompliziert, zickig und sie

zierte sich, da hätte ich ohne Hilfe des Kästchens keinen Stich bekommen", entgegnet Eddie.

„Du meinst dieses scharfe Model aus der Gasse?", fragt Joe.

Eddie nickt erneut und Dora hebt beide Augenbrauen.

„Und lass mich raten: Seit du es nicht mehr hast, habt ihr eine Krise, stimmts?", fragt Joe unverblümt.

„Sie hat mich verlassen, kurz nachdem du Arsch es mir geklaut hast", erwidert Eddie kleinlaut und wütend zugleich.

„Das tut mir aufrichtig leid, das war nicht meine Absicht", erklärt Joe in einem freundlichen Ton. „Aber mal ganz grundsätzlich: Seid ihr beiden völlig meschugge? Habt ihr nicht verstanden, wofür das Kästchen da ist?"

Ohne eine Antwort abzuwarten, erklärt er den beiden: „Mit dem Kästchen kann man auf prächtige Weise die Leute hinters Licht führen und dies für gute Deals nutzen. Die zehn Sekunden bringen euch den Wissensvorsprung, den ihr braucht, um den anderen über den Tisch zu ziehen."

Ein wenig theatralisch hebt er den linken Zeigefinger in die Höhe, wie ein Lehrer, der nun die ganze Aufmerksamkeit einfordert. „Aber das macht man doch nicht mit Menschen, die einem wichtig sind! Das ist völlig unfair und zutiefst unmoralisch!", ruft Joe und scheint aufrichtig empört.

Eddie wundert sich und möchte gern fragen, wer hier am Tisch eigentlich der Kriminelle ist, aber Joe ist noch nicht fertig. „Wie könnt ihr anderen, die ihr gernhabt oder liebt, so verarschen und ihnen etwas vormachen? Und dann wundert ihr euch, wenn es schief geht?", fragt er und sein Gesicht macht deutlich, dass dies eine rhetorische Frage ist.

„Hast du es nie eingesetzt, um eine Frau ins Bett zu kriegen?", fragt Dora, und Eddie wundert sich schon wieder über ihre unverblümte Art.

Joe lacht kurz auf. „Nee Honey, das habe ich echt nicht nötig. Und es wäre mir auch gründlich peinlich, wenn ich nur auf diese Weise zum Zug kommen würde."

Er hört auf zu lachen, wird wieder ernst und zeigt ein versöhnliches Lächeln.

„Und ihr beiden habt das auch nicht nötig! Ich schlage vor, ich verschwinde jetzt, nehme das Kästchen mit und ihr beiden Turteltäubchen versucht es mal ganz ohne magische Hilfestellung. Ihr werdet sehen, danach fühlt ihr euch besser!"

Zu Eddies Überraschung nickt Dora. Dann dreht sie sich zur Seite, zieht ihren Rock hoch, greift darunter und holt das Kästchen hervor. Auf die fragenden Blicke der beiden erklärt sie: „Ich habe in meine Hosen, Röcke und Kleider innen kleine versteckte Taschen eingenäht. Deshalb konntet ihr es auch nicht finden, als ihr danach gesucht habt, während ich kurz ohnmächtig war."

Dann hat sie das Kästchen in der Hand und hält es Joe hin. Mit einer Kopfbewegung deutet sie an, dass er es nehmen soll. Eddie will eingreifen, aber Dora beschwichtigt ihn mit einer Handbewegung.

„Und was ist, wenn er damit abhaut?", stammelt Eddie.

„Wird er nicht", erwidert Dora selbstbewusst. „Wir wissen, wo er wohnt, und zudem sind wir in der kurzen Zeit so etwas wie Freunde für ihn geworden, wahrscheinlich seine einzigen, das setzt er nicht mutwillig aufs Spiel."

So hat Eddie das noch nicht gesehen, aber vielleicht hat sie Recht damit, denn auch Eddie hat sich inzwischen an Joe gewöhnt und empfindet vielleicht einen vagen Anflug von etwas, das man unter anderen Umständen eine beginnende Freundschaft nennen könnte.

Joe nimmt das Kästchen und lässt es in seiner Jackentasche verschwinden. „Liebe Dora, du bist eine kluge Frau. Eigentlich fast zu schade für unseren Paradiesvogel", erklärt er lachend und verabschiedet sich. „Bis morgen um zehn hier zum Frühstück. Ich bringe Brötchen mit."

KAPITEL 30

Slingshot Back

Sonntag, 15. Juni 2025

In der schummrigen Zwischenwelt zwischen Traum und Erwachen, wabern seltsame Klänge zwischen den Sphären, begleitet von gemurmelten Worten: *Blau, es waren die Augen des Schattens.* Zögerlich öffnet Eddie die Augen und versucht, sich zu orientieren. *Und ich würde gerne bleiben.*

Das stimmt, aber es sind nicht seine Worte, sondern die vom *Duke*, die sich in seinen Kopf verirrt haben. Vorsichtig öffnet er die Augen und ist für einen Moment lang irritiert. Dann fällt ihm wieder ein, wo er ist und was sich in der Nacht zugetragen hat.

Aus der Küche ist Geklapper zu hören. Mühsam erhebt er sich aus dem Bett, sammelt seine Sachen ein, die wahllos im Raum verteilt sind. Damit schleicht er über den Flur zum Bad, in dem er sich frisch macht und seine Klamotten anzieht.

In der Küche trifft er auf eine muntere Dora, die überraschend frisch und ausgeschlafen wirkt und gerade sechs Orangen in jeweils zwei Hälften schneidet. Sie legt das Messer bei Seite, kommt auf ihn zu und legt ihre Arme um seinen Hals. Dann neigt sie ihren Kopf zur Seite und flüstert etwas in sein Ohr, das er jedoch nicht versteht. Bevor er nachfragen kann, zieht sie den Kopf zurück, schaut ihm kurz in sein Gesicht und drückt dann ihre Lippen auf seinen Mund.

Viel später lässt sie von ihm ab und beginnt damit, die Orangenhälften auszupressen, was einen ziemlichen Lärm macht. Als die Saftpresse verstummt, erklärt *Kendrick Lamar* ein letztes Mal, dass er es nun wirklich nicht jedem Recht machen kann, und dann ertönt der Nachrichten-Jingle aus dem Radio auf dem Regal über der Spüle.

„Hamburg, ein spektakulärer Raubüberfall in der Nacht auf den Juwelier am Jungfernstieg, hält die Polizei in Atem. Der Schaden geht in die Hundertausende und von den Tätern fehlt jede Spur …"

Ehe Eddie etwas sagen kann, klingelt es an der Tür. Pünktlich wie vereinbart und mit einer Brötchentüte in der Hand spaziert ein sichtlich gut gelaunter Joe in die Küche. Er begrüßt die anderen kurz und zeigt ein schelmisches Grinsen.

Dora hat den Küchentisch fürs Frühstück gedeckt und verteilt Kaffee und Orangensaft. Als alle sitzen, hebt Joe kurz eine Hand, kramt mit der anderen in seiner Tasche und stellt das Kästchen auf den Tisch. „Hier, damit ihr nicht denkt, ich würde es mir einfach so unter den Nagel reißen."

Dann kramt er erneut in seiner Tasche, schaut Dora an, mustert sie und überreicht ihr ein Schmuckdöschen.

„Du hast Ohrlöcher, das ist gut, ich war mir nicht sicher. Das ist für dich, als kleine Entschuldigung für meinen

Auftritt bei unserer ersten Begegnung. Es tut mir aufrichtig leid, es ist sonst nicht meine Art, mich so schlecht zu benehmen und du hast das echt nicht verdient."

Neugierig öffnet Dora das Döschen. Dann stößt sie einen leisen Schrei aus und zeigt es Eddie. Darin befinden sich zwei große und edle und mit Brillanten besetzte Ohrgehänge.

Kurzerhand läuft sie ins Bad und kehrt wenig später in die Küche zurück. Sie stehen ihr sehr gut, wie Eddie findet, jedoch beschleicht ihn ein Verdacht.

„Kann es sein, dass sie von dem Juwelier am Jungfernstieg stammen?", fragt er vorsichtig.

Joe nickt, während er ein weiteres Schmuckkästchen hervorholt und es Dora überreicht. „Und hier das passende Armband dazu."

Mit großen Augen nimmt Dora das kostbare Schmuckstück genau in Augenschein. „Sind die Steine echt? Die müssen ein Vermögen wert sein!"

Joe nickt erneut und wendet sich Eddie zu. „Und für Dich habe ich auch ein Geschenk, denn auch bei dir möchte ich mich in aller Form entschuldigen. Es war nicht wirklich fair von mir, dein Leben so arg durcheinander zu bringen."

Dabei überreicht er Eddie eine goldene *Patek Philippe Complication*. Eddie betrachtet die Luxusuhr von allen Seiten und legt sie dann auf den Tisch.

„Das können wir nicht annehmen", erklärt er kategorisch.

Dora schaut ihn an und wundert sich über das *wir*. „Wieso können wir das nicht?"

Eddie verzieht das Gesicht. „Das stammt doch sicher aus dem Diebesgut!"

Joe nickt erneut und schaut Dora an. „Yep, habe ich heute Nacht besorgt. Den Schmuck solltest du vielleicht nicht zu einer Premiere in der Elbphilharmonie tragen, das könnte unangenehme Fragen nach sich ziehen."

An Eddie gewandt fährt er fort: „Die Uhr kannst du aber überall tragen, ist kein Unikat, davon gibt es mindestens zehn Exemplare auf der Welt."

Während Eddie zu einem weiteren Protest ansetzt, bedankt sich Dora förmlich bei Joe. „Entschuldigung angenommen! Und ganz lieben Dank dafür, das ist wirklich sehr aufmerksam von dir!"

Nachdem Dora entschieden hat, bedankt sich Eddie ebenfalls bei Joe und legt dann die Uhr um sein Handgelenk, an dem sie sich wirklich gut macht, wie Eddie findet.

Jetzt, wo das geklärt ist, kann das üppige Frühstück beginnen. Sie reden über dies und das, und von außen betrachtet wirkt es so, als säßen hier drei alte Freunde fröhlich beieinander. Nachdem Eddie noch eine Kanne Kaffee gekocht und allen eingeschenkt hat, schweigen sie eine Weile einträchtig miteinander. Dora schaut ihnen beide in ihre Gesichter und trifft eine Entscheidung.

„Ich habe eine Weile überlegt, ob ich euch einweihen soll, aber nach Joes gestriger Rede über Moral und Ehrlichkeit, möchte ich offen sein und euch einfach vertrauen", erklärt Dora mit einem bedeutungsschwangeren Blick.

Eddie stellt die Kaffeetasse auf den Unterteller, Joe legt das Messer zur Seite und lässt das halb mit Butter beschmierte Brötchen auf den Teller gleiten, und beide schauen Dora in die Augen.

„Ich habe etwas entdeckt, von dem ich glaube, dass es etwas zu bedeuten hat", erklärt Dora und ist sich der Wirkung ihrer Worte wohl bewusst.

Eddie ist so süß, wie er auf seinem Stuhl hin und her rutscht und dennoch versucht, cool zu bleiben, obwohl ihm die Neugier aus den Augen springt, geht es ihr durch den Kopf.

„Seit ich das Kästchen fand, habe ich es mir oft angesehen und die besonderen Intarsien in dem Holz bewundert. Oft habe ich mich gefragt, ob die verschlungenen Muster wohl irgendeine Bedeutung haben. Ich habe es zuvor nie wahrgenommen, aber vor einigen Tagen ist mir etwas aufgefallen", berichtet Dora und hält kurz inne. Die Spannung liegt nun zum Greifen im Raum und die beiden hängen an ihren Lippen, wie zwei verliebte Gockel; obwohl das genau genommen nur auf einen von beiden zutrifft.

„In der Mitte der Unterseite, genau gegenüber dem Knopf, gibt es eine winzige quadratische Fläche, die ein klein wenig anders aussieht als die unmittelbare Umgebung. Das Muster scheint etwas heller, je nachdem, wie das Licht darauf fällt. Und wenn man mit dem Finger sanft darüberstreicht, bemerkt man eine ganz seichte, fast nicht spürbare Unebenheit", erklärt sie, nimmt das Kästchen vom Tisch und reicht es Joe.

Dieser nimmt es vorsichtig in seine Hand, streicht sanft über die Unterseite. Er zuckt mit den Schultern und reicht es an Eddie weiter. Dieser schaut sich Unterseite genau an. Er hebt es in die Höhe, hält es gegen das Fenster, kneift ein Auge zusammen und schaut es eine Weile genau an. Und dann erkennt er es auch: Eine winzige Fläche, wo das Furnier etwas heller ist, höchstens zwei oder drei Millimeter lang und breit.

Eddie nickt und reicht das Kästchen an Dora weiter. „Bei genauer Betrachtung könnte man meinen, hier wäre ein winziges Stück des Holzes irgendwann erneuert oder nachträglich eingefügt worden", erklärt er.

„Möglicherweise verbirgt sich dahinter ein Geheimnis", spekuliert Dora.

„Vielleicht liegt darunter ein Schlüsselloch oder ein anderer Mechanismus, mit dem man es öffnen kann", schaltet Joe sich in die Diskussion ein.

In diesem Augenblick kommt Eddie Elsas Bemerkung in den Sinn, als sie damals auf das Röntgenbild geschaut hatte: ‚Wenn dies ein Zahn wäre, dann würde ich sagen, das hier ist eine beginnende Karies'. Tatsächlich ist es genau die Stelle. Eddie spürt die Aufregung, die sich in ihm ausbreitet.

„Aber wenn es so ist, sollten wir es wirklich öffnen? Vielleicht machen wir es damit kaputt", fragt Eddie unsicher.

„Wir wissen ja gar nicht, ob sich darunter ein Schlüsselloch befindet, oder was auch immer", entgegnet Joe.

„Uns was machen wir jetzt mit der Stelle?", fragt Dora.

Ohne eine Antwort abzuwarten, nimmt Joe das Pittermesser vom Tisch, mit dem er gerade noch eine Tomate aufgeschnitten hat, wischt es an der Serviette ab, nimmt das Kästchen in die andere Hand und schabt grob über die Unterseite.

Entsetzt schreit Dora auf, während Eddie versucht, Joe von seinem Tun abzuhalten. Dieser dreht sich zur Seite und deckt das Kästchen mit seinem Körper ab. Kurzerhand entsteht ein unerwarteter Tumult, bei dem alle drei schreiend aufeinander losgehen. In dem Gerangel entgleitet Joe das Kästchen und es fällt zu Boden unter den Tisch.

Bevor Eddie eine Schimpfkanonade über Joe herabregnen lässt, stürzt Dora auf den Boden, greift nach dem Kästchen, hält es ganz fest und läuft aus der Küche.

„Bist du ganz und gar von Sinnen?", kreischt Eddie.

„Entspann dich Alter! Und führ' hier kein Drama auf. Ich wollte der Sache auf den Grund gehen", entgegnet Joe lapidar.

Bevor die beiden weiter streiten können, steht Dora im Raum. Sie hält das Kästchen in die Höhe und reicht es Eddie.

„Du bist so ein Idiot!", herrscht sie Joe an.

Dann entspannen sich ihre Gesichtszüge und sie zwängt ein Lächeln hervor. „Aber du hattest Recht."

Jetzt sieht Eddie es auch. Joe hat mit dem Pittermesser das winzige Stück helleren Holzes entfernt und darunter etwas sehr kleines, rundes, metallisch glänzendes freigelegt. Es misst keine zwei Millimeter, schätzt Eddie und ist mit bloßem Auge kaum zu erkennen.

Er öffnet den Mund, aber wieder kommen keine Worte heraus. Daher reicht er das Kästchen an Joe weiter. Der schaut es genau an, zieht eine Augenbraue hoch. „Was ist das?", fragt er in die Runde.

„Keine Ahnung! Auf jeden Fall etwas, dass Eddie bei seiner Untersuchung übersehen hat", antwortet Dora.

Noch während sie spricht, verschwindet sie erneut aus der Küche und erscheint kurz darauf zurück mit einer Lupe in der Hand. „Vielleicht hilft uns das weiter", verkündet sie und reicht Joe die Lupe.

Gespielt fachmännisch hält er das Gerät über die abgeschabte Stelle. Kurz darauf reicht er Kästchen und Lupe weiter an Eddie, der es ihm nachtut.

„Könnte eine Schraube sein", vermutet Eddie und Joe nickt bestätigend.

„Ist eine ganz normale Kreuzschlitzschraube, nur eben sehr sehr klein", erklärt Joe fachmännisch.

„Meint ihr, es ist eine Schraube, die alles zusammenhält oder könnte es eher eine Art Stellschraube sein?", fragt Dora in die Runde.

„Was muss man bei einem quaderförmigen Gefäß zusammenhalten?", fragt Eddie, ohne eine Antwort zu erwarten.

„Was machen wir jetzt?", fragt Joe.

Eddie zuckt mit den Schultern, aber Dora hat eine Idee. Erneut verschwindet sie aus der Küche. Als sie eine ganze Weile später wieder erscheint, hält sie einen kleinen Metallkasten in der Hand, den sie auf den Tisch stellt, den Eddie in der Zwischenzeit abgeräumt hat.

Mit einem breiten Grinsen klappt sie ihn auf und präsentiert eine Reihe winziger Werkzeuge, zu denen auch ein Dutzend sehr kleiner Schraubendreher gehört. Bevor die anderen fragen, erklärt sie: „Hat Maltes Erzeuger hiergelassen, als er Hals über Kopf auszog. Er bastelte gern an kleinen mechanischen Maschinen, wie Dampfmaschinen oder Lokomotiven. Die Maschinen habe ich alle bei eBay verkauft, nur den Feinmechanik-Werkzeugkasten wollte niemand haben."

„Unser Glück", meint Joe, fummelt einen kleinen Schraubendreher aus der Halterung und untersucht ihn mit der Lupe. Dann schüttelt er den Kopf und legt ihn zurück.

Es braucht noch zwei Versuche, aber schließlich finden sie das passende Werkzeug. Vorsichtig legt Dora das Kästchen auf den Tisch, greift nach dem Schraubendreher und schiebt seine Spitze in die Vertiefung der Schraube – sie passt genau.

„Sollen wir es tun?", fragt sie. Die beiden Männer nicken und starren gespannt auf den Tisch.

Dora wartet einen Augenblick, dann dreht sie die Schraube ein ganz klein wenig, was sehr leicht geht, wie sie bemerkt. Sogleich dreht sie das Kästchen herum und drückt den Knopf und es passiert – Nichts!

„Wir brauchen eine Uhr", fällt Eddie ein. Er nimmt seine neue goldene Armbanduhr vom Handgelenk und reicht sie Dora. Die drückt erneut den Knopf und stellt fest, dass sie zwei Sekunden in der Zeit zurückgesprungen ist.

Die drei schauen einander an und es beschleicht sie eine seichte Ahnung, die sich jedoch niemand auszusprechen traut.

„Wir sollten einmal andersherum drehen", ruft Eddie.

Dora nickt und dreht vorsichtig die Schraube ein wenig mehr in die entgegengesetzte Richtung. Dann drückt sie erneut den Knopf und tatsächlich reist sie eine Minute zurück in der Zeit, was sie den anderen sogleich mitteilt.

Eine allgemeine Begeisterung bricht sich bahn, und sie verfallen in einen gemeinschaftlichen Jubel.

„Wie geil ist das denn?", ruft Joe aus.

Eddie haut ihm auf die Schulter. „Es scheint fast, als könnten wir so weit zurückreisen, wie wir wollen."

„Wahnsinn, welche Möglichkeiten sich uns dadurch bieten", freut sich Dora und denkt dabei zuerst an die vermaledeite Eingangstür des Kindergartens.

„Jetzt bin ich auch mal dran", erklärt Eddie und nimmt Dora das Kästchen aus der Hand. Vorsichtig dreht er die Schraube eine ganze Drehung um sich selbst und drückt ein wenig zögerlich den Knopf.

Im selben Augenblick ist Joe verschwunden und Dora presst Orangen aus, was einen ziemlichen Lärm macht. Als die Saftpresse verstummt, tut *Kendrick Lamar* es ihr nach und es ertönt der Nachrichten-Jingle aus dem Radio. Eddie hört nicht hin, sondern fragt: „Wo ist Joe?"

„Müsste gleich hier sein", antwortet Dora.

Während Eddie noch versucht, sich zu orientieren, klingelt es an der Tür. Pünktlich wie vereinbart und mit einer Brötchentüte in der Hand spaziert ein sichtlich gut gelaunter Joe in die Küche. Er begrüßt die anderen kurz und zeigt ein schelmisches Grinsen.

Bevor sich alle setzen, erklärt Eddie den anderen, was passiert ist. Er berichtet von Doras Entdeckung, der Schraube und ihren ersten Versuchen damit, die Zeitspanne zu verändern.

„Und der letzte Sprung ging offenbar über zwei Stunden", schließt er seinen Bericht und schaut in ungläubige Gesichter.

Kurzerhand holt Joe das Kästchen aus seiner Tasche, schaut sich die Unterseite genau an und schabt, wie schon vorhin, mit dem Pittermesser an der Unterseite herum. Dora holt unterdes die Lupe und den Feinmechanik-Werkzeugkasten.

Nach einigen Versuchen mit kürzeren Sprüngen sind die beiden anderen überzeugt und erneut werden sie alle drei von einer kindlichen Begeisterung erfasst.

Erst jetzt finden sie die Muße, das opulente Frühstück zu genießen. Währenddessen beratschlagen sie, was sie nun mit dem neuen Feature anfangen könnten. Zu ihrer Überraschung mag ihnen jedoch nichts wirklich etwas Sinnvolles einfallen.

Zwischendrin fällt Joe ein, dass er Geschenke mitgebracht hat. „Pardon, das hätte ich jetzt fast vergessen", erklärt er mit einem schelmischen Schmunzeln.

Nachdem sich die Beschenkten bedankt haben, diskutieren sie weiter. Tatsächlich ist es Joe, der die erste gute Idee hat. Er schlägt vor, um einen Tag zurückzureisen und einen Lottoschein mit den gestern Abend gezogenen Zahlen auszufüllen.

„Aber ist das nicht auch Betrug?", fragt Dora zaghaft.

„Mitnichten, Betrug ist das, was die Lottogesellschaft macht, in dem sie nur einen sehr kleinen Anteil der Einnahmen wieder als Gewinne zurückgibt", erklärt Joe.

„Wir holen uns nur einen Anteil vom Jackpot", meint Eddie.

Joe wendet sich Dora zu. „Entschuldige, bitte nicht falsch verstehen, aber hier sieht es nicht so aus, als wäre Geld kein Problem für dich. Lass mich raten, Maltes Erzeuger zahlt keinen Unterhalt und du musst hier alles allein stemmen."

Dora nickt nur und schweigt. Tatsächlich hat sie erhebliche finanzielle Probleme. Der Verlag zahlt nicht viel, Unterhalt erhält sie keinen und die Miete ist teuer. Ihre Eltern unterstützen sie, was ihre Mutter ihr häufig vorhält. ‚Ewig können wir das aber auch nicht!', verkündet sie oft. Dora erklärt ihr dann, dass *ewig* auch nicht nötig sein wird.

„Mit einem Lottogewinn, könntest du dich unabhängig machen, deine Schulden bezahlen und den Rest für Maltes Ausbildung anlegen", erklärt Joe und klingt dabei fast irgendwie fürsorglich.

„Joe hat Recht", erklärt Eddie, was ihm ein Grinsen einbringt. „Wir schaden niemanden damit. Lediglich die Leute, die sowieso gewinnen, bekommen etwas weniger."

„Und wer von uns soll es machen?", fragt Dora.

Joe zuckt mit den Schultern. „Lass uns würfeln."

Dora nickt, verschwindet kurz im Wohnzimmer und kehrt mit einem alten abgegriffenen Kasten zurück in die Küche.

„Ist das ein antikes Monopoly Spiel?", fragt Eddie begeistert.

Dora grinst und öffnet den Kasten. „Mit Häusern und Hotels aus Holz."

Sie entnimmt einen roten Würfel und reicht ihn Eddie. Der Würfel rollt über den Tisch und zeigt eine Zwei. ‚Na super', denkt Eddie, aber als Dora und Joe beide eine Eins würfeln, ist die Sache entschieden.

„Okay, dann ist es abgemacht. Eddie reist einen Tag in der Zeit zurück, füllt einen Lottoschein, nein besser gleich drei, also für jeden von uns einen, aus und wir treffen uns *jetzt* wieder hier", stellt Joe fest.

„Für einen ganzen Tag müssen wir die Schraube wohl mindestens zwölfmal um sich selbst drehen", erklärt Eddie.

„Wie kommst du darauf", fragt Joe.

„Für die zwei Stunden haben wir sie vorhin ungefähr einmal um sich selbst gedreht", erläutert Eddie seine Berechnung.

Eddie nimmt die Lupe in die eine, den Schraubendreher in die andere Hand und setzt ihn vorsichtig in die Kreuzschlitzvertiefung. Dann dreht er langsam und zählt laut. Die anderen zählen mit und als sie bei zwölf angekommen sind, ruft Joe: „Are you ready Eddy?"

„Er schreibt sich mit ie, nicht mit y", erklärt Dora und Joe versteht nicht, worauf sie hinauswill.

Eddie bekommt davon fast nichts mit, denn gerade wird ihm mulmig zu Mute. Plötzlich ist er nicht mehr ganz so überzeugt von der Sache. Ein ganzer Tag, das ist etwas anderes als die zehn Sekunden, die er gewohnt ist.

Während sein Grübeln eine zwielichtige Melange mit den hochsteigenden Zweifeln bildet, und die anderen beiden eine abseitige Diskussion über was auch immer führen, bemerkt niemand, dass die winzige Schraube fast vollständig herausgedreht, nur noch sehr locker in ihrem Gewinde hängt.

„Worauf wartest du?", vernimmt Eddie Joes Stimme von Ferne, wie durch Watte.

Eddie gibt sich einen Ruck, verscheucht die Zweifelchen aus seinen Gedanken und ist entschlossen, die Sache durchzuziehen. Auch weil ihm gerade bewusst wird, dass er die magische letzte Nacht mit Dora nun noch einmal erleben wird.

„Dann bis gestern! Wir treffen uns wieder hier", erklärt Eddie. Er schaut auf seine neue Armbanduhr Uhr, die 10:42 zeigt, dann in Doras Gesicht. Dabei hebt er das Kästchen vom Tisch, dreht es herum und legt seinen Finger auf den Knopf, um den Slingshot zu aktivieren.

Im selben Augenblick sieht er etwas Glänzendes, sehr Winziges auf dem Küchentisch, wo gerade noch das Kästchen gelegen hat, das der magischen Schraube verblüffend ähnlich sieht. Bevor sich die Erkenntnis in sein Bewusstsein vorgearbeitet hat, gleitet sein Finger ein Stück nach unten und sogleich verschwimmen die anderen vor seinen Augen und sind verschwunden.

KAPITEL 1 Reprise

Das Kästchen

Zur selben Zeit?

Ein Sonnenstrahl kitzelt Edgar an der Nase und schiebt ihn vorsichtig über die Schwelle zwischen einer sanft elegischen Traumwelt und der nur für ihn bestimmten Realität. Leise verabschieden sich die Gefühle, die ihn im Traum begleiteten, und gemächlich diffundiert in sein Gehirn, was sich gestern und in der Nacht zugetragen hat. Sein Handy zeigt den 15. Juni 2024, 10:42 Uhr, also quasi noch mitten in der Nacht.

Bevor die Information in Eddies Bewusstsein vordringt, schaut er sich im Raum um und stellt überrascht fest, dass er in seinem eigenen Bett liegt. Eilig springt er auf, da er den ICE nach Hamburg nicht verpassen darf. Er freut sich auf das gemeinsame Kochen, das Festessen am Abend und auf die Nacht mit Dora, bevor er dann morgen beim Frühstück den anderen erklären wird, was geschehen ist und dass sie nun alle drei Lotto-Millionäre sind.

Auf dem Weg ins Bad klingelt es an der Tür. ,Wer könnte das sein?', fragt er sich und vernimmt, wie nun jemand an die Tür hämmert und seinen Namen ruft.

„Eddie mach auf, sonst holen wir ein Sondereinsatz-kommando!", hört er eine vertraute Stimme.

Zu seiner Überraschung trifft er an der Tür auf seine Kumpels Georg und Kalle, die beide ausgesprochen munter, aufgeräumt und ausgeschlafen wirken.

„Was macht ihr hier?", fragt Eddie an Georg gerichtet.

Dieser nickt freundlich, antwortet jedoch nicht. Stattdessen schlendert er zum Kühlschrank, nimmt sich einen Joghurt und lässt sich auf einem der Hocker am Tresen nieder. Kalle setzt sich daneben, jedoch ohne einen Joghurt. Beide zeigen ein breites Grinsen und sagen nichts.

Während er in die Gesichter seiner Freunde schaut, beschleicht Eddie das Gefühl, dass hier etwas nicht stimmt. Er hat Georg und Kalle seit einer Woche nicht gesehen, dennoch kommt ihm die Szene irgendwie vertraut vor. Um Zeit zu gewinnen, schlägt er sich ein wenig theatralisch vor die Stirn, murmelt etwas Unverständliches, greift nach seinem Handy und verschwindet im Bad.

Nachdem er die Tür hinter sich geschlossen hat, setzt er sich auf den Hocker neben der Dusche und schaut auf sein Mobiltelefon. Hatte er gerade nicht auf das Jahr geachtet, so fällt es ihm nun auf: 2024. Das kann nicht sein!

Mit zittrigen Händen durchsucht er die Kontakte-Liste und daraufhin seinen WhatsApp-Verlauf. Nirgends findet sich ein Hinweis auf Dora oder Joe. Stattdessen enden die Nachrichten am 14. Juni 2024. Das kann nicht sein!

Oder doch, wenn das Kästchen nicht einen Tag, sondern ein ganzes Jahr gesprungen ist, und zwar auf den Tag genau.

Unter der Dusche versucht er zu verstehen, was geschehen sein könnte. Möglicherweise ist die Schraube aus dem Kästchen gefallen und es dadurch irgendwie kaputt gegangen. Und so ist er nicht einen Tag, sondern genau ein Jahr in der Zeit zurückgereist, und zwar zu dem Tag, an dem er das Kästchen gefunden hat – oder es ihn. Ihm wird klar, dass es nicht viel bringt, jetzt darüber nachzugrübeln, ob es sich so oder anders zugetragen hat.

Ganz egal, was wirklich passiert ist, das Kästchen ist noch, oder wieder bei Julie und er muss es ihr heute einfach erneut abkaufen. Und wenn er gut aufpasst und es sich nicht wieder klauen lässt, dann wird er es behalten können. Eddie erkennt, dass er die einzigartige Chance geschenkt bekommen hat, das vergangene Jahr noch einmal zu erleben und vieles anders zu machen.

Am liebsten würde er schnurstracks zum Flohmarkt, direkt zu Julis Stand laufen, aber irgendetwas sagt ihm, dass es vielleicht besser ist, alles genauso zu machen, wie vor genau einem Jahr, um den Zeitfluss nicht durcheinander zu bringen. Aber was ist, wenn zuvor jemand anderes das Kästchen kauft oder bereits gekauft hat? Vielleicht hat er selbst den determinierten Zeitfluss aus seiner Bahn geworfen oder vielleicht gibt es ihn auch gar nicht und alles passiert sowieso irgendwie zufällig. Wie dem auch sei, er muss, so schnell es geht, zu Julies Stand und das Kästchen kaufen!

Als er frisch geduscht aus dem Bad zurückkehrt, haben die beiden es sich auf dem alten Sofa gemütlich gemacht.

„Alter, du musst hier echt mal Ordnung schaffen! Seit Feli weg ist, verlotterst du richtiggehend", bemerkt Georg, und Kalle nickt zustimmend, wie eigentlich immer, wenn Georg etwas Bedeutungsschweres von sich gibt.

„Hast du mal wieder etwas von ihr gehört?", fragt Kalle.

Eddie hat keine Lust auf dieses Gespräch. Anstatt zu antworten, zieht er sich schnell seine Klamotten an.

Dann fordert er die beiden mit einer Handbewegung auf, sich zu erheben. „Wir sollten los. Max und Elsa warten auf uns an der Kirche", erklärt er und bemerkt sofort, dass er das eigentlich nicht wissen kann. Die beiden haben es offenbar nicht bemerkt, erheben sich und folgen ihm zu Tür.

Schnellen Schrittes läuft Eddie voraus, so dass die anderen kaum mitkommen. Auf dem kurzen Weg kommt ihm plötzlich ein neuer Gedanke in den Sinn: ‚Was ist, wenn er Dora nicht wiedersieht? Einfach deshalb, weil er sich das Kästchen nicht noch einmal stehlen lassen wird, und Joe es somit nicht verlieren und sie es nicht finden kann!'

In seine Gedanken hinein vernimmt er Georgs Stimme: „Was hast du es denn so eilig? Gibt es heute etwas umsonst?"

„Muss was Dringendes erledigen", ruft Eddie. „Wartet nicht auf mich!"

An der Kirche angekommen begrüßt er Max und Elsa kurz und läuft weiter. Beträchtlich außer Atem schütteln Georg und Kalle die Köpfe und schauen ihm nach.

Eddie ist zu aufgeregt für weitere Erklärungen, er muss schnell weiter. Allerdings ist er sich nicht mehr ganz sicher, in welcher Seitenstraße Julies Stand damals war.

Nachdem er bereits zum zweiten Mal den falschen Abzweig gewählt hat, weiß er für einen Augenblick nicht mehr so genau, wo er eigentlich ist.

Sei Herz schlägt bis zum Hals und bunte Sterne flimmern vor seinen Augen. Er fühlt sich, wie in einem dieser Träume, wo er dringend irgendwo hinmuss und den Weg nicht finden kann oder dieser immer wieder von Barrieren versperrt wird.

‚Keine Panik, Eddie!‘, mahnt er sich zur Ruhe und versucht, regelmäßig zu atmen. Dann schaut er hoch und entdeckt den Kirchturm sowie den Platz vor der Stadtbücherei nur ein paar Schritte entfernt.

Zu seiner Erleichterung fällt ihm nun wieder ein, welche Seitenstraße es war. Kurz darauf biegt er in sie ein und ist sich sicher, hier richtig zu sein. Er entdeckt die Stände mit den Vintage Klamotten sowie den Hippietyp vom Nachbarstand.

Noch ein Schritt um die Kurve und dann müsste er auch Julies Stand sehen. Er beschleunigt seine Schritte und kann die Aufregung fast nicht mehr bei sich behalten.

Dann blickt er nach vorn und entdeckt: Nichts! Zwischen zwei Ständen klafft eine Lücke, genau dort, wo Julies Stand eigentlich sein müsste. Aber er ist nicht da!

Eddie läuft los, als müsse er nur näher heran, um Julie doch noch zu entdecken. Irgendwann bleibt er stehen, pumpt Luft in seine Lungen und schaut in die bedrohliche Leere, die sich vor ihm auftut.

Noch bevor die Tragweite dieses Nichts in seiner Realität angekommen ist, verlässt ihn sein Willen und er gibt sich ganz und gar der Panik hin, die ihn wie ein zähes Gel umschließt, durch das er hindurchfällt. In Slow-Motion gleitet er hinab, wie durch zähen Schleim hindurch auf den Boden zu.

Bevor er diesen erreicht, ertönt ein schrilles Geräusch und es erscheint eine leuchtende Schrift vor seinen Augen, die er deutlich erkennt: TILT!

CB&O

Als Eddie die Augen öffnet, schaut er in Elsas freundliches Gesicht. Sie kniet neben ihm und hat zwei Finger auf die Innenseite seines Handgelenks gelegt, offenbar um seinen Puls zu prüfen. „Er ist wieder bei uns und scheinbar stabil", verkündet sie laut. „Willkommen zurück!"

Erst jetzt bemerkt Eddie die anderen, Georg, Kalle und Max, die auf ihn herunterschauen und besorgte Gesichter zeigen, umringt von einigen Schaulustigen.

Wenig später sitzt er auf dem Bordstein, zwischen Georg und Elsa, die ihm eine kleine Cola-Flasche in die Hand gedrückt hat.

„Was ist passiert", fragt Eddie irgendwann.

„Du bist hier einfach so umgefallen und hast uns einen schönen Schrecken eingejagt", erklärt Georg sichtlich aufgeregt.

„Alles halb so wild", beschwichtigt Elsa ihn lächelnd. „Wahrscheinlich hast du heute weder etwas gegessen noch getrunken. Und sicher hast du auch niedrigen Blutdruck, da kann so etwas schon einmal passieren."

Eddie nickt und er erinnert sich, dass Elsa Zahnärztin ist. Sogleich wird ihm klar, dass seine Ohnmacht einen anderen Grund hat, als sie glaubt.

An Max und Kalle gewandt erklärt sie: „Vielleicht wäre es gut, wenn ihr ihm etwas zu essen besorgt."

Die beiden nicken und ziehen Richtung Pommesbude.

„Danke", stößt Eddie mühsam hervor. „Geht schon wieder." Dann schaut er sich um und erkennt erneut die Lücke zwischen den Ständen, die Leere, die ihm schon wieder beträchtlich bedrohlich erscheint. Das ganze Ausmaß der Katastrophe hat er noch nicht wirklich verstanden, aber ihm ist sonnenklar, dass er das Kästchen so schnell nicht wiederbekommen wird.

Er muss Julie finden, geht es ihm durch den Kopf. Und zwar so schnell wie möglich, bevor sie das Kästchen an jemanden anderes verkaufen kann. Auf keinen Fall kann er abwarten, bis sie im kommenden Monat wieder hier auf dem Flohmarkt sein wird. ‚Wie kann es überhaupt sein, dass sie heute nicht hier ist? Ist sie vielleicht krank oder hat sie einfach nur verschlafen? ', kreist es durch seinen Kopf und wieder steigt diese kalte Verzweiflung in ihm auf.

Inzwischen sind Kalle und Max wieder da und reichen ihm ein Bratwurstbrötchen mit Senf. Nachdem er es mit Heißhunger verspeist und auch die Cola ausgetrunken hat, fühlt er sich in der Lage aufzustehen.

Den anderen ist die Erleichterung deutlich anzusehen. Fürsorglich legt Georg seinen Arm um Eddies Schulter.

„Komm Alter, dort hinten habe ich einen Stand mit Schall-platten und alten Vinyl-Raritäten entdeckt, würde mich sehr wundern, wenn da nicht etwas für dich dabei wäre."

An dem Stand mit den Platten angekommen, fällt es ihm schwer, sich darauf einzulassen. Und bei dem Gedanken an Doras gigantische Plattensammlung bemerkt er den di-cken Kloß in seinem Hals sowie das drängende Bedürfnis, sofort laut loszuheulen.

Elsa bemerkt es und hält seine Hand fest. „Was ist los mit dir?", flüstert sie.

„Das ist eine lange Geschichte", presst er hervor. „Und eine sehr traurige noch dazu."

Bevor sie antworten kann, hat Max eine Schallplatte aus einer der Kisten hervorholt, und hält das Cover in die Höhe.

„Schau mal, sieht sie dir nicht sehr ähnlich?", fragt er.

Elsa schaut sich das Bild näher an und nickt. „Ja, könnte meine Schwester sein. Wer ist das?"

Eddie hat sie längst erkannt. Er murmelt „Natalie Find-lay", und sogleich kommt ihm der Opener des Albums in den Kopf. Plötzlich und unerwartet stoppt das Gedanken-karussell in seinem Kopf, und eine monströse Idee, ver-kleidet als ein wirkmächtiger Schatten, tritt aus dem Nebel seiner Verwirrung hervor.

Eddie fröstelt und er wagt es nicht, die Erkenntnis wirk-lich zu denken. Dennoch sieht er sie klar und deutlich vor seinem inneren Auge. Es könnte noch einen anderen Grund dafür geben, dass Julie heute nicht hier ist: Sie existiert vielleicht gar nicht! Das wäre die allumfassende Erklärung, die alle Fragen auf einmal beantwortet: Er hat das alles nur geträumt!

In der fünften Klasse hatte er einmal einen Aufsatz geschrieben, in dem er die verrücktesten Sachen und die wildesten Abenteuer erlebt hatte. Seine Mitschüler, wie auch die Lehrerin waren vollends begeistert von der Geschichte. Nur die Auflösung war nicht so gut angekommen, denn Eddie hatte die Idee, dass alles nur ein Traum gewesen war.

Aber irgendwie kann er das auch nicht glauben. Er erinnert sich präzise und plastisch an jedes Detail der letzten zwei Wochen. ‚Und kann man wirklich ein ganzes Jahr erträumen?‘, fragt er sich sogleich. Er ist voll und ganz überzeugt davon, vor knapp zwei Stunden in Doras Küche gesessen zu haben. Er hat noch ihren Duft in der Nase und den leicht bitteren Geschmack ihres Kaffees auf der Zunge.

Eddie weiß nicht, was schlimmer wäre, wenn er alles verloren oder es nie gehabt hätte. Aber er weiß, dass er Gewissheit braucht. Er muss die Wahrheit herausfinden. Und in diesem Moment gibt es nur eine Person, die ihm zumindest einen Hinweis geben kann.

„Ich muss nochmal zurück", ruft er und schaut in die fragenden Gesichter seiner Freunde.

„Wohin?", fragt Georg.

„Zurück zu der Stelle, an der ich vorhin umgefallen bin. Fragt nicht wieso, aber es ist wichtig."

„Ich komme mit", erklärt Elsa. „Ich auch", ergänzt Max.

„Okay, dann geht ihr mit ihm. Georg und ich haben noch etwas zu erledigen. Wir sehen uns heute Abend beim Training", verabschiedet sich Kalle und zieht Georg mit sich.

Elsa und Max nehmen Eddie in ihre Mitte und begleiten ihn schweigend. Auf dem kurzen Weg zurück lässt ihn der Gedanke, dass er das alles nur geträumt haben könnte, nicht mehr los, und die Konsequenzen werden ihm schmerzlich bewusst. Wenn es so ist, dann existieren die Personen nicht, weder Julie noch Joe und Dora und schon gar nicht das Kästchen.

Der Hippietyp ist seine einzige Verbindung zu Julie. Er kennt sie und wenn es sie gibt, dann wird er das wissen und bestätigen können. Und wenn Julie existiert, dann vielleicht auch Joe und Dora und … das Kästchen. Wenn das alles doch kein Traum war, dann gibt es noch Hoffnung, dann kann er etwas tun und versuchen, die Dinge wieder in Ordnung zu bringen.

Er beschleunigt seinen Schritt, biegt in die Seitenstraße ein und bemerkt, dass die meisten Stände inzwischen abgebaut sind, ebenso jener, den er sucht.

Unvermittelt bleibt Eddie stehen und sieht, wie der langhaarige Typ vom Nachbarstand in seinen Kombi steigt und davonfährt, ohne sich noch einmal umzusehen.

KAPITEL 2 und folgende

Déjà-vu

Sonntag und die folgende Zeit

Die Woche endet auf eine Weise, wie Eddie es sich nicht im Traum hätte vorstellen können. Und anstatt mit Dora und Joe zu frühstücken und ihren Reichtum zu feiern, liegt er an diesem Sonntagmorgen allein in seinem Bett und findet keine Kraft, sich aufzuraffen. Was er am Samstag erlebt hat, ist zu viel für einen einzigen Tag.

Nachdem er auf dem Flohmarkt beinahe ein zweites Mal kollabiert wäre, hatten Max und Elsa ihn nach Hause gebracht. Erst nachdem er ihnen mehrfach versichert hatte, dass er okay sei und allein sein möchte, hatten sie ihn verlassen.

Danach war er ins Bett gegangen und hatte den Tag und die halbe Nacht unruhig verschlafen. Gegen vier Uhr war er wachgeworden und nicht wieder eingeschlafen. Immer wieder versuchte er, zu begreifen, was geschehen war, ob überhaupt etwas geschehen war. Besonders quälte ihn die Ungewissheit und er hatte keine Idee, wie er sich Klarheit verschaffen könnte.

Das Mittagessen bei seinen Eltern sagt er kurzerhand ab und so verbringt er den Rest des Tages abwechselnd im

Bett oder auf Netflix. Zwischendurch schickt er ein Dutzend SMS an seine Freunde, die sich besorgt nach ihm erkundigen. Auch Valli meldet sich, die von Georg erfahren hat, was passiert ist.

Die folgenden Tage bewegt er sich wie durch Watte und taumelt somnambul durch die Kulisse seines Daseins. Die Dinge um ihn herum nimmt er nur von weiter Ferne wahr und verfällt immer wieder in tiefe Verzweiflungsattacken. Von außen betrachtet wirkt er dabei wie ein Avatar in einem Computerspiel, bei dem die Katze den Controller in die Pfoten bekommen hat und nun damit spielt wie mit einer Maus.

Zwischendurch kommt ihm die Idee, im Internet nach Joe und Dora zu recherchieren. Oder vielleicht sollte er zu ihnen gehen. Dann jedoch zögert er, denn er fürchtet die nächste Enttäuschung und weiß nicht, ob er die verkraften würde.

Am Mittwoch findet auch die Probe der Kindertheatergruppe wie geplant statt. Eigentlich möchte Eddie absagen, bringt es dann jedoch nicht übers Herz. Von der Probe bekommt er fast nichts mit und so verpasst er auch den Moment, in dem Holly sich verstolpert, mit dem Fuß umknickt, zu Boden fällt und zu weinen beginnt.

Eddie ist konsterniert und begreift nicht, warum manche Dinge präzise genau so passieren, wie vor einem Jahr und andere Zeitlinien völlig aus der Spur geraten. Hollys Sturz hatte er ganz vergessen und nun ist es passiert und nicht mehr ungeschehen zu machen.

Später im Krankenhaus stellt sich tatsächlich heraus, dass Hollys Fuß gebrochen ist. Und damit muss die Premiere von *Viel Lärm um nichts* bis auf Weiteres verschoben werden.

Am Donnerstag kommt Valli nach Hause und ihr gelingt es schließlich, ihn ein wenig aus seinem Sumpf zu ziehen. Noch am Bahnhof fragt sie ihn, was los ist. Seine Ausflüchte will sie nicht akzeptieren, aber er schweigt beharrlich, und sie lässt es erst einmal auf sich beruhen. Obwohl sie nicht wirklich weiß, was eigentlich sein Problem ist, versucht sie alles, sein verschobenes Koordinatensystem wieder gerade zu rücken und ihn zurück in die Spur zu bringen. Eddie ist froh und erleichtert, dass der Streit mit ihr vergessen ist; es ihn genau genommen nie gegeben hat.

Der Karaoke-Abend im *Intershop* ist der erste Silberstreif am Horizont, seitdem er wieder in dieser Zeit ist, wovon die zwei jungen Frauen auch singen, als Valli und er den Laden betreten. Ohne das Kästchen klappt ihr Auftritt perfekt. Der Applaus ist gewaltig und Valli fällt ihm glücklich um den Hals.

Das zweite Gespräch am Theater verläuft hingegen deutlich anders als beim letzten Mal. Der Intendant ist kurzfristig verhindert und so führt Eddie das Gespräch mit dem Chefdramaturgen, der mürrisch und wortkarg ein paar Routinefragen stellt. Die Absage folgt bereits am folgenden Tag.

Inzwischen ist ein Monat vergangen, Valli wieder in ihrer WG, und der nächste Flohmarkt steht an. Bereits am frühen Morgen macht Eddie sich auf den Weg. Er muss Julie treffen und wenn es sie wirklich gibt, dann hat sie das Kästchen vielleicht noch oder weiß zumindest, wo es jetzt ist.

Als Eddie in die Seitenstraße einbiegt, macht sein Herz zwei Doppelschläge und scheint sich gegen seine Brust zu pressen. Tatsächlich erblickt er sie, die gerade dabei ist, ihren Stand aufzubauen. Die beiden Tapeziertische sind bereits aufgestellt und einige Waren liegen auch schon darauf. Schnellen Schrittes läuft er auf den Stand zu. Dort angekommen, fällt ihm nicht ein, wie er anfangen soll, also schaut er erst einmal, ob er das Kästchen irgendwo findet.

Sie bemerkt ihn, erkennt ihn jedoch nicht. „Kann ich dir helfen?", fragt sie freundlich und deutet auf ihre Waren. Dann streicht sie sich eine Strähne aus dem Gesicht und zeigt ihm ein strahlendes Lächeln.

Eddie gibt sich einen Ruck und fragt frei heraus: „Ich suche das Kästchen! Hast du es noch?"

„Woher weißt du von dem Kästchen?", fragt sie deutlich überrascht.

Warme Schauer laufen über Eddies Rücken und ein tief empfundenes Gefühl der Erleichterung breitet sich in ihm aus. Das Kästchen existiert! Und es war kein Traum, was er erlebt hat, sondern vollkommen real. Julie zeigt ein verwirrtes Gesicht und wiederholt ihre Frage.

„Das ist eine lange Geschichte. Viel wichtiger ist, wo ist es jetzt? Ich wollte es vor einem Monat hier kaufen, aber du warst nicht hier."

„Stimmt, da war ich krank und zu schlapp, herzukommen", erklärt sie. „Aber ich verstehe immer noch nicht, woher du von dem Kästchen weißt."

In kurzen Sätzen erklärt Eddie, was ihm im vergangenen Jahr alles passiert ist. Zu seiner Überraschung wirkt sie in keiner Weise überrascht.

„Und es hat wirklich einen Mechanismus, mit dem man die Zeit einstellen kann?", fragt sie und macht große Augen.

Mit ihr zu reden hat eine wohltuende Wirkung auf Eddie, festigt es doch die Gewissheit, sich das vergangene Jahr nicht erträumt oder eingebildet zu haben. Dennoch möchte er nun endlich wissen, wo das Kästchen jetzt ist.

„Ich fürchte, da habe ich schlechte Nachrichten für dich."

Sie dreht den Kopf ein Stück zur Seite, als müsse sie nachdenken. „Vor drei Wochen habe ich es auf dem Flohmarkt in Recklinghausen an eine junge Frau verkauft."

Eddie verzieht sein Gesicht. „Oh nein", presst er hervor. „Ich hatte gehofft … weißt du etwas über sie?"

Julie schüttelt den Kopf. „Ist vielleicht besser so. Mir hat das Ding kein Glück gebracht. Und dir offensichtlich auch nicht!"

Eddie lässt den Kopf hängen und trottet wortlos von dannen. Am Nachmittag recherchiert er nach Joe und Dora und findet heraus, dass sie tatsächlich existieren, was ihn nun nicht mehr überrascht. Einerseits erfreut es ihn, andererseits ist ihm klar, dass es ihm nichts nützt. Sie kennen ihn nicht und es gibt keine Verbindung zwischen ihnen dreien.

Den Sommer über versucht Eddie, sich in seiner neuen Zeit zurecht zu finden. Das fällt ihm nicht ganz leicht, da seine beiden drängendsten Probleme nach wie vor ungelöst sind. Bis zum Jahresende muss er eine neue Bleibe finden, was dadurch erschwert wird, dass er immer noch keinen Job hat.

Infolge einer morbiden Neigung besucht er das Theaterfest. Seit mehr als zwanzig Jahren hat er keines davon verpasst, aber diesmal ist es anders, diesmal empfindet er sich nicht als Teil davon, sondern wie ein ungebetener Gast. Es fühlt sich seltsam an, von niemanden erkannt zu werden, obwohl ihm das Gebäude wie auch die Menschen so vertraut sind.

Während er durch den Rundgang, der um den Theatersaal herumführt, schlendert, passiert es ihm immer wieder, dass er jemanden grüßt, der kürzlich noch ein Kollege war, und dabei in ein fragendes Gesicht schaut.

Unvermeidbarerweise kommt er auch an Milenas Bücherstand vorbei. Genau wie damals, bei ihrer ersten Begegnung, fertigt sie Scherenschnitte für Kinder an und scheint ganz darin versunken zu sein. Eddie bemerkt ein Kribbeln in seinem Bauch und hat Mühe, seinen Blick von ihr zu lassen. Gerne würde er auf sie zugehen, sie ansprechen, aber irgendetwas in ihm lässt ihn zögern. Er weiß nicht warum, aber nach einem Augenblick geht er an ihr vorbei und verlässt das Gebäude.

Auch die Vernissage verläuft anders als beim letzten Mal. Eddie schlendert durch die Werkstatt, unterhält sich, tanzt und fühlt sich insgesamt irgendwie freier und entspannter. Heute muss er niemanden beeindrucken.

Milena und ihren spektakulären Auftritt vermisst er hier ebenfalls nicht. Dabei fällt ihm auf, dass noch jemand fehlt. Da die Theaterpremiere im Jugendheim zunächst verschoben und schließlich abgesagt wurde, sind sich Valli und Elli nie begegnet. Und so fehlt Elli, und Valli ist nach wie vor solo. Eddie beschließt, sich zeitnah darum zu kümmern.

Lange nach Mitternacht schaut Eddie auf seine Armbanduhr, wartet noch einige Minuten und geht dann nach hinten zu den Büroräumen der Werkstatt, vorbei an den Toiletten und einem Lagerraum zum Hinterausgang, der auf die Seitenstraße führt.

Eddie spürt die Kälte und entdeckt das parkende Fahrzeug unter der Straßenlaterne, die ein funzeliges Licht auf die schmale Sackgasse wirft.

Gemächlich schlendert er auf den Fluchtwagen zu. Der Fahrer darin gestikuliert wild und ruft etwas, das Eddie nicht versteht. Am Wagen angekommen deutet er mit der Hand eine Drehbewegung an. Der Fahrer versteht und kurbelt die Scheibe herunter. Eddie schaut in ein vertrautes Gesicht, das ihn nur grimmig anstarrt. Bevor der Fahrer etwas sagen kann, beugt Eddie sich zu ihm herunter.

„Hey Joe, ich bin Eddie und du kennst mich nicht, aber ich möchte dich warnen. In fünf Minuten wird es hier von Bullen nur so wimmeln. Daher solltet ihr fix abbrechen und das Weite suchen, andernfalls verbringt ihr alle die nächste Zeit hinter schwedischen Gardinen!"

Joe entgleiten die Gesichtszüge und sein Mund klappt auf und zu. Offensichtlich ist er mit der Situation gänzlich überfordert. Eddie bildet sich ein, Denkgeräusche aus dem Kopf seines Gegenübers zu hören.

„Mir ist bewusst, das klingt jetzt ziemlich abseitig, aber ich komme aus der Zukunft und in einem anderen Leben sind wir beide fast so etwas wie Freunde. Und ich weiß, was gleich passieren wird."

Eddie zeigt ein freundliches Lächeln und schaut in ein ratloses Gesicht. „Glaub mir oder lass es. Mir ist kalt und ich geh nun wieder rein."

Den Rest der Nacht tanzt Eddie durch, in stillem Gedenken an das letzte Mal, wo er im Krankenhaus gelandet war.

Am nächsten Vormittag ruft er Elli aus dem Jugendheim an. Er erklärt ihr, dass er gern mit ihr besprechen möchte, wie es mit seiner Theatergruppe weitergehen soll. Kurzerhand verabredet er sich mit ihr für den nächsten Nachmittag um vier im Kleinen Café, in dem er damals sein erstes Date mit Milena hatte. Danach reserviert er einen der beiden Tische auf der Empore für zwei Personen. Schließlich ruft er Valli an und verabredet sich ebenfalls mit ihr dort im Café.

Am nächsten Tag um vier Uhr schreibt er beiden eine SMS mit gleichem Inhalt. *Liebe Valli / Elli, leider schaffe ich es heute nicht. Bitte macht euch miteinander bekannt, genießt Tee und Kuchen und macht euch einen schönen Nachmittag. Die Rechnung geht auf mich. Alles Weitere erkläre ich euch später. Glückauf, euer Eddie.*

Am Mittwochabend steht Valli, nicht ganz überraschend, vor seiner Tür. Bevor sie das Loft betritt, fragt sie „Woher wusstest du das?"

„Das ist eine lange Geschichte, komm erstmal rein", erklärt Eddie und ist entschlossen, heute reinen Tisch zu machen und Valli in sein Geheimnis einzuweihen, obwohl ihm sonnenklar ist, dass sie ihm kein Wort davon glauben wird.

Nachdem Valli es sich auf dem Sofa bequem gemacht hat, fragt Eddie: „Bier, Wein oder Sekt?"

„Champagner, wenn du welchen hast!"

„Klar, Felice hat mir zwei Kisten *Veuve Clicqout* dagelassen."

Nachdem sie angestoßen haben, schenkt Valli ihm ein schelmisches Grinsen. „Du glaubst nicht, was gestern passiert ist!"

„Du hast dich in Elli verliebt und sie sich in dich", erklärt Eddie sachlich.

„Und du hast es arrangiert. Warum?"

„Glaub mir, ich wusste einfach, dass ihr beiden vortrefflich zusammenpassen würdet", erklärt Eddie selbstbewusst.

„Ich glaube dir kein Wort! Von außen betrachtet passen wir beide überhaupt nicht zueinander. Mit ihren bunten Kleidchen und den Glitzernägeln wirkt sie wie ein Mädchen."

„Aber auf den zweiten Blick ist sie eine toughe Frau, das hast du sicher schon gemerkt", erwidert Eddie.

Valli nickt. „Ja, das und vieles mehr. Vom ersten Augenblick an fühlte ich eine Verbundenheit zu ihr und nachdem wir uns fast drei Stunden lang unterhalten hatten, wussten wir beide, was nun auf uns zukommen würde."

Valli zeigt einen entrückten Gesichtsausdruck und nimmt Eddies Hand in ihre. „Es war Liebe auf den ersten Blick."

Nun ist es Eddie, der nickt: „Ich weiß! Und es kommt noch besser: Bald wirst du zu ihr ziehen und dann bekomme ich dein WG-Zimmer", erklärt Eddie und schiebt zögernd nach: „Ich habe das alles schon einmal erlebt."

Valli zieht eine Augenbraue nach oben. „Wie jetzt?"

Das ist die Aufforderung, auf die er gewartet hat. Und dann erzählt er ihr die ganze Geschichte, von ihrem Anfang auf dem Flohmarkt bis zu ihrem Ende, ebenfalls auf dem Flohmarkt. Während er spricht, schüttelt Valli immer wieder den Kopf, aber sie unterbricht ihn nicht und hört aufmerksam zu.

„Vielleicht ist die Vergangenheit nur eine Geschichte, die wir uns selbst erzählen", beendet Eddie seinen Bericht.

Bevor sie etwas sagt, schüttet Valli den Rest aus der Flasche in ihr Sektglas und trinkt es in einem Zug leer. Dann schaut sie Eddie in die Augen und zeigt ein ernstes Gesicht.

„Mein lieber Eddie, bitte sei ehrlich zu mir: Nimmst du irgendwelche von diesen synthetischen Drogen, Crystal Meth, MDMA oder Ketamin vielleicht?"

Eddie zieht die Augenbrauen hoch und schüttelt den Kopf.

„Mir ist kristallklar, wie unglaubwürdig und abgespaced sich meine Geschichte anhört und ich erwarte nicht, dass du mir auch nur ein Wort davon glaubst, aber ich schwöre dir, es hat nichts mit Drogen zu tun. Das letzte

Mal, dass ich gekifft habe, war zusammen mit dir vor einem halben Jahr in der anderen Zeitlinie."

„Okay, dann erkläre mir bitte einmal, worin nun dein Problem besteht, das habe ich nämlich nicht verstanden. Geht es dabei wirklich um dieses Zauberkästchen? Denn egal, ob die Geschichte so passiert oder erfunden ist, mir scheint das Ding in keiner Weise irgendwie von Nutzen zu sein", erklärt Valli in einem sachlichen Ton, der Eddie verwundert.

Er erinnert sich noch sehr gut an ihren letzten Streit, wo Valli sich ganz ähnlich zu dem Thema geäußert hatte. Und eigentlich hat sie ganz Recht, denn das Kästchen hat ihm nun wirklich kein Glück gebracht, höchstens kurzlebige scheinbare Erfolge. Einzig, dass es ihn zu Dora geführt hat, die er sonst niemals in seinem Leben getroffen hätte.

„Was ist das mit dieser Dora?", hakt Valli nach.

Eddie nickt und zeigt ein entrücktes Lächeln und berichtet von Dora. Von ihren groben Händen, die eher an einen Bauarbeiter erinnern, von ihrem kleinen Sohn Malte, von ihrer offenen Art und ihrer Klugheit, wie auch von ihren verqueren Ansichten über Bertolt Brecht.

„Auf ihr Äußeres legt sie keinen großen Wert, trägt einfache schlabberige Klamotten und ist so ziemlich in allem das Gegenteil von Felice oder Milena. Und so passt sie eigentlich gar nicht recht zu mir", beendet er seinen Bericht.

„Und weiter?", fragt Valli und streicht sich eine Haarsträhne aus dem Gesicht.

„Aber irgendetwas hat sie in mir ausgelöst, das ich nicht wirklich verstehen, und schon gar nicht erklären kann. Vom ersten Augenblick an, hatte unsere Begegnung etwas

Mystisches, das mich tief getroffen hat. Seitdem empfinde ich eine Verbundenheit und Liebe zu ihr, wie ich es zuvor in meinem Leben nur ein einziges Mal erlebt habe."

Valli weiß, wen er meint, und nimmt ihn spontan in ihre Arme. So sitzen sie eine Weile schweigend beieinander.

„Und sie hat einen High-End Plattenspieler und mehr als eintausend Schallplatten", fällt Eddie noch ein.

Valli erhebt sich vom Sofa. „Okay, das überzeugt mich. Ich muss mal auf die Toilette."

Als sie wieder da ist, setzt sie sich aufrecht auf die Kante des Sofas. Dann bindet sie ihr langes schwarzes Haar zu einem Pferdeschwanz, holt tief Luft und beginnt ihr Statement.

„Nehmen wir an, deine irre Geschichte wäre wahr, nur mal so rein hypothetisch, und stellen wir uns kurz vor, die Dinge wären tatsächlich so geschehen, wie du es glaubst, dann gibt es eigentlich nur eine Sache, die du tun kannst, die du tun musst", erklärt Valli.

Eddie schaut sie verständnislos an.

„Na, ist doch logisch. Du musst Dora finden, wenn sie existiert. Du musst zu Dora, sie treffen, sie kennenlernen, ihr Zeit geben, dich kennenzulernen. Und wenn Liebe etwas Absolutes ist, etwas das jenseits der Zeit existiert, dann wird sie dich irgendwann auch lieben, wie in der Geschichte, die du mir erzählt hast."

„Aber …", setzt Eddie an.

„Kein aber", unterbricht sie ihn. „Du hast doch selbst gesagt, du wusstest, dass Elli und ich füreinander bestimmt sind. Und du hattest vollkommen recht damit. Also, worauf wartest du noch? Fahr nach Hamburg und treffe dort diese Dora!"

Tags darauf sitzt Eddie wieder im ICE nach Hamburg. Dort angekommen verlässt er das Bahnhofsgebäude durch den hinteren Ausgang nach St. Georg hin.

Obwohl bereits Anfang Oktober ist es noch angenehm warm und so schlendert er die lange Reihe entlang, wie er es schon so oft getan hat. In Doras Straße angekommen hört er seinen Magen knurren. Wie damals betritt er die Bäckerei und kauft ein Puddingteilchen. Damit begibt er sich hin zum Spielplatz, der sehr belebt ist.

Sei es Zufall, Schicksal oder einfach nur Glück, aber tatsächlich entdeckt er Dora, die allein auf einer der Bänke sitzt und ein Buch liest. Das kastanienbraune Haar fällt über ihre Schultern und umrahmt ihr wunderschönes Gesicht.

Eddies Herz setzt drei Schläge aus, und er beginnt, innerlich zu schwanken. Drei Monate ist es her, dass er sie zuletzt gesehen hat, und nun sitzt sie einfach da, auf der Bank, wie damals, als er sie das erste Mal getroffen hat. Er nimmt deutlich wahr, wie auf wundersame Weise die Farben um ihn herum gerade einen Deut farbiger werden, wie die Luft, die er atmet, ein klein wenig reiner und frischer ist, und wie der Boden unter ihm sanft zu vibrieren beginnt.

In seinem Innern herrscht ein großes Durcheinander, Freude und dieses besondere Gefühl der Verbundenheit, diese Verliebtheit, die sich sofort wieder einstellt, als er sie ansieht. Demgegenüber die kaum auszuhaltenden Angst, dass dies hier schiefgeht und er sie für immer verloren hat.

Langsam und unsicher bewegt Eddie sich auf die Bank zu. Dort angekommen murmelt er mehr, als dass er spricht: „Ist hier noch frei?"

Dora schaut auf, blickt in sein Gesicht, mustert ihn von oben bis unten und schenkt ihm ein betörendes Vanillelächeln. Dann deutet sie ein Nicken an, wendet ihren Blick ab und vertieft sich wieder in ihr Buch. Dann singt sie mehr, als dass sie spricht.

„Habe ich exklusiv für Sie freigehalten!"

Nachwort

Dies ist zwar ein Roman, die Geschichte beruht jedoch auf einer wahren Begebenheit. Die Figuren, das Setting sowie der Handlungsverlauf sind von mir erfunden, der Plot hat sich jedoch vor einigen Jahren genauso zugetragen. Ein alter Schulfreund, den ich vor einiger Zeit zufällig im *Gontscharow* traf, erzählte mir nach dem dritten Bier seine Geschichte. Und sein Bericht war gleichermaßen anrührend wie glaubhaft. Zwar geht es ihm inzwischen besser, er ist jedoch noch immer auf der Suche nach seinem verlorenen Kästchen.

Mein allererster Dank gilt daher meinem alten Kumpel „Steve" (der seinen wirklichen Namen hier nicht lesen möchte) für die Erlaubnis, seine Geschichte als Romanvorlage verwenden zu dürfen. Ein besonderer Dank geht zudem an Arne & David für die sorgfältige Korrektur des Manuskripts sowie ihre hilfreichen Anregungen und Vorschläge. Ein weiterer Dank gilt Juliane für die Gestaltung des schönen Covers.

Und wie immer zum Schluss ein ganz prächtiges Dankeschön an meine Figuren, die sich von mir haben erfinden lassen, die jede Wendung der Handlung oder ihres Charakters klaglos hingenommen und bis zum Schluss meine verdrehten Einfälle mitgetragen haben. Danke – ich werde euch vermissen!

Playlist

Good Kid	„Slingshot"
Cutting Jade	„Ten Seconds"
Richard O'Brian	„The Time Warp"
Duke Ellington	„Take the A train"
Robert Fripp	„North Star"
Brian Protheroe	„Pinball"
Olivia Rodrigo	„Bad idea right?"
Exmagician	„Place Your Bets"
Steve Winwood	„Valerie"
Flash and the pan	„Waiting For A Train"
The Hollies	„Long Cool Woman"
Hot Chocolate	„You Sexy Thing"
Ruby Velle &	
the Soulphonics	„It's About Time"
Marvin Gaye &	
Tammi Terell	„Ain't No Mountain High Enough"
Grace Slick	„Nature Boy"
Placebo	„Without You, I'm Nothing"
Element of crime	„Mach das Licht aus!"
The Breeders	„Do You Love Me Now?"
Santana	„Oye Como Va"
Radiohead	„Optimistic"
Philip Boa &	
the Voodooclub	„Container Love"
David Bowie	„Oh! You Pretty Things"
The last shadow puppets	„Standing Next To Me"
Kraftwerk	„Das Model"
Chris Isaak	„Wicked Game"
Jimi Hendrix	„Hey Joe"

Taylor Swift	„Lavender Haze"
Wednesday	„November"
The Sisters of Mercy	„When You Don't See Me"
Steven Wilson	„What Life Brings"
Slade	„Merry Xmas everbody"
JID	„Kody Blu 31"
Lou Reed	„Walk On the Wild Side"
The Kinks	„Where Have All the Good Times Gone"
The Sisters of Mercy	„Temple of Love"
Wolf Alice	„Feeling Myself"
Eddy Baker & Bones	„LooseScrew"
Pearl Jam	„Black"
Eddie Cochran	„Somethin' Else"
Danger Mouse, Black Tought, Michael Kiwanuka	„Aquamarine"
Sampha	„Suspended"
Marvin Gaye	„What's Going On"
Frank Ocean	„Pink + White"
Duke Garwood	„Blue"
Kendrick Lamar	„The Heart Part 5"
Emerson, Lake & Palmer	„Are You Ready Eddy?"
The Bomboras	„Slingshot"
Findlay	„Life Is But A Dream"
First Aid Kit	„My Silver Lining"
Wilco	„You and I"

Personen

- *Edgar Lüdemann, gen. Eddie*, Germanist & Flipperhexer
- *Valerie, gen. Valli*, Eddies beste Freundin, Philosophin
- *Georg*, Eddies Freund, Künstler & Reifenhändler
- *Kalle*, Eddies & Georgs Freund, Chirurg
- *Max*, ein weiterer Freund, Physiker
- *Elsa*, Max' neue Freundin, Zahnärztin
- *Felice*, Eddies Exfreundin
- *Gabriele, gen. Elli*, Sozialpädagogin
- *Milena*, Ex-Model & Buchhändlerin
- *Julie*, eine Zufallsbekanntschaft
- *Josef K., gen. Joe*, Eddies Schicksal, Kleinkrimineller
- *Vanessa*, Joes Trost, Prostituierte
- *Don John*, Joes Schicksal, Panzerknacker
- *Dogberry*, Joes Kollege, Türsteher
- *Polly*, Eddies alter Schulfreund, Polizist
- *Dora*, Eddies Schicksal, Germanistin, Lektorin
- *Malte*, Doras Sohn, Kindergartenbesucher

Postcredit

„Ich will rutschen", quengelt Malte bereits zum dritten Mal. Aber sie sind spät dran auf ihrem Weg zum Regenbogen-Kindergarten. Eddie fasst seine Hand ein wenig fester, als sie den kleinen Park mit dem winzigen Spielplatz durchqueren. In zehn Minuten schließen sie dort die Tür, und dann muss er wieder bitten und betteln, dass man sie doch noch hineinlässt, obwohl sie schon wieder zu spät sind.

Aber Malte ist unerbittlich und inzwischen kullern Tränen über sein Gesicht, die Eddie nicht ignorieren kann.

„Also gut, aber nur einmal", spricht er ihn freundlich an.

Mit dem Ärmel wischt Malte sich durchs Gesicht und ist bereits oben auf der Rutsche. Mit viel Schwung und lautem Gejohle landet er im Sand und verharrt für einen Moment.

Eddie läuft auf ihn zu, reicht ihm die Hand, zieht Malte hoch und dann hinter sich her.

„Wenn du mein Papa sein willst, dann musst du immer nett zu mir sein und mich rutschen lassen", erklärt Malte.

„Ich *bin* immer nett zu dir", erwidert Eddie.

„Okay, das stimmt."

„Wer sagt denn, dass ich dein Papa sein will?"

„Meine Freundin Asmik sagt das. Sie meint, da du nun bei uns wohnst und mit Mama in einem Bett schläfst, wirst du sie wohl bald heiraten und dann mein Papa werden", erklärt Malte ausführlich. „Sie kennt sich mit so etwas aus."

„Ich dachte, wir beide wären *Freunde*", erklärt Eddie.

„Ja schon, aber jeder hat einen Papa, sogar die Tiere, nur ich nicht", führt Malte akademisch aus. „Das ist doch schrecklich ungerecht, oder?"

Eddie ist gerührt, weiß jedoch nicht, ob er deshalb wirklich heiraten sollte.

„Okay, ich denke darüber nach und bis ich damit fertig bin, bleiben wir erstmal Freunde, einverstanden?"

Malte nickt, und dann erreichen sie auch schon den Kindergarten. Obwohl „schon" es nicht exakt trifft, denn sie sind eine Minute zu spät.

In der letzten Zeit hat er das Kästchen nicht mehr vermisst und es fast sogar vergessen. Nur jetzt ist wieder so ein Moment, wo er sich ärgert, nun nicht einfach den Knopf drücken zu können.

Stattdessen muss er sich jetzt wieder mit diesem Drachen im Körper eine Kindergarten-Leiterin herumplagen, die ihm zum wiederholten Male erklären wird, dass eine Minute nicht Nichts ist und sie das nicht durchgehen lassen kann, bevor sie es dann doch tut.

Darauf hat Eddie jetzt gerade so gar keine Lust. Bevor er den Klingelknopf drückt, wendet er sich an Malte: „Wollen wir heute einfach blau machen?"

Malte versteht nicht und zeigt ein fragendes Gesicht.

„Was hältst du davon, wenn wir einfach wieder gehen und uns einen schönen Tag machen?", fragt Eddie.

„Wieso Blau? Und musst du nicht ins Theater?", entgegnet Malte und macht große Augen.

„Eigentlich schon, aber ich denke, die kommen heute mal ohne mich zur recht. Wir könnten ein Kreuzfahrtschiff entern und nach Rio fahren. Oder wir essen ganz viele Seifenblasen und fliegen nach Schottland."

„Ich glaube, das mit den Seifenblasen funktioniert nicht wirklich", entgegnet Malte skeptisch.

„Ich glaube, es hat noch niemand ernsthaft ausprobiert. Aber okay, wir könnten auch eine Hafenrundfahrt machen oder das Miniaturwunderland besuchen, dann einen großen Eisbecher miteinander teilen und danach deine Mama von der Arbeit abholen", führt Eddie aus und überlegt, was blau machen mit der Farbe Blau zu tun haben könnte.

Malte strahlt ihn an und nickt heftig. Dann machen sie auf dem Absatz kehrt und laufen in Richtung Hafen.

„Machen Väter so etwas manchmal mit ihren Söhnen?", fragt Malte, als der Kindergarten außer Sichtweite ist.

„Ich glaube nicht, zumindest mein Vater hat so etwas nie mit mir gemacht."

„Vielleicht ist es doch okay, wenn wir einfach Freunde bleiben", erklärt Malte, nimmt Eddies Hand und hält sie ganz fest.

Über den Autor

Stefan Nörtemann lebt im Ruhrgebiet und ist Mathematiker, Data Scientist und Autor. Da es zu wenige Bücher zu den Themen gibt, die ihn interessieren, nahm er vor einigen Jahren eine alte Leidenschaft wieder auf und begann damit, Romane zu schreiben.

Seine beiden Romane *Kladderadatsch – Verlorene Jahre* (ISBN: 978-3-7526-0350-7) und *Papperlapapp – Verlorene Illusionen* (ISBN: 978-3-7543-4592-4), die er unter seinem Geburtsnamen Stefan Schumacher veröffentlicht hat, handeln von Menschen, die sich in ihrem Leben verlaufen haben.

Daneben hat er gemeinsam mit anderen ein Fachbuch über künstliche Intelligenz veröffentlicht. *Actuarial Data Science – Maschinelles Lernen in der Versicherung*, De Gruyter Verlag (ISBN: 978-3-1106-5928-3). Diesem Thema widmet er sich auch in seinen folgenden Romanen *Black Magic Box – Die Erfindung der künstlichen Intelligenz* (ISBN: 978-3-7583-2332-4) und *Hybrid Men – Verlorene Gewissheiten / Gewisse Verlorenheiten* (ISBN: 978-3-7597-0372-9). Dies gibt es auch als Hörbuch, gelesen von Esther Barth (978-3-9104-9428-2).

In seinem Brotberuf als Mathematiker beschäftigt er sich mit künstlicher Intelligenz, konkret mit Data Science und maschinellem Lernen. Dies lehrt er auch an einer Akademie und einer Hochschule. Bis zu dem Tag, an dem er seinen bescheidenen Lebensunterhalt aus seinen Bucheinnahmen bestreiten kann, wird er weiterhin als Angestellter in einem bekannten Softwareunternehmen tätig sein.